DIE DREI TOTEN VON KÖLN

Reinhard Rohn, 1959 in Osnabrück geboren, lebt seit über dreißig Jahren in Köln und arbeitet als Verlagsleiter in einem Berliner Verlag. Er hat zahlreiche Kriminalromane ins Deutsche übersetzt und mehrere Spannungsromane geschrieben, die noch als E-Book erhältlich sind. Im Emons Verlag sind bisher sieben Romane um die Kommissare Birte Jessen und Jan Schiller erschienen: »Falsche Herzen«, »Kölnisch Wasser«, »Kölner Lichter«, »Barfuß in Köln«, »Der Richter von Köln«, »Kölner Finale« sowie »Kölner Ringe«.

REINHARD ROHN

DIE DREI TOTEN VON KÖLN

Köln Krimi

emons:

LChoice

Hier bestellen

Lust auf mehr? Laden Sie sich die »LChoice«-App runter, scannen Sie den QR-Code und bestellen Sie weitere Bücher direkt in Ihrer Buchhandlung.

Bibliografische Information der Deutschen Nationalbibliothek
Die Deutsche Nationalbibliothek verzeichnet diese Publikation in der Deutschen Nationalbibliografie; detaillierte bibliografische Daten sind im Internet über http://dnb.d-nb.de abrufbar.

FSC
www.fsc.org
MIX
Papier aus verantwortungsvollen Quellen
FSC® C083411

Umschlagmotiv: Jörn Sackermann/Lookphotos
Umschlaggestaltung: Nina Schäfer, nach einem Konzept von Leonardo Magrelli und Nina Schäfer
Umsetzung: Tobias Doetsch
Gestaltung Innenteil: César Satz & Grafik GmbH, Köln
Lektorat: Dr. Marion Heister
Druck und Bindung: CPI – Clausen & Bosse, Leck
Printed in Germany 2019
ISBN 978-3-7408-0525-8
Köln Krimi
Originalausgabe

Dieses Werk wurde vermittelt durch die Literarische Agentur Thomas Schlück GmbH, 30161 Hannover.

Das Leben verlieren
ist keine große Sache; aber zusehen,
wie der Sinn des Lebens aufgelöst wird,
das ist unerträglich.
Albert Camus

Prolog

Es ist Nacht in mir – die ganze Tiefe der Nacht, in der alles vergeht, in der alles im absoluten, unendlichen Schwarz herabsinkt. Diese Nacht wird nie ein Ende haben. Ich kann nicht mehr gehen, nicht mehr denken, keine Pläne mehr schmieden, kaum noch Atem holen. Selbst das kleine gelbe Schneidemesser, mit dem ich mir dann und wann in den Unterarm geschnitten habe, um die Verzweiflung abfließen zu lassen, hole ich nicht mehr hervor. Kein Haus mehr bauen, keine Tochter, keinen Sohn bekommen, keinen Baum mehr pflanzen, keinen Schritt mehr vor den anderen setzen. Ich weiß, aus diesem Labyrinth der Nacht werde ich nie mehr herausfinden.

Für eine kurze Zeit war die Hoffnung eine andere. Da war der große Jemand in meinem Leben, der ein wenig Licht herangetragen hat. Er konnte das ganz leicht, ein Lichtbringer – mit einem Fingerschnipsen. Er verscheuchte die Dunkelheit, das tote Kind mit den toten Augen, das mir immer folgte, Schritt um Schritt. Er lächelte sanft und herzeinnehmend, er gab den Dingen neue Namen, er wusste, wie man das Blau vom Himmel einfing, er konnte Wörter buchstabieren, die ich noch nie gehört hatte.

Es hätte immer so weitergehen können, am Tag und in der Nacht. Ich war bereit dazu, doch dann verriet er mich, stieß mich in die Grube, wurde auch zu dem Monster, das ich nun verfluche und das mich am Weiterleben hindert.

Ich werde töten – ihn oder mich selbst.

1

Siebenhundertfünfzig Millionen Tiere – so viele wurden in einem Jahr in diesem verfluchten Land geschlachtet. Es war eine Schande. Er hätte kotzen können. Wo hatte er diese Zahl aufgeschnappt? Ach egal, er hatte ja immer gewusst, dass er von Verbrechern, Ignoranten, Heuchlern und Besserwissern umgeben war. Seine nächste Aktion würde den gequälten Tieren gelten. Daran hatte er schon einmal gedacht: seine Mauer, die er jeden Tag, wenn man ihn nicht verjagte, vor dem Dom aufbaute, mit Fotos von Tieren zu versehen, die für widerwärtige Versuche gequält wurden.

Der Mensch – die Krone der Schöpfung! Da konnte er nur lachen und ausspucken.

Aber erst musste er seine Aktion gegen die Folgen des Klimawandels durchziehen. Er hatte Fotos aus der Arktis, aus Afrika und Australien, die so erschreckend waren, dass man sie in den Zeitungen natürlich nicht veröffentlichte. Gletscher, die abbrachen, Eisbären, die auf einer grünen Wiese elendig krepierten, dann Sandsteppen mit abgemagerten Rindern und rote Wüsten, die immer mehr um sich griffen. Am schlimmsten waren die Fotos von toten Kindern, die man in Äthiopien in dünne weiße Tücher gehüllt hatte. Kontrastiert hatte er diese Fotos mit Aufnahmen von Touristen auf Kreuzfahrtschiffen. Feist hockten sie am Pool, ließen ihre fetten Körper in der Sonne braten, oder sie saßen an der Bar, einen Cocktail in der Hand, und grinsten dümmlich in die Kamera ihrer eigenen Smartphones. Selfies – noch so eine Pest, die über die Menschheit gekommen war.

Klar, er wusste selbst, dass er mit seiner Mauer aus Pappe, auf die er die Fotos klebte, die Welt nicht aus den Angeln heben würde, aber wenn er nur ein paar der Leute, die vorbeihasteten oder aus dem Dom kamen, ein wenig zum Nachdenken bringen würde, wäre vielleicht schon etwas gewonnen.

Vor drei Tagen hatte ihm ein alter Mann mit grauem Schnauzbart, der einen FC-Schal trug, Prügel angedroht, und dann waren diese drei Jugendlichen aufgetaucht, hatten ihn erst angerempelt und dann gegen seine Mauer getreten. Er hatte sich verteidigt, so gut er konnte.

»Alter – hau ab mit deinem Scheiß!«, hatten sie gepöbelt.

»He, es ist eure Welt, die vor die Hunde geht!«, hatte er sie angeschrien, doch sie hatten nur gelacht – dumme, stumpfsinnige Kinder, die sie waren, nichts anderes als Facebook, YouTube und billige Vergnügen im Kopf. Dann hatte der Größte von ihnen, ein hässliches Pickelgesicht, ihn mit der Faust gegen die Schulter geschlagen, und er war förmlich ausgeflippt. Er hatte dem Pickligen den Ellbogen in den Bauch gerammt, und während der Bursche zusammenklappte wie ein Taschenmesser, hatte er zugetreten und ihn zu Boden gebracht. Die anderen waren sofort über ihn hergefallen. Einer hatte ihn an den Haaren gezogen, und der andere, ein kleiner, schmächtiger Schwarzhaariger, hatte ihm einen Hieb auf die Lippe verpasst.

Die Polizei war fünf Minuten später gekommen; da waren die drei Burschen schon längst abgehauen.

»Mensch, Jakob«, hatte der eine Polizist gesagt – er hieß Markus und war ein ehemaliger Schüler, was die Angelegenheit besonders peinlich machte, »was ist denn nun schon wieder los? Warum tust du dir das an – jeden Tag mit dieser Pappmauer hier zu stehen? Geh doch nach Hause!«

Geh doch nach Hause! Dabei wusste dieser Markus genau, dass er kein Zuhause mehr hatte.

Es war alles weg. Das Haus, die Frau, der Job – er hatte doch nur noch diese Pappmauer und seinen Zorn.

Die Menschen müssen sich ändern – wir alle müssen uns ändern, wenn wir diese Welt retten wollen. Um etwas anderes ging es nicht mehr. Warum sahen das die Menschen nicht, die auf ihre Smartphones glotzten, jeden Tag an ihm vorbeiliefen, die in Kaufhäuser rannten, zu ihren Terminen oder in den Dom, um … ja, um was zu tun? Richtig gebetet wurde in der Kathedrale doch schon lange nicht mehr. Ein Hotspot für Touristen – etwas anderes war dieses ehrwürdige Gemäuer nicht. Einmal hatte er versucht, über Nacht dort zu bleiben, sich in einer geheimen Ecke auszuruhen und ein wenig zu schlafen, aber die Domschweizer, diese alten Männer in ihren roten Gewändern, kannten jeden Trick. Ihnen ging keiner durch die Lappen, bevor sie die Kirche absperrten.

Der Polizist hatte ihm dann die Adresse des Obdachlosenheims in der Annostraße gegeben, allerdings nur um sein Gewissen zu beruhigen. Die Adresse kannte er außerdem längst, doch in dem Heim wimmelte es nur so von Bulgaren und Rumänen, die keinerlei Skrupel hatten, einem das letzte Hemd zu klauen. Da würde er nie einen Fuß hineinsetzen.

Markus, hätte er dem Polizisten am liebsten hinterhergerufen, in Deutsch warst du damals eine ziemliche Niete. Ich hoffe, deine Rechtschreibschwäche fällt nicht mehr so auf.

Damals – wann war damals?

Das war die Zeit, als er noch handgearbeitete Lederschuhe getragen hatte – eine Marotte, über die sie im Lehrerzimmer alle heimlich gelächelt hatten. Und dann der dunkelgrüne Jaguar, gebraucht, aber super erhalten. Maron hatte es gefallen, in solch einem Auto zu fahren.

Es wurde dunkel, als er seine Pappmauer zusammenlegte. März – endlich wurde es wärmer. Bald würde man gut im Freien übernachten können.

Er spürte seine aufgeplatzte Lippe. Eine Frau mit langen roten Haaren, eine echte Schönheit, hatte ihm heute zehn Euro zugesteckt. »Für die Weltrevolution!«, hatte sie gesagt. Irgendwie hatte es ironisch geklungen, aber egal, zehn Euro bedeuteten zwei warme Mahlzeiten.

Jakob Ruben klemmte sich seine Pappwand unter den Arm. Vielleicht würde er sich auch ein Glas Rotwein gönnen. Worauf sollte er trinken? Auf den Frühling, ja, darauf, dass die Tage heller wurden.

Schlafen würde er heute Nacht nicht in seinem Bauwagen, sondern in der Tiefgarage, hinter seiner Pappwand – und morgen … Ach nein, er wollte nicht an morgen denken.

In der Tiefgarage überfiel ihn schon wieder unbändiger Zorn. Er ging zur untersten Ebene hinab. Der alte Schlüssel seines Bauwagens begann in seiner Hosentasche zu glühen – so kam es ihm zumindest vor. Warum fuhren diese Ignoranten alle so dicke Autos, die kaum noch in die Parkbuchten passten? SUVs, wohin man blickte. Und er stand oben und demonstrierte gegen das Elend der Welt.

Als er an einem schwarzen Porsche Cayenne vorbeiging, zog er den Schlüssel unauffällig hervor. Das Kratzen, als der Schlüssel über den glänzenden Lack fuhr, war wie Musik. Ein schöner langer Cratch-Laut. Gleich noch einmal ... So geschah es diesem Porschefahrer recht. Ein Kratzer für die Eisbären am Nordpol, der nächste für die hungernden Kinder in der Sahelzone ...

Die Stimme, die er plötzlich hörte, ließ ihn zusammenzucken. Fast wäre ihm seine Pappmauer entglitten. Doch nein, die Stimme galt nicht ihm, er war nicht entdeckt worden.

Hastig ging er weiter. Diese Garage am Dom war ihm deshalb so lieb, weil sie verwinkelt war. Außerdem gab es in der hintersten Ecke, dort, wo noch Reste einer römischen Mauer standen, eine Nische, wo er seine Pappmauer deponieren und sich gelegentlich zusammenrollen konnte, wenn der Mann an der Pforte nicht genau hinsah. Da konnte er davon träumen, dass eine Welt außerhalb dieser Mauern gar nicht existierte.

Das Aufheulen eines Motors war zu hören, dann wieder eine Stimme, diesmal eine andere.

Da, genau vor ihm, standen zwei Gestalten, die sich offenbar stritten, aber was sie genau sagten, konnte er nicht verstehen. Es war ihm auch gleichgültig. Sollten sich diese SUV-Fahrer doch die Schädel einschlagen! War nicht schade um sie.

Er bog zu der alten römischen Mauer ab, die man in der Tiefgarage gelassen hatte. Hier war angeblich 1074 ein Bischof durch einen Geheimgang aus der Stadt geflohen. Ein Stück weiter lag die Ecke, wo er seine Pappwand verstecken konnte.

Die beiden Streithähne waren leiser geworden, jedenfalls

hörte er nichts mehr, doch vor ihm, auf dem Sims zu der Römermauer, stand eine schwarze Tasche aus Segeltuch.

Für einen Moment verharrte er. Konnte sie jemand vergessen haben? Oder war nun Köln dran? Ein Bombenanschlag in der Tiefgarage am Dom? Da würde einiges in die Luft fliegen, und in der ganzen Welt würde es für Aufsehen sorgen.

Doch das waren auch schon Gedanken, die einem von den Zeitungen eingeimpft wurden. Die Terrorangst wurde regelrecht produziert, um von den anderen, viel wichtigeren Problemen dieser Welt abzulenken.

Jakob Ruben stellte seine Pappwand beiseite und hob die Tasche an. Sie war nicht besonders schwer, das Ticken eines Zeitzünders konnte er nicht wahrnehmen.

Als er sie öffnete, spürte er ein ungewöhnliches Gefühl der Freude, das ihn selbst verblüffte. Er sah Geld – ziemlich viel Geld. Hundert-Euro-Scheine, sehr ordentlich gebündelt.

Schnell zog er den Reißverschluss wieder zu und nahm die Tasche an sich.

Das waren etliche tausend Euro. Damit wäre er seine Sorgen für eine Weile los. Er könnte sich eine Wohnung nehmen, vielleicht könnte er auch einen zweiten Prozess anstrengen, einen richtigen Freispruch erwirken.

Er hätte wieder eine Zukunft. Mit einem neuen Anzug, frisch gewaschenen Haaren könnte er zu Maron gehen. Er würde nicht um eine zweite Chance bitten, sondern nur reden.

Er war kein Mädchenanfasser, er hatte sich niemals gegen ihren Willen an einer Schülerin vergriffen.

Die schwarze Tasche warf er sich über die Schulter, dann packte er die unhandliche Pappwand. Die würde er verstecken und dann abhauen.

Er hörte nun von irgendwo ein Reifenquietschen, dann Schritte und eine Stimme.

Nein, dachte er, die Stimme gilt nicht mir. Ich bin nicht zu langsam gewesen, um ein neues Leben anzufangen.

2

Es gab ein paar gute Nachrichten, dachte Jan Schiller, Hauptkommissar der Kölner Polizei und neuerdings wieder Single. Matthias Brasch, sein ehemaliger Kollege, der Weihnachten angeschossen worden war, lernte wieder zu laufen. Die Kugel in seinem Kopf hatte ihn nicht zum Invaliden gemacht. Den IKEA-Schrank in seinem neuen Schlafzimmer hatte Schiller in nur zwei Stunden allein aufgebaut, ohne einen Tobsuchtsanfall zu bekommen. Außerdem war er nicht eifersüchtig. Dass sich bei Carla, in ihrer gemeinsamen Wohnung, in der sie nun seit zwei Monaten allein lebte, eine Männerstimme gemeldet hatte, hatte ihn überhaupt nicht gestört, kein bisschen. Wahrscheinlich war es dieser Stefan gewesen, der Sozialarbeiter, mit dem sie vor etlichen Monaten einmal geschlafen hatte.

Im Präsidium hatte er sich eine neue Kaffeemaschine gegönnt, nein, »Kaffeemaschine« war untertrieben. Mit diesem silbernen Ungetüm hätte er auch ein Café betreiben können. Espresso, besten Milchschaum, heißes Wasser für Tee – diese Maschine konnte einfach alles, und diese furchtbaren Kaffeepads, die fast jeder im Präsidium benutzte, konnte man in den Müll werfen.

Es gab allerdings auch eine schlechte Nachricht. Almut Schwäbe, die Rechtsmedizinerin, mit der er eine kurze Affäre gehabt hatte, glaubte immer noch, bei ihm sei die große Liebe ausgebrochen, er brauche jedoch noch ein wenig Zeit, um seiner alten Liebe nachzutrauern.

Sie rief fast jeden Tag an oder schickte eine SMS, und dummerweise hatte er ihr einmal die Adresse seiner neuen Wohnung in Braunsfeld genannt, und dann war sie mit Salz und Brot vorbeigekommen. »Für den Einzug«, hatte sie gesagt. »Macht man so. Es bringt Glück.« Dabei hatte sie ihn verliebt angesehen.

Verdammt, er konnte beinahe nachempfinden, was seine

Kollegin Birte Jessen hatte aushalten müssen, als Hinrichs, der ehemalige Pressesprecher der Kölner Polizei, sie gestalkt hatte, nachdem sie von Hamburg nach Köln gewechselt war.

Eine Stalkerin war Almut Schwäbe nicht. Noch nicht, dachte er, aber er würde um ein klärendes Gespräch nicht herumkommen.

Er wollte sich jedoch nicht eingestehen, dass er ihretwegen nicht in seine neue Wohnung ging. Christian-Gau-Straße, Braunsfeld, dritte Etage. Almut wohnte etwa achthundert Meter entfernt in Lindenthal am Kanal. Daran hatte er nicht gedacht, als er den Mietvertrag unterschrieben hatte, er war einfach nur froh gewesen, Carlas Schweigen nicht mehr ertragen zu müssen. Die letzten Wochen hatte er bei Therese gewohnt, der alten Hebamme, die sich um ihn kümmerte, seit seine Eltern bei einem Brand gestorben waren. Da war er vierzehn gewesen. Aber Therese war ein Messie, ihr Bungalow in Seeberg war eine bessere Müllhalde, da hortete sie alles, was ihr in die Finger kam, Zeitungen, Babywäsche, Stofftiere, Handtücher, Bücher. Auf ihrem Küchentisch lagen alle Rechnungen herum, die sie in den letzten dreißig Jahren bezahlt hatte – oder auch nicht.

Schiller hatte beschlossen, vom Präsidium zu Fuß ins Belgische Viertel zu gehen. Mittlerweile lief er wieder jeden zweiten Tag zehn bis zwölf Kilometer durch den Stadtwald. Morgen würde er sein Pensum auf vierzehn steigern, da könnte er sich zum Feierabend noch einen Kaffee und zwei, drei Gläser Rotwein gönnen.

Über der Deutzer Brücke wehte ein kalter Wind, doch von hier aus hatte man den besten Blick auf den Dom und die Stadt. Wenn man hier stand, konnte man tatsächlich für ein paar Momente glauben, Köln sei eine schöne Stadt, bewohnt von glücklichen Menschen.

Schiller gestand sich ein, dass er sich einsam fühlte. Die Trennung von Carla hatte ihn zwar befreit, zu lange waren sie zu sprachlos miteinander umgegangen, doch irgendetwas fehlte, nein, nicht irgendetwas, jemand an seiner Seite. Insgeheim beneidete er Birte um ihre Liebe zu Max. Ihr Freund war ein Fahrradkurier, der an einem Roman schrieb und der so gut kochte, dass sie ständig Angst hatte, dick zu werden. »Du wirst aus einem ganz anderen Grund dick werden«, hatte Schiller zu ihr gesagt, doch sie hatte es nicht lustig gefunden.

Den Neumarkt passierte er im Laufschritt. Köln zeigte hier eine besonders hässliche Seite. Die Drogenszene hatte sich in den letzten Jahren hierhin verlagert. Manchmal konnte man Junkies sehen, die sich ausgerechnet in einem Nebeneingang zum Gesundheitsamt einen Schuss setzten. Aber so war Köln, mal herzlich, dann wieder gleichgültig und zu bequem, um etwas gegen Missstände zu unternehmen.

Nach zehn Minuten war er am Café am Bauturmtheater angekommen.

Am Fenster gab es noch einen letzten freien Tisch, den Vera, eine der Kellnerinnen, ihm mit einem Nicken zuwies. Vera war fünfundzwanzig und hatte ein halbes Semester Kunstgeschichte studiert. Ihre Eltern im Westerwald hielten sie immer noch für eine brave Studentin, dabei arbeitete sie nun bereits zwei Jahre im Café. Gelegentlich übernahm sie auch kleinere Rollen im Theater. Beim letzten Besuch hatte Schiller sich vorgestellt, sie einmal einzuladen, irgendwo mit ihr einen Cocktail zu trinken. Er war zweiundvierzig und gewissermaßen wieder ledig. Siebzehn Jahre Unterschied, da war doch nichts dabei.

Nachdem er sich gesetzt hatte, brachte sie ihm gleich einen schwarzen Kaffee.

»Heute schon Verbrecher gefangen?«, fragte sie lächelnd. Sie war hübsch, wenn sie lächelte; sie hatte blonde, glatte Haare und sah ein wenig wie die Kronprinzessin von Norwegen aus, deren Namen er vergessen hatte.

»Mehrere«, erwiderte er. Dabei hatte er nur einen Fall bearbeitet; jemand hatte angegeben, in der Nacht in der U-Bahn-Station Poststraße überfallen worden zu sein, doch die Wunde, die er vorzeigen konnte, eine leichte Stichverletzung am Arm, hatte wie selbst beigebracht ausgesehen.

Der Kaffee tat ihm gut. Er musste Pläne machen, sagte er

sich, neue Dinge in Angriff nehmen. Nächsten Monat würde er einen Halbmarathon laufen; außerdem hatte er, als er seine Sachen gepackt hatte, im Keller seine alte Bassgitarre wiedergefunden. Er könnte einen alten Bekannten, Hanno, den Saxophonspieler, anrufen und sich nach einer Band erkundigen, die einen ziemlich schlechten, aber hoch motivierten Bassisten suchte.

Eine Frau mit langen roten Haaren saß allein zwei Tische von ihm entfernt; sie streifte sich immer wieder gedankenversunken eine Locke zurück, während sie etwas auf ihrem Smartphone las. Sie war nicht mehr ganz jung, Anfang vierzig vielleicht. Dunkle Augen, ein sehr sinnlicher Mund ... Schiller versuchte, ihren Blick aufzufangen, doch von dem, was sie da las, schien die Frau ganz gebannt zu sein. Vielleicht eine Schauspielerin – oder eine Schriftstellerin. Es kam nicht selten vor, dass berühmte oder zumindest halbberühmte Menschen sich im Bauturmcafé einfanden.

»Sitzt du hier, um Damen anzuflirten?« Birte Jessen trat an seinen Tisch.

»Ich trinke einen Kaffee«, sagte er missmutig. Er hatte sie nicht bemerkt; offenbar hatte sie ihn schon seit einiger Zeit beobachtet.

Birte lächelte. »Ich habe alles gesehen«, sagte sie und nickte in Richtung der rothaarigen Frau. »Schade, dass sie so gar nicht interessiert ist. Aber du hast ohnehin keine Zeit. Es gibt einen Toten in der Tiefgarage am Dom. Ich habe dreimal versucht, dich zu erreichen, aber der Herr Hauptkommissar weilt offenbar im Flugmodus.«

Schiller zog sein Smartphone hervor. Ja, er hatte auf »nicht stören« gestellt.

Drei Anrufe von Birte, keiner von Carla oder Almut, und Therese hatte ihm eine SMS geschickt. »Hast du deine Wohnung endlich eingerichtet? Wann kann ich sie besichtigen?« Der vorwurfsvolle Unterton, der sich seit seiner Trennung von Carla bei ihr eingeschlichen hatte, war noch nicht gewichen. Für Therese stand fest, dass er daran schuld war, dass seine

Beziehung zu Carla nach fast zehn Jahren zu Ende gegangen war.

Als Schiller aufstand, sah sie tatsächlich auf: die rothaarige Frau, und sie lächelte ihn sogar an, als hätte sie die ganze Zeit bemerkt, dass sein Blick auf ihr geruht hatte.

Birte hatte das Lächeln auch registriert. »Na«, sagte sie, »vielleicht wäre ja doch etwas gelaufen, aber du kannst ja morgen Abend wiederkommen.«

»Wissen wir genau, dass ein Tötungsdelikt vorliegt?«, fragte Schiller ganz geschäftsmäßig, während er eine Zehn-Euro-Note auf den Tresen legte, hinter dem Vera hantierte.

Birte hielt ihm die Tür auf. »Bei dem Toten handelt es sich um einen etwa fünfzigjährigen Mann. Jemand hat ihm aus nächster Nähe in die Brust geschossen.«

3

Max hatte sie in ein Nobelrestaurant im Rheinauhafen bestellt. »Achtzehn Uhr – sei pünktlich«, hatte er in seiner SMS geschrieben. Die letzten Wochen waren vielleicht die glücklichsten in ihrem Leben gewesen – nicht weil sie so verliebt war, dass sie ständig Schmetterlinge im Bauch hatte, sondern weil das Zusammensein mit ihm auf eine so wunderbare Weise normal war. Er kochte für sie, er küsste sie, sie tranken Wein zusammen, sie liebten sich, und manchmal liefen sie am Decksteiner Weiher entlang. Obschon man ihm den Unterschenkel hatte amputieren müssen, war er immer noch schneller als sie. Nun, er war auch einmal ein erfolgreicher Triathlet gewesen – bevor ihn ein Lastwagen beim Training auf dem Rennrad angefahren hatte.

Trotzdem – als sie das griechische Lokal betrat, hatte sie ein mulmiges Gefühl.

Was würde sie sagen, falls er ihr einen Heiratsantrag machte? Schon zu Weihnachten hatte er Anstalten in diese Richtung gemacht.

Sie kannten sich erst seit ein paar Monaten. Er hatte sie mit dem Fahrrad buchstäblich über den Haufen gefahren – und sie hatte ihn belogen, hatte einen falschen Namen angegeben und so getan, als wäre sie eine Geigenbauerin. Aber er hatte herausgefunden, dass sie Polizistin war.

Max sprang auf, als er sie sah. Er hatte seine langen Haare nach hinten gekämmt und sich ein weißes Hemd angezogen. Sie küssten sich, und während des Kusses suchte sie den Tisch ab. Befand sich da etwas? Ein kleines Etui für zwei Ringe? Nein, nichts, aber wahrscheinlich hatte er das Etui auch in der Hosentasche.

»Ich möchte einen Aperitif trinken«, sagte Max, »und kannst du dein Telefon ausschalten?«

Birte lächelte ihn an. Diese Diskussionen hatten sie häufig. »Ich schalte auf stumm – in Ordnung?«

»Demnächst suche ich ein Restaurant aus, in dem man keinen Handyempfang hat«, erwiderte er.

An seinem Lächeln erkannte sie, dass er längst wusste, was sie dachte. Aber er begann von einem Film zu erzählen, von einem Theaterstück.

Einmal nur hatten sie eine kurze Krise erlebt. Kate, seine ehemalige Lebensgefährtin, die auch seine Trainerin gewesen war, war aus den USA zurückgekehrt – eine wunderschöne, braun gebrannte Frau. Birte hatte sich seltsamerweise sofort unterlegen gefühlt, doch Max hatte sich nur einmal mit Kate getroffen. Nach zwei Stunden in einem veganen Restaurant war er wieder zurück gewesen.

»Ein paar Dinge«, hatte er gesagt, »gehören nun wirklich in die Vergangenheit.« Mehr nicht.

Sie bestellte sich einen Weißwein und als Hauptgang einen Fisch.

»Ich möchte etwas feiern«, sagte Max. Dann beugte er sich zu seinem Rucksack hinab, der unter dem Tisch stand. Doch er holte kein kleines Etui hervor, sondern einen weißen DIN-A4-Umschlag. Mit funkelnden Augen hielt er ihr das Kuvert hin.

»Für mich?«

»Für uns«, erwiderte er. »Irgendwie.«

Sie nahm den Umschlag und zog ein Papier heraus – fünf Seiten. Ein paar Momente brauchte sie, um zu erfassen, was sie da in der Hand hielt. Es war ein Buchvertrag. Max hatte seinen Roman verkauft, den er über den 3. März 2009 geschrieben hatte, den Tag, an dem das Stadtarchiv eingestürzt war. »Ein Tag, eine Stadt«, hieß das Buch.

»Du hast einen Buchvertrag?«

Er lächelte. »Ja, stell dir vor. Fünfundzwanzigtausend Euro Vorschuss und ein guter Verlag in Köln.«

»Aber ich dachte, du bist noch gar nicht fertig?« Er hatte ihr bisher lediglich die ersten hundert Seiten zum Lesen gegeben.

»Die erste Fassung ist fertig. Einen Monat habe ich noch, um alles zu überarbeiten, aber der Verlag war so begeistert, dass sie gleich einen Vertrag machen wollten.« Er nahm sein Glas und prostete ihr zu. »Und das mit dem Heiratsantrag«, sagte er, »kommt vielleicht später.«

Im nächsten Moment spürte sie, wie ihr Smartphone vibrierte. Das Präsidium – noch bevor sie verstohlen auf das Display geschaut hatte, wusste sie, dass sie einen Einsatz hatte.

Jan kannte den Toten. Insofern unterschied sich die Routine von anderen Einsätzen.

»Der Mann heißt Jakob Ruben. Er steht mit einer Pappwand vor dem Dom und demonstriert gegen alles Mögliche – gegen den Krieg, den Hunger, gegen die Religion. Wir haben uns vor ein paar Jahren fast einmal geprügelt.« Jans Stimme klang völlig teilnahmslos.

Schultke und sein Team von der Spurensicherung waren schon bei der Arbeit. Der Tote hatte in einem versteckten Winkel der Tiefgarage am Dom hinter einem schwarzen Kombi gelegen. Eine Frau hatte ihn entdeckt, als sie in ihr Mazda-Cabriolet hatte steigen wollen und ihr der Autoschlüssel heruntergefallen war. Da hatte sie die Schuhe des Toten gesehen.

Der Anblick eines Toten machte Birte immer noch betroffen. Eine tiefe Traurigkeit ging von einem Toten aus, besonders, wenn er gewaltsam ums Leben gekommen war. Es war, als würde er sagen: Sieh her – es war alles vergeblich.

Der Ermordete trug einen grauen verfilzten Pullover, sein Gesicht war wächsern und verzerrt, die grauen Haare klebten ihm am Kopf. In seiner Brust war ein blutiges Loch. Vermutlich war er sofort tot gewesen.

»Wieso hast du dich mit ihm fast geprügelt?«, fragte Birte.

Jan stand neben ihr. Er blickte auf sein Smartphone und begann dann, Fotos zu machen. »Ruben hat Carla aufgelauert. Er hat sie bedroht. Er war Lehrer an der Gesamtschule in Rodenkirchen. Zwei Mädchen hatten ihn beschuldigt, sich ihnen eindeutig genähert zu haben. Das eine Mädchen war bei Carla in Behandlung. Sie war eine Borderlinerin, wenn ich mich richtig erinnere, hat sich geritzt. Ihr Arm war voller Narben.«

Schultke hatte einen Scheinwerfer aufgebaut, der den Toten nun in ein grelles, gespenstisches Licht tauchte. Ein Kollege machte mit einer Spezialkamera Fotos.

Birte wandte sich ab. War der Tote in der Tiefgarage erschossen worden? Blutspuren waren auf dem Betonboden nicht zu sehen. Von der Zufahrt hörten sie aufgeregte Stimmen. Sie hatten die untere Ebene der Garage absperren müssen, was offenbar für reichlich Unmut sorgte.

»Wo ist die Frau, die den Toten gefunden hat?«, fragte sie einen uniformierten Polizisten.

Er deutete mit dem Daumen hinter sich. »Sie hat aber nichts gesehen, sagt sie.«

Eine Frau, die ein rotes Kopftuch trug, stand bei einem anderen Uniformierten, dann kam die Rechtsmedizinerin, Dr. Almut Schwäbe, mit einem Metallkoffer heran. Birte sah sich nach Jan um. Er würde nicht sonderlich begeistert sein, sie zu sehen. Wenn Birte nicht alles täuschte, war da ein One-Night-Stand vor einiger Zeit ziemlich schiefgegangen.

Als ihr Smartphone summte, war sie sicher, dass Max sich meldete. Sie hatte ihn mit der Hauptspeise sitzen lassen, und zum ersten Mal hatte er sich verärgert gezeigt. »Gibt es nur eine Polizistin in Köln, die Mordfälle lösen kann?«, hatte er so laut seufzend ausgerufen, dass sich das halbe Restaurant nach ihnen umgeblickt hatte.

Es war jedoch Nele Krach, ihre Assistentin, die sich aus dem Präsidium meldete.

»Es gibt eine Art Bekennerschreiben im Netz«, sagte sie. »Sie nennen sich ›Rebels of Cologne‹ und erklären, dass sie Jakob Ruben liquidiert haben, weil er das Symbol des verlogenen Gutmenschen sei.«

Birte hörte wieder aufgeregte Stimmen von der Zufahrt her. »Das Symbol des verlogenen Gutmenschen?«, wiederholte sie. »Kennen wir diese Rebels of Cologne?«

»Bisher nicht«, erwiderte Nele. »Ich habe das schon gecheckt. Wir versuchen auch, herauszufinden, woher die E-Mail stammt. Könnte von einem russischen Server abgeschickt worden sein.«

4

Der Anblick des Toten brachte ein paar unliebsame Erinnerungen ans Tageslicht. Schiller hatte Jakob Ruben sofort erkannt, obschon der ehemalige Lehrer sich sehr verändert hatte. Sein Haar war schütter und grau geworden, die Haut in seinem Gesicht wirkte ungesund ledrig, und das hatte nichts mit seinem gewaltsamen Tod zu tun.

Es musste etwa fünf oder sechs Jahre her sein, als Ruben vor ihrer Praxis in der Palanterstraße auf Carla gewartet hatte. Mit dem lauten Ruf »Verdammte Psycho-Schlampe« hatte er sich auf sie stürzen wollen, doch da war Schiller neben sie getreten und hatte ihm die Faust vor die Brust geschlagen. Ruben war sofort zu Boden gegangen. Laut zeternd hatte er sich dann entfernt. Carla hatte eine Anzeige aufgeben wollen, doch Schiller hatte es ihr ausgeredet.

Wenig später war Ruben vom Unterricht suspendiert worden, nicht wegen der Aussagen der zwei Schülerinnen, die ihn bezichtigten, sie nach einer Theateraufführung, die er geleitet hatte, unzüchtig berührt zu haben, sondern weil er seinem Schulleiter einen Hieb ins Gesicht verpasst und ihm die Nase gebrochen hatte. Danach war es mit Ruben schnell bergab gegangen – er war aus dem Beamtenverhältnis entlassen worden, seine Frau hatte sich von ihm getrennt, und irgendwann war er als Mahner und Warner vor dem Dom aufgetaucht. Eine stadtbekannte Person, die aber niemandem sympathisch war. Ob die Anschuldigungen der Mädchen stimmten, war niemals geklärt worden. Marissa, das Mädchen, das bei Carla in Behandlung gewesen war und von dem die Beschuldigungen ausgegangen waren, war ein Jahr später mit ihren Eltern nach Süddeutschland gezogen, wenn Schiller sich recht erinnerte.

Und nun hatte jemand Ruben in die Brust geschossen. Er war vermutlich sofort tot gewesen.

Dass Almut Schwäbe am Tatort auftauchte, überraschte

Schiller nicht. Sie hatte sich eine neue Frisur machen lassen: einen Kurzhaarschnitt, blond gefärbt. Ihm wurde bewusst, dass sie sich seit über zwei Wochen nicht gesehen hatten. Ihre letzten Kurznachrichten hatte er nicht beantwortet.

Schiller nickte ihr zu. Sie musterte ihn mit dunklem, gleichzeitig erwartungsvollem Blick. »Ich kenne den Toten«, sagte er. »Hat hier immer vor dem Dom demonstriert. Es wäre wichtig, zu wissen, wann genau er getötet worden ist.«

Almut Schwäbe schaute ihn an. »Werde mir Mühe geben«, sagte sie tonlos, dann glitt sie an ihm vorbei.

Zweimal hatten sie miteinander geschlafen. Beim ersten Mal war er betrunken gewesen, beim zweiten Mal so nüchtern, dass ihm klar geworden war, dass es nicht passen würde. Sie war eine intelligente Frau, aber ihr Blick war zu suchend, zu sehr darauf aus, zu gefallen und irgendjemanden an ihrer Seite zu wissen.

Schiller entfernte sich von dem Toten. Zwei von Schultkes Leuten suchten den Boden nach Spuren ab. Das Projektil hatten sie noch nicht gefunden.

An der Zufahrt zur Tiefgarage hingen zwei Kameras, die offenbar auch funktionierten. Also würden sie sich jedes Auto ansehen können, das in die Garage gefahren war. Jemand von der Betreibergesellschaft des Parkhauses war auch schon aufgetaucht. Ein Mann in einem grauen Anzug mit Krawatte.

»Was hat dieser Obdachlose hier zu suchen gehabt?«, herrschte der Mann Schiller an. »Wir haben alle unsere Mitarbeiter angewiesen, solche Subjekte zu entfernen.« Er betonte das Wort »Subjekte«, als bezeichnete es eine Krankheit. »Gab es einen Streit unter Pennern? Ist der Mann deshalb ermordet worden?«

»Wir haben eben erst mit den Ermittlungen begonnen«, erwiderte Schiller missmutig. »Aber Sie werden uns sicherlich gerne unterstützen. Wir benötigen das Videoband des heutigen Tages. Wir müssen sehen, wer alles herein- und herausgefahren ist.«

Der Mann nickte, nun etwas versöhnlicher. »Das gefällt uns

gar nicht«, sagte er. »Wir tun alles, damit man sich in unseren Parkhäusern sicher fühlt, und dann kommt so ein Penner und lässt sich hier erschießen.«

Es blieb die ganze Zeit ein merkwürdiges Gefühl: Almut Schwäbes dunklen Blick zu spüren und gleichzeitig den Impuls zu haben, Carla anzurufen. Hatte sie mit Jakob Ruben nicht auch später noch Kontakt gehabt und nicht auch dessen Ex-Frau kennengelernt?

Erst im Präsidium, während er mit Nele Krach und Bert Cremer, dem dritten Hauptkommissar in ihrem Team, das Videoband durchsah und Fotos der geparkten Autos aus der Tiefgarage sichtete, fühlte Schiller sich entspannter. Über sechshundert Fahrzeuge, die von morgens elf Uhr bis gegen zwanzig Uhr dreißig, als der Tote gefunden worden war, in die Tiefgarage gefahren waren, mussten sie überprüfen. Zudem etwa dreihundert geparkte Autos in der unteren Ebene. Eine Arbeit, die mehrere Tage in Anspruch nehmen würde. Nele hatte bereits Verstärkung angefordert. Auf den ersten Augenschein hin hatten sie auf dem Videoband nichts Auffälliges entdecken können. Jakob Ruben war auf den Aufnahmen nicht zu sehen gewesen. Er war vermutlich durch den Seiteneingang am Dom in die Garage gelangt.

Schiller unterließ es, Carla anzurufen. Die Ex-Frau von Ruben, die als Kunstlehrerin am Museum Ludwig arbeitete, hatte sich bereit erklärt, ihren Mann am nächsten Morgen zu identifizieren. Sonderlich bekümmert über den Tod Rubens schien sie nicht zu sein. Die Rebels of Cologne hatten noch eine E-Mail verfasst – fünf Zeilen voller Unsinn über Identität, Flüchtlinge und die Strafaktion zu Jakob Ruben. Aber woher hatten diese Rebels von der Ermordung gewusst, bevor sie offen im Netz gestanden hatte? Die beiden E-Mails waren von einem Server in der Ukraine verschickt worden – eine Rückverfolgung würde nahezu unmöglich sein.

Als Schiller gegen zwei Uhr nachts seine Wohnung betrat, fiel ihm auf, wie leblos sie aussah. Wenn man die drei Räume als Tatort angesehen hätte, wäre es schwergefallen, irgendetwas über den Bewohner zu sagen. Keine Fotos oder Bilder an den Wänden – außer dem großen bunten Druck eines Gemäldes von Gerhard Richter, das Carla ihm zum vierzigsten Geburtstag geschenkt hatte. Keine Bücher, nur ein paar CDs, und die Küche sah nicht aus, als hätte da jemand in den letzten Wochen gekocht.

Einzig die Bassgitarre – ein Fender-Bass mit einem Hals aus Ahorn und einem Korpus aus Esche – deutete auf die Persönlichkeit des Bewohners hin.

Schiller nahm den Bass in die Hand und zupfte ein paarmal. Außer Variationen eines tiefen Dum-Dum-Dum hatte er früher in seiner Band nicht viel hervorgebracht. Nun probierte er ein paar Akkorde. Wieder das bekannte Dum-Dum-Dum, das ihm durch Mark und Bein ging. Dazu schlug er mit dem rechten Bein einen Takt und schloss die Augen. Er konnte sich vorstellen, auf einer Bühne zu stehen, ganz im Hintergrund, vor ihm ein Gitarrist und rechts von ihm der Leadsänger, und dann setzte das Schlagzeug ein, gab einen harten Rhythmus vor, in den er mit einstieg, Sekunden später kreischte die Gitarre auf. Sie spielten harten, groben Rock. Ja, wie wäre das, wenn er auf seine alten Tage noch richtig Musik machen würde?

Mit Hanno, einem stadtbekannten Saxophonisten, der nun auf die siebzig zuging, hatte er vor Ewigkeiten einige Auftritte gehabt. Milde hatte Hanno über seine Fehler und sein sehr eingeschränktes Repertoire hinweggesehen. »Sei du der Teppich, über den wir laufen«, hatte er gesagt.

Plötzlich klang ein lautes Schrillen in sein Gezupfe hinein, das er überhaupt nicht einordnen konnte. Schiller öffnete die Augen. Das Schrillen ertönte ein zweites Mal, nun noch drängender. Es war zwei Uhr zwölf, wie er auf der Anzeige seines Radioweckers sehen konnte. Jemand stand vor seiner Tür. Zum ersten Mal hörte er die Türklingel. Als Almut gekommen war, hatte sie ihn vor der Tür abgepasst, aber sie würde sich nach ihrer letzten Begegnung kaum trauen, um diese Zeit bei ihm aufzutauchen.

Carla, fiel ihm ein, nein, sie konnte es nicht sein, aber vielleicht machte Therese einen nächtlichen Hausbesuch. Bei ihr konnte man nie wissen, wann sie in ihrem babyblauen Mantel auf der Matte stand. Oder Birte hatte eine Idee zu ihrem neuesten Fall, die sie unbedingt sofort loswerden musste.

Als er die Tür öffnete, stand eine blonde Frau da – sie trug eine schwarz umrandete Brille, hatte die Haare zu einem Pferdeschwanz zusammengebunden und lächelte ihn schief an.

»Cool«, sagte sie in einem leicht ironischen Tonfall, »wir haben jetzt einen Musiker im Haus, aber, verdammt, musst du um zwei Uhr nachts noch üben? Ich bin vor einer Stunde aus dem Theater gekommen und bin hundemüde.«

»Tut mir leid«, erwiderte Schiller entschuldigend. »Ich habe nicht auf die Uhrzeit geachtet. Ich bin kein Musiker, sondern …«

»Polizist … ich weiß«, sagte die blonde Frau. Ihre blauen Augen schienen ihn zu erforschen. »Hat mir ein Nachbar aus dem Erdgeschoss erzählt. Na, nun kann ich mich ja absolut sicher in meinen vier Wänden fühlen.« Sie stellte sich als Nadine Linder vor und war Dramaturgin am Kölner Schauspiel.

Als sie sich wieder umdrehte, um in ihre Wohnung hinunterzugehen, sah Schiller ein Tattoo auf ihrem linken Oberarm. Eine Schlange mit einem offenen Maul, die sich an einem Rosenstock hinaufwand.

Könnte es sein, dachte er ein paar Minuten später, als er in seinem Bett lag, dass ich soeben der schönsten Frau begegnet bin, die ich jemals gesehen habe?

5

Birte hatte gewusst, dass Jan sie hängen lassen würde. Sie hasste es, bei Obduktionen dabei zu sein; Jan hatte versprochen, auch zu kommen – trotz seiner unglückseligen Affäre mit Almut Schwäbe, aber um neun Uhr war vor dem Gebäude der Rechtsmedizin nichts von ihm zu sehen.

Maron Kirschner, die Ex-Frau von Ruben, trug einen eleganten grauen Ledermantel. Sie hatte langes rotblondes Haar und sah aus wie ein in Ehren gealtertes Fotomodell.

»Es tut mir leid, was mit Jakob passiert ist«, sagte sie nach ihrer knappen Begrüßung, »aber richtig trauern kann ich nicht um ihn. Wir hatten ein paar gute Jahre, als unser Sohn geboren wurde, doch die waren schon lange vorbei, als diese Mädchen ihn anzeigten.«

Birte bemerkte, dass die Rechtsmedizinerin sich verstohlen nach Jan umschaute. Sie wirkte auch leicht enttäuscht, dass er nicht auftauchte.

»Jakob Ruben hatte Alkohol im Blut, knapp zwei Promille. Seine Leber war schwer geschädigt. Da hätte er bald Probleme bekommen. Insgesamt war sein körperlicher Zustand jedoch nicht schlecht«, erklärte die Rechtsmedizinerin.

Die Identifizierung dauerte dann nicht mehr als drei Minuten.

Maron Kirschner vergoss schließlich doch ein paar Tränen. »Jakob war kein sehr guter Mensch, er war jähzornig und rechthaberisch. Trotzdem hat er dieses Schicksal nicht verdient. Ich bin auch sicher, dass die Mädchen damals gelogen haben.«

»Wissen Sie, wo Ihr Ex-Mann zuletzt gewohnt hat?«, fragte Birte. Im Melderegister hatte Nele eine Adresse ausfindig gemacht, wo er vor einem Jahr ausgezogen war.

»Ich glaube, er hatte keine feste Wohnung mehr«, erwiderte Maron Kirschner. »Dabei war er kein armer Mann. Er bekam seine Pension, nicht viel, aber er hätte nicht auf der Straße leben müssen. Außerdem hatte er sogar noch ein Bankkonto.«

Birte machte sich eine Notiz, dass sie die Vermögensverhältnisse von Ruben überprüfen mussten.

»Sagen Ihnen die Rebels of Cologne etwas?«, fragte sie.

Maron Kirschner schüttelte den Kopf. »Ich habe Jakob schon über ein Jahr lang nicht mehr gesehen. Die Domplatte habe ich zuletzt gemieden. Ich wollte ihn da nicht so stehen sehen – in seinem verfilzten Pullover, mit fettigen Jahren –, wie er glaubte, gegen alles und jeden protestieren zu müssen.«

»Hatte Ihr Ex-Mann Feinde?« Birte begleitete Maron Kirschner zu ihrem Wagen, einem schwarzen Audi. Hinter einem Fenster der Rechtsmedizin glaubte sie Almut Schwäbe auszumachen, die ihnen nachblickte.

»Feinde? Ich weiß nicht. Bevor das mit den Mädchen passiert ist, war er Schöffe – eine Sache, die er sehr ernst genommen hat. Da haben ihn schon mal Leute bedroht, aber danach ...« Sie zuckte die Achseln. »Hat ein Mann Feinde, der auf der Domplatte steht und jedem Passanten stumm ins Gesicht schreit, er sei am furchtbaren Zustand dieser Welt mitschuldig?«

Maron Kirschner öffnete die Fahrertür. Tränen waren in ihrem Gesicht keine mehr zu erkennen.

»Was ist mit Ihrem Sohn?«, fragte Birte. »Welchen Kontakt hatte er noch mit seinem Vater?«

»Das habe ich Jakob besonders übel genommen: Justus hat seinen Vater geliebt, er hat dessen Abstieg am wenigsten verkraftet, und deshalb ist er vor fünf Jahren abgehauen, gleich nach dem Abitur. Er lebt nun in Brisbane und studiert Meeresbiologie. Ich habe ihn in all der Zeit nur viermal gesehen.«

Als sie zurück ins Präsidium fuhr, traf eine SMS von Max ein. »Meine Haut ist taub ohne dich. M.« Gestern Nacht war er in einer seltsam düsteren und sogar abweisenden Stimmung gewesen. So kannte sie ihn nicht, dabei hatte er doch allen Grund gehabt, zu feiern. Zum ersten Mal seit Langem hatte er wieder von seinem Unfall gesprochen, von dem Moment, als ihn der Lastwagen gestreift hatte. Mit dem Rennrad war er unterwegs gewesen; eine Trainingsfahrt von zweihundert Kilometern, kurz vor Köln hatte ihn der Kühlergrill eines Trucks gestreift; er war zu Boden gegangen, und ein Reifen hatte sein rechtes Bein erwischt. »Ich habe einen furchtbaren Schmerz gefühlt, einen glühenden Schmerz, als würde ich meinen eigenen Feuertod erleben, und ich habe gewusst, dass mein Leben zu Ende ist. Mit dieser glasklaren Erkenntnis bin ich in Ohnmacht gefallen und erst im Krankenhaus wieder aufgewacht. Da hatte man mir schon den Unterschenkel amputiert. Kate, die per GPS immer wusste, wo ich war, hatte ihre Zustimmung gegeben.«

Vielleicht, hatte Birte da zum ersten Mal gedacht, nahm Max ihr diese Zustimmung immer noch übel; als hätte Kate, seine Lebensgefährtin, Hüterin und Trainerin, ihn aus seinem alten Leben hinausgeworfen.

Was antwortete man auf so eine Kurznachricht? Großer Gott, sie war Polizistin, keine Dichterin! Statt eines »Ich liebe dich«, das ihr profan und wie eine leere Beruhigung vorkam, schrieb sie: »Wir lieben uns, sind Herzverwandte. Bis heute Abend. B.«

Im Präsidium war zumindest auch Jan schon eingetroffen. Er zelebrierte es, sich und ihr an einer neuen Maschine, die er gekauft hatte, einen Kaffee zu kochen, vermutlich um sein schlechtes Gewissen zu beruhigen.

Birte berichtete kurz von ihrer Begegnung mit Rubens Ex-Frau. Dass Almut Schwäbe zugegen gewesen war, ließ sie wohlweislich aus.

»Bert und Nele schauen sich weiter die Videobänder aus der Tiefgarage an«, sagte Jan und hielt ihr einen Kaffeebecher hin. »Wenn der Mörder mit dem Auto gekommen ist, haben wir ihn im Bild.«

Der Kaffee war exzellent – aufs Kaffeekochen verstand Jan sich, doch seit er allein lebte, war er noch wortkarger geworden. Birte musste sich eingestehen, dass sie nicht wusste, wie er seine Abende verbrachte und ob er sich mit jemandem traf.

»Warum erschießt jemand einen Mann wie Jakob Ruben?«, fragte Birte laut vor sich hin. Sie ging zum Fenster und blickte zum Dom hinüber, der sich in einen grauen Himmel erhob.

»Vielleicht ging es gar nicht um ihn, sondern er war zur falschen Zeit am falschen Ort und hat etwas gesehen, das er nicht sehen sollte«, erwiderte Jan.

»Und was sollte das sein? Die Übergabe von Drogen oder irgendwelchen geheimen Papieren? In einer Tiefgarage mitten in Köln?« Birte drehte sich zu ihm herum. »Nein, wir müssen herausfinden, wo Ruben gehaust hat, mit welchen Leuten er Kontakt hatte. Vielleicht war es auch ein Streit unter Obdachlosen.«

»Ruben hatte Papiere in seiner Tasche, einen rostigen Schlüssel, ein altes Telefon und eine Geldbörse mit sechsundzwanzig Euro. Habe ich von der Kriminaltechnik erfahren. Das Geld hätte jemand aus der Obdachlosenszene ihm vermutlich abgenommen.«

Birte musste ihm recht geben. »Fahren wir also zum Bahnhof. Die Leute bei Gulliver wissen meistens gut Bescheid. Wahrscheinlich treffen wir da jemanden, der Jakob Ruben gekannt hat.« Gulliver war eine sogenannte Überlebensstation für Obdachlose. Dort bekamen Heimatlose zu essen, konnten sich aufhalten, duschen oder sich die Haare schneiden lassen.

Jan trank wortlos aus. »Hat Ruben wirklich auf der Straße gelebt? Wenn er ein Bankkonto hatte, dann muss doch auch Geld eingegangen sein, oder nicht? Nele sollte das baldmöglichst checken«, sagte er und verschwand im Nachbarbüro.

Birte kontrollierte ihr Smartphone, kein Anruf von Max, dann gab sie bei Google den Namen »Jakob Ruben« ein. Sie fand mehrere Einträge. Bei einigen ging es um die Vorwürfe seiner beiden Schülerinnen gegen ihn, dann um seine Kunstaktionen auf der Domplatte, wie er sie selbst genannt hatte. Die Polizei war im Dauereinsatz gewesen – zweimal war er verprügelt worden. Mehrfach hatten sich auch die Geschäftsleute in der Umgebung beklagt. Ruben sei ein öffentliches Ärgernis, das ihnen die Kunden vertreibe. Vor drei Jahren war er auch einmal im Theater aufgetreten, zusammen mit anderen Obdachlosen hatte er ein Stück mit dem Titel »Platte machen« konzipiert; es war jedoch offenbar lediglich viermal aufgeführt und dann abgesetzt worden.

Als Jan zurückkehrte, hielt sie ihm ihr Smartphone hin. »Ruben hat sogar Theater gespielt«, sagte sie.

Jan schaute sich das Foto an. »Er hat die Theatergruppe an seiner Schule geleitet«, erklärte er. »Da sind die Vorwürfe ja aufgetaucht. Dass er mit den beiden Mädchen eine Sonderprobe angesetzt hatte, um mit ihnen allein zu sein.«

Nele meldete sich, als sie den Parkplatz verlassen hatten. »Ruben hat einen Bauwagen am Krefelder Damm«, sagte sie. »Da hat er wohl auch zuletzt gewohnt. Außerdem habe ich Einsicht in sein Konto erhalten. Er hat eine ordentliche Pension bekommen, dafür, dass er mit vierundfünfzig den Dienst quittiert hat. Achtzehnhundert Euro. Zwölfhundert Euro hat er davon auf ein bestimmtes Konto eingezahlt. Offenbar schon seit sechs Jahren.«

»Was ist das für ein Konto, auf das er eingezahlt hat?«, fragte Birte.

»Das weiß ich noch nicht«, erwiderte Nele. »Aber ich werde es herausfinden.«

Bei Gulliver trafen sie eine Sozialpädagogin, die lediglich das Gesicht verzog, als sie den Namen »Jakob Ruben« vernahm. »Ich habe von dem Mord gehört«, sagte sie, »aber hier ist Ruben nur ein-, zweimal gewesen. Wir haben ihm Hausverbot erteilen müssen. Er hat einen unserer Gäste beschuldigt, ihn bestohlen zu haben, und ist dann handgreiflich geworden. So etwas können wir hier nicht dulden.«

»Hatte er Freunde?«, fragte Jan. »Ist es nicht so, dass es eine Gemeinschaft unter den Obdachlosen gibt?«

»Nein«, sagte die Frau. »Das Leben ist für die meisten viel zu hart, um echte Freundschaften zu haben. Da geht es nur ums Überleben. Und Ruben hat sich auch für etwas Besseres gehalten – für jemanden, der recht hat, und die Welt hat unrecht.«

Max verstörte Birte durch sein Schweigen. Keine zweite SMS, kein Anruf. So still kannte sie ihn nicht. Sie hätten gestern Abend feiern müssen, dachte sie, aber, verdammt, ein Mord war ein Mord. Dass sie Polizistin war, hatte ihn bisher noch nicht gestört.

Jan bog auf den Krefelder Damm ein, als sie zum zehnten Mal auf ihr Smartphone starrte. Fehlanzeige.

»Max hat einen Vertrag für seinen Roman bekommen. Gestern wollten wir eigentlich feiern«, sagte sie, mit einem Seitenblick auf ihn. »Nun ist er wütend, weil ich zum Einsatz musste.«

»Wir sind Polizisten«, erwiderte Jan lakonisch. »Irgendwann machen wir uns bei allen unbeliebt.«

Auf dem Krefelder Damm gab es seit Jahren eine kleine Ansammlung von Bauwagen. Künstler wohnten hier, ehemalige Junkies oder Leute, die mitten in der Stadt ein wenig anders leben wollten.

Als sie ausstiegen und durch eine offene Einfahrt liefen, kam ihnen ein alter Schäferhund mit einer grauen Schnauze mit ungelenken Bewegungen entgegen. Jemand in einem blauen Overall hockte auf einer Bank und schnitzte an einem Stock herum. »Brutus«, rief er seinem Hund zu, »sei vorsichtig. Da kommt die Polizei.«

Jan tätschelte dem Hund über den Kopf, dann schritten sie auf den Mann zu.

»Schön, dass man uns so herzlich willkommen heißt«, sagte Birte zu dem Mann, der sicherlich gut sechzig sein musste. Das graue Haar hatte er zu einem Zopf zusammengebunden.

»Gerne geschehen.« Der Mann grinste sie an. »Ist eine meiner großen Fähigkeiten: Polizisten am Geruch erkennen. Bei euch war es besonders einfach.«

Jan schaute sich auf dem Hof um. Zehn Bauwagen standen da, die meisten bunt angemalt. An einigen waren die Türen offen, vor einem saßen zwei Frauen und tranken Bier. Ein Radio plärrte, und aus einem anderen drang laut klassische Musik.

»Welcher Bauwagen hat Jakob Ruben gehört?«, fragte Jan.

Der Mann im Overall seufzte. »Klar, deswegen kommen Sie – wegen unserem Freund Jakob.« Das Wort »Freund« betonte er.

»Er war nicht Ihr Freund?«, fragte Birte.

»War er nicht.« Der Mann im Overall machte eine wedelnde Handbewegung. »Einigen hat er zu viel geredet, anderen war die Sache mit den Mädchen suspekt. Und dann hat er meinem besten Kumpel seine Grundration Gras abgenommen, als wäre er noch der Lehrer, der alles zu bestimmen hat. Jakob ist auch zuletzt nicht mehr gekommen, und wenn, dann nur zum Schlafen. Da ist sein Wagen.«

Ein Bauwagen, der einmal grün gewesen war, an dem jedoch die Farbe abblätterte, stand ein wenig abseits.

»Weiß man schon, wer ihn erschossen hat?«, fragte der Mann.

Jan schüttelte den Kopf. »Weiß man nicht. Wir müssen uns den Wagen einmal ansehen. Haben Sie eine Ahnung, wo der Schlüssel sein könnte?«

»Da würde ich mal unter das erste Fensterbrett greifen«, erklärte der Mann. »Nur ein unbestimmter Tipp für Freunde von der Polizei.« Er lächelte, dann nahm er eine Zigarette hervor und steckte sie an. »Bloß für den Eigengebrauch«, meinte er. »Ist gewissermaßen medizinisch zu betrachten.«

Der Geruch von Marihuana breitete sich aus.

Jan zögerte einen Moment, dann ging er zu dem grünen Bauwagen voraus. Ein großer rostiger Schlüssel befand sich tatsächlich unter dem Fensterbrett.

Ein muffiger Geruch schlug ihnen entgegen, als sie die Tür aufschlossen. In diesem Bauwagen war schon lange niemand mehr gewesen. Durch ein völlig verschmutztes Fenster fiel nur wenig Licht. Jan benutzte die Lampe an seinem Smartphone und leuchtete hinein. Zuerst fiel der Lichtstrahl auf zwei Metallstühle und einen Tisch, dahinter befand sich eine Bank, auf der eine Decke lag, vielleicht der Schlafplatz.

Jan stöhnte. »Was für eine Behausung«, sagte er.

Eine Kochstelle gab es nicht. Im hinteren Teil des Bauwagens stapelten sich Kartons, die zum Teil schon aufgeweicht waren. Jan öffnete den obersten und zog ein paar Bücher heraus. »Heinrich Böll, ›Wo warst du, Adam?‹«, sagte er mit dem Blick auf das erste Buch. »Da hat der ehemalige Deutschlehrer seine letzten Schätze gebunkert.«

Birte wandte sich um. Ein großer Zettel hing neben dem Fenster. Darauf hatte jemand in Blockbuchstaben geschrieben: »Wen ich am liebsten umbringen würde!« Darunter standen in krakeliger Schrift einige Namen: »Den Papst – den Präsidenten der USA – den Chef der KVB – Heinrich Krause – Carla Mohn – Carlos – mich selbst.«

Sie nahm ihr Smartphone hervor und fotografierte den Zettel.

Jan hatte das Papier auch bemerkt. »Er hat Carla die Schuld gegeben, dass die Mädchen vor Gericht ausgesagt haben«, erklärte er. »Heinrich Krause war der Direktor seiner Schule. Dem wird auch diese Ehre zuteil.« Dann schob er sich an ihr vorbei.

Zwei Fotos hingen ebenfalls an der Wand – mit einer Reißzwecke befestigt. Sie zeigten beide eine junge Frau mit langen schwarzen Haaren. Jan hielt die Fotos ins Licht. »Hast du schon einmal ein so bildschönes Mädchen gesehen?«

Birte musste ihm recht geben. Das Mädchen mochte vierzehn oder fünfzehn Jahre sein – ihr Teint war dunkel, ihr Mund und ihre Nase waren makellos geformt, und die Augen blickten den Betrachter mit einem heiteren, freundlichen Ausdruck an. Auf einem Foto trug sie ein langes weißes Kleid, das andere war eine Porträtaufnahme.

»Ist das eines der zwei Mädchen, die ihn angezeigt haben?«, fragte Birte.

»Nein«, erwiderte Jan. Er steckte die beiden Fotos ein. »Die beiden waren blond, aber ich gehe jede Wette ein, dass dieses Mädchen auch eine seiner Schülerinnen gewesen ist.«

Im nächsten Moment klingelte Birtes Smartphone. Max, dachte sie mit einer gewissen Erleichterung, doch es war Nele, die sich meldete.

»Ich habe den Namen der Kontoinhaberin, der Jakob Ruben seit fast sechs Jahren Geld überweist. Die Frau heißt Nesrin Alavi – sie ist zwanzig Jahre alt und studiert in Düsseldorf literarisches Übersetzen. Sie wohnt in Köln-Mülheim.«

6

Wenn Carla von dem Mord an Ruben gehört hatte, würde sie sich dann bei ihm melden?, fragte Schiller sich. Bei Birte war die Laune auch im Keller. Zum ersten Mal schien sie Ärger mit ihrem Freund zu haben. Max war sonst stets die Freundlichkeit und das Verständnis in Person gewesen.

Aber wahrscheinlich war Carla mit ihrem neuen Freund unterwegs. Sie hatte ihre Praxis als Kindertherapeutin wieder eröffnet, die sie ein Jahr lang nur sporadisch betrieben hatte. Schiller stellte sich vor, wie sie seine Spuren in ihrer Wohnung auslöschte. So viele gab es da allerdings vermutlich gar nicht.

Dann dachte er an Nadine Linder. Vielleicht sollte er mal wieder ins Theater gehen.

Die Frau, die ihnen in der Keupstraße in Mülheim öffnete, war noch schöner geworden. Ihr Haar war genauso lang wie auf dem Foto in Rubens Bauwagen, nur war sie nun eine erwachsene Frau – leicht geschminkt, mit einem dezenten Lippenstift, in einem weißen Pullover, der ihre perfekte Figur zur Geltung brachte.

Ihre Augen musterten sie forschend, aber nicht unfreundlich.

Schiller überließ es Birte, sich auszuweisen und die Fragen zu stellen.

Ja, sie sei Nesrin Alavi, erwiderte die Frau freundlich.

»Es geht um eine Routineanfrage«, fuhr Birte fort. »Stimmt es, dass Sie jeden Monat eine Zahlung von Jakob Ruben erhalten?«

Nesrin Alavi winkte sie herein. Sie bewohnte über einem Laden für türkische Hochzeitsmoden ein Apartment, das offensichtlich aus einem Raum bestand. Ein gelbes Sofa, ein kleiner Tisch mit zwei Stühlen, ein Schreibtisch mit einem eingeschalteten Laptop und eine Kochecke.

»Ist Jakob wieder in Schwierigkeiten?«, fragte die Frau ohne jeden Argwohn. »Es ist alles sehr traurig mit ihm.«

Birte bedachte Schiller mit einem kurzen Seitenblick. Ja, sie waren an der richtigen Adresse, aber diese junge Frau wusste noch von nichts.

»Er hat Ihnen jeden Monat Geld überwiesen – warum?«, fragte Birte in einem sanften Tonfall.

Nesrin Alavi bedeutete ihnen, sich an den Tisch zu setzen. Sich selbst zog sie den Stuhl von ihrem Schreibtisch heran. Sie strich sich ihr Haar zurück, während sie Platz nahm. Dann lächelte sie, schneeweiße Zähne blitzten auf, aber es war ein müdes, resigniertes Lächeln. »Im Grunde war alles meine Schuld. Ich hatte mich in Jakob verliebt, ich habe ihn treffen wollen – und, ja, da war auch etwas zwischen uns ...« Sie schloss die Augen und faltete die Hände in ihrem Schoß.

Schiller versuchte, sich diesen alten, grauhaarigen Lehrer mit diesem bildschönen Mädchen vorzustellen.

Nesrin Alavi sprach mit geschlossenen Augen weiter. »Die anderen begannen zu tuscheln, dann wurden sie eifersüchtig, und dann gab es die Anzeige. Eine Katastrophe. Natürlich hatte Jakob nichts gemacht. Er hatte meinetwegen schon ein schlechtes Gewissen, dass wir uns küssten, dass wir ...« Sie verstummte und schlug die Augen auf. Ihr Blick suchte Schiller. »Verstehen Sie? Da war wirklich etwas zwischen uns – und dann ...« Sie griff sich an den Hals, als wären da Worte stecken geblieben. »Die Anzeige und der Unfall ... alles geschah in einer Woche. Meine Mutter wurde von einem Auto überfahren, sie hatte an einer Straßenbahnhaltestelle nicht aufgepasst. Sie ist im Krankenhaus gestorben, ohne dass ich noch mit ihr reden konnte.«

Stille trat ein, in die hinein Birtes Smartphone summte. Sie nahm es und stellte es auf stumm.

Nesrin Alavi wischte sich über ihre braunen Augen. Auf ihrer Stirn erschien eine zarte Falte. »Meine Mutter war meine einzige Angehörige in Deutschland. Meine Eltern kommen aus dem Iran. Mein Vater sitzt dort im Gefängnis – immer noch.« Sie straffte sich. »Aber warum erzähle ich das alles? Ja, Jakob schickt mir seither Geld. Ich weiß, dass es ihm nicht gut geht, dass er alles verloren hat, doch er will mich nicht treffen. Zweimal bin ich zu ihm auf die Domplatte gegangen, aber er hat mich jedes Mal weggeschickt. Es tut mir weh, ihn so zu sehen.«

»Wo waren Sie nach dem Unfall?«, fragte Schiller. Das Schicksal der jungen Frau berührte ihn. Auch seine Eltern waren ums Leben gekommen, als er vierzehn Jahre alt gewesen war – ein Heizofen war in Brand geraten. Ob seine Mutter sich hatte umbringen wollen, war nie geklärt worden.

»Ein paar Wochen war ich in einem Kinderheim, dann in einer Wohngemeinschaft. Mit dem Geld von Jakob komme ich aber nun gut zurecht. Ich will Übersetzerin werden.« Sie lächelte wieder. »Ich wollte damals für ihn eintreten, aber er hat es verboten. Dann machen sie dich auch fertig, hat er gesagt. Deshalb bin ich still geblieben. Vor Gericht ist er auch freigesprochen worden.«

Ja, dachte Schiller, aus Mangel an Beweisen, doch da war er schon seinen Job losgeworden.

»Aber warum?«, fragte Nesrin Alavi nun endlich. »Warum wollen Sie das alles wissen?«

Es gab wenige Momente in seinem Leben, in denen er sich komplett hilflos gefühlt hatte – und die Nachricht, dass ein Angehöriger ermordet worden war, hatte er schon einige Male überbringen müssen, aber der Schrecken, der Nesrin Alavi erfasste, als sie vom gewaltsamen Tod ihres ehemaligen Lehrers und Geliebten erfuhr, erschütterte auch ihn. Die schöne Frau sank förmlich in sich zusammen, alle Farbe wich aus ihrem Gesicht. Für einen Moment hatte Schiller geglaubt, sie werde in Ohnmacht fallen. Doch dann begann sie, hemmungslos zu schluchzen und Worte zu stammeln, die er nicht verstehen konnte.

Birte hatte sie schließlich umarmt und sie nach einem Freund oder einer Freundin gefragt, die vorbeikommen könnte.

Offenbar hatte sie keinen Freund – sie nannte jedenfalls den Namen einer Frau.

Und dann fragte sie, wie Rubens Ex-Frau die Nachricht aufgenommen hatte.

»Gefasst«, hatte Birte erwidert. »Die beiden hatten schon längere Zeit keinen Kontakt mehr.«

Dieser Satz ließ die junge Frau erneut in Tränen ausbrechen.

Schiller wusste, dass es wie Flucht aussah, als er Birte mit Nesrin Alavi allein zurückließ, bis deren Freundin eingetroffen war. Die Begegnung mit der jungen Frau hatte sie kein Stück weitergebracht – sie wussten nun lediglich, dass Ruben höchstwahrscheinlich zu Unrecht beschuldigt worden war; er hatte zwar eine Affäre mit einer Schülerin gehabt, doch es war eine ganz andere gewesen. Vielleicht hatte der ehemalige Lehrer sich selbst bestraft – so kam es Schiller vor. Von einem gut situierten Lehrer war er innerhalb von wenigen Jahren zu einem Obdachlosen geworden. Ein Motiv für den Mord hatte sich immer noch nicht ergeben.

Es war kurz vor achtzehn Uhr, als Schiller vor das Schauspiel einbog, das sich nur ein paar Meter von der Keupstraße entfernt befand. Er sagte sich, dass er sich nach Jakob Rubens Theaterstück erkundigen wollte, doch er wusste selbst, dass es nicht stimmte.

Der Eingang war noch geschlossen. Also versuchte er es in dem Restaurant vor dem Theater. Nadine Linder saß allein am ersten Tisch. Sie hatte Papiere vor sich ausgelegt und blickte auf, als er eintrat. Ein Lächeln des Erkennens breitete sich auf ihrem Gesicht aus.

»Der Musiker!«, sagte sie.

Schiller fühlte sich ertappt. Sie war ganz in Schwarz gekleidet – schwarze Jeans mit Stiefeln, ein eng anliegender schwarzer Pullover. Ihr blondes Haar leuchtete, es war wieder zu einem Pferdeschwanz zusammengebunden.

»Ich bin als Polizist hier«, erklärte er ein wenig zu förmlich.

»Ich habe nichts verbrochen.« Nadine Linder hob die Hände.

»Es geht um eine Auskunft.« Schiller sah sich in dem Restaurant um, als suche er jemanden. Es war fast leer, nur an einem hinteren Tisch saßen vier Männer zusammen.

»Schade. Ich dachte schon, Sie wollten bei uns vorspielen.« Nadine Linder deutete vor sich auf einen Stuhl.

Kaum hatte Schiller sich gesetzt, kam ein Kellner heran.

»Hier macht man den besten Kaffee der Stadt«, sagte Nadine Linder. »Ich weiß das, ich bin jeden Tag hier.«

Schiller bestellte einen Milchkaffee, dann betrachtete er die Unterlagen auf dem Tisch. Er hatte keine Ahnung, was eine Dramaturgin so zu tun hatte. Fotos von Schauspielern lagen da sowie handgeschriebene Papiere.

»Was wollen Sie wissen?« Die Dramaturgin war seinem Blick gefolgt. Ihre blauen Augen blitzten ihn hinter den Brillengläsern neugierig an.

»Wir untersuchen einen Mordfall. Jakob Ruben ist gestern Abend in der Tiefgarage am Dom erschossen worden – er hat auch einmal hier Theater gespielt.«

Nadine Linder verdrehte ein wenig die Augen – so wie junge Mädchen es tun, wenn sie angestrengt nachdenken. »Ich habe davon gehört«, sagte sie. »Als das Stück mit den Obdachlosen gespielt wurde, war ich noch nicht hier, aber ich kenne diesen Ruben. Ich habe ihn getroffen – vor drei Wochen. Er hatte ein Stück geschrieben, das er hier aufführen wollte. Ein Einpersonenstück. Ich erinnere mich noch an den Titel: ›Der Mann, der Dreck, die Stadt‹.«

»Haben Sie es gelesen?«, fragte Schiller. Sein Kaffee wurde gebracht.

Die Dramaturgin schüttelte den Kopf. »Nur den Anfang. Es war wohl ziemlich autobiografisch. Ein Mann steht vor dem Dom und redet mit dem Erzbischof. Also, in Gedanken. Der Erzbischof ist nicht wirklich da. Es geht um den Dom, die im Mittelalter geraubten Gebeine und überhaupt darum, dass die Kirche die Menschen bestehle, ihr Geld, ihre Seele, alles.«

Schiller trank den Kaffee. Dabei konnte er den Blick von Nadine Linder kaum abwenden. Plötzlich hatte er einen absurden Gedanken: Ich muss sie zum Lachen bringen – ich will ihr lautes, offenes Lachen hören.

Im nächsten Moment klingelte sein Smartphone. Er wusste sofort, dass es Birte war, die vermutlich abgeholt werden wollte.

»Die Kleine hat sich beruhigt. Ihre Freundin ist jetzt da«, sagte Birte ohne Begrüßung. »Außerdem hat es in Kalk auf der Hauptstraße eine Schießerei gegeben. Wir sollen kurz vorbeifahren, meint Nele, weil wir doch in der Gegend sind.«

Nein, wollte Schiller erwidern, wir haben unseren Fall, mit dem wir nicht weiterkommen, doch Birte hatte die Verbindung bereits unterbrochen.

7

Die Kalker Hauptstraße lag nur einen knappen Kilometer vom Präsidium entfernt. In dieser Gegend ging es mitunter hart zur Sache, doch dass vor einem türkischen Imbiss jemand angeschossen wurde, war hier auch nicht an der Tagesordnung.

Als Birte mit einem missmutigen Jan Schiller eintraf, hatten vier Streifenwagen die Straße abgeriegelt. Das Opfer wurde in einem Rettungswagen behandelt. Ein etwa dreißigjähriger Mann hatte einen Bauchschuss abbekommen, als er den Imbiss verlassen hatte, wie ein Uniformierter, der sie in Empfang nahm, ihr kurz berichtete. Wahrscheinlich hatte jemand aus einem fahrenden Auto auf ihn geschossen.

Jan versuchte, Nele zu erreichen. Er war nur widerwillig aus ihrem Passat gestiegen. Es war nicht ihr Fall – sollte sich jemand anders darum kümmern.

»Wenn wir keine Leute mehr haben, kann Bert die Sache übernehmen«, sprach er in sein Smartphone hinein.

Bert Cremer war der Schweiger in ihrem Team. Nach der Trennung von seiner Frau war er eine Zeit lang aus dem Tritt geraten, doch nun hatte er eine neue Partnerin, eine Musiklehrerin, die jedoch noch keiner zu Gesicht bekommen hatte, und blühte förmlich auf. Allerdings erstreckte sich sein wiedererweckter Enthusiasmus kaum auf seine Arbeit.

Birte spähte in den Rettungswagen hinein, der mit eingeschaltetem Blaulicht mitten auf der Straße stand. Ein Notarzt und ein Sanitäter versorgten den Verletzten.

Der Arzt drehte sich kurz um und hob den Daumen. »Keine Lebensgefahr!«, sagte er dann, bevor er sich wieder dem Verletzten zuwandte.

Sie sah, dass Jan in dem Imbiss mit dem Besitzer sprach – einem grauhaarigen Mann mit einem Schnauzbart, der einen weißen Kittel trug. Der Besitzer gestikulierte heftig und schüttelte mehrmals den Kopf. Jan deutete auf die Straße, und der Mann nickte.

Eine Minute später trat Jan neben sie. »Ich bin ein guter Polizist, weißt du das eigentlich?« Er lächelte sie an, einen Kaffeebecher in der Hand. Seine Stimmung hatte sich deutlich verändert.

»Klar«, sagte sie. »Du löst jeden Fall innerhalb weniger Tage, wenn dir nur genug Kaffee durch die Venen läuft.«

Er nickte. »Wir brauchen die Spurensicherung«, sagte er und nippte an seinem Kaffee, »damit sie herausfinden, mit welcher Waffe geschossen worden ist, und dann müssen wir hoffen, dass wir bald mit dem Opfer sprechen können. Wird interessant sein. Da wurde nicht auf irgendwen gefeuert.«

Er verstummte. An dem Rettungswagen sprang die Sirene an, dann rollte er langsam die Straße hinunter.

»Keine Lebensgefahr«, sagte Birte. »Hat mir der Notarzt eben signalisiert.«

»Umso besser.« Jan schaute sie an. »Das Opfer heißt Daniel Bronski, stadtbekannt, ein ehemaliger Boxer, Schwergewicht, wenn ich mich nicht irre. Hat sogar einmal um die Europameisterschaft geboxt. Ist dann wegen Dopings gesperrt worden. Aber noch viel interessanter ist sein Fahrzeug.« Jan deutete auf einen weißen SUV, der halb auf dem Gehsteig vor dem Imbiss geparkt war – ein weißer Toyota mit aufgesprühten leuchtenden Flammen auf der Beifahrertür. Ein echter Angeberschlitten. »Kommt dir der Wagen nicht bekannt vor?«, fragte er.

Birte begriff sofort, dass Jan recht hatte. »Der Wagen hat gestern Abend in der Tiefgarage geparkt, etwa zehn Meter von der Stelle entfernt, an der Jakob Ruben erschossen worden ist.«

»Exakt«, erwiderte Jan und machte eine Bewegung, als wolle er sie umarmen, hielt sich dann jedoch zurück. »Wir sind doch das beste Team, das man in Köln findet, oder etwa nicht?«

Der weiße Toyota RAV4, Baujahr 2009, gehörte tatsächlich einem Mann namens Daniel Bronski, wohnhaft in Köln, Dieselstraße 4. Ein Projektil war noch nicht gefunden worden.

Max hatte ihr eine SMS geschickt. »Gehe nun laufen, so schnell ich kann. Dann koche ich für uns. Loving M.« Er liebte es, bei Dunkelheit, nur mit einer Stirnlampe ausgestattet, durch den Beethovenpark zu laufen. Dabei konnte er sich völlig verausgaben und ein Tempo vorlegen, dem sie nicht zu folgen vermochte.

Als sie ihm eine Antwort schreiben wollte, summte ihr Smartphone, und eine unbekannte Nummer leuchtete auf.

Eine zaghafte Stimme meldete sich. »Frau Jessen«, sagte Nesrin Alavi, »danke, dass Sie da waren. Ich hoffe, Sie halten mich nicht für ... für eine schlechte Person. Ja, ich habe das Geld von Jakob angenommen, aber ...« Sie schluchzte. Im Hintergrund war eine andere Stimme zu vernehmen – ihre Freundin Julia vermutlich.

»Jakob hat mir manchmal Nachrichten geschrieben«, fuhr Nesrin fort. »Er hatte ja ein altes Nokia-Handy. Meistens nur einzelne, sinnlose Wörter – himmelsverloren, Luftgänger, Kirchenmüll, so etwas –, aber die letzte Nachricht kam vorgestern. Da hat er geschrieben, dass er bald zu Geld kommen und sich wieder eine Wohnung nehmen würde. Das hat mir wirklich Hoffnung gemacht.«

Jan startete den Wagen und fuhr die Kalker Hauptstraße Richtung Deutzer Brücke.

»Haben Sie eine Ahnung, wie Ruben an Geld kommen wollte?«, fragte Birte.

Nesrin schluchzte. »Nein. Ich habe auch nicht gefragt. Mein Fehler – tut mir leid. Wissen Sie, wann Jakob beerdigt wird? Ich muss dabei sein, unbedingt.«

»Ja, ich verstehe«, sagte Birte. »Ich gebe Ihnen Bescheid. Es wird sich gewiss jemand um die Bestattung kümmern.« Dann verabschiedete sie sich.

»Man hat Bronski in die Uniklinik gebracht. Nicht hier ins Kalker Krankenhaus«, sagte Jan. »Ruben hat ein Stück geschrieben – fürs Theater. Vielleicht hat er geglaubt, dass es bald aufgeführt werden würde und er ein Honorar bekommt.« Er bemerkte ihren erstaunten Blick. »Habe ich recherchiert«, fügte er hinzu. »Die Mieterin unter meiner neuen Wohnung ist Dramaturgin.«

»Sie ist wahrscheinlich knapp sechzig und ziemlich hässlich«, erwiderte Birte, weil sie an Jans Tonfall einen bestimmten Eifer wahrgenommen hatte, den er häufiger an den Tag legte, wenn es um attraktive Frauen ging.

»Genau«, erwiderte er. »Kurz vor der Rente, völlig entstellt und mit einem Buckel.«

»Immerhin konnte diese hässliche Dramaturgin dir eine kompetente Antwort geben. Wird das Stück denn aufgeführt?«

»Eher nicht.«

Ihr Smartphone summte erneut. »4.23«. Max gab ihr seine Laufzeit für einen Kilometer durch. Nicht schlecht, wenn man die Witterung betrachtete. »Bin gegen 22 Uhr zurück«, schrieb sie. »Gibt es ein Dessert?«

Jan suchte vor der Uniklinik einen Parkplatz. »Hoffentlich vergraulst du deinen Fahrradkurier und Schriftsteller nicht«, sagte er. »Wäre jammerschade.«

Birte antwortete nichts darauf.

Daniel Bronski war noch im Operationssaal, erfuhren sie von einer Krankenschwester. Es seien jedoch keine lebenswichtigen Organe in Mitleidenschaft gezogen worden. Sprechen dürfe man ihn aber erst morgen Vormittag.

»Vielleicht können Sie das auch den Herren da vorn erklären«, fügte die Krankenschwester hinzu.

Auf einer Reihe von Plastikstühlen saßen drei Männer – ein älterer, gedrungener mit einem verwitterten Gesicht und zwei jüngere, braun gebrannte, die weite Jogginghosen und knappe T-Shirts trugen, die ihre imposante Muskulatur zur Geltung brachten. Auf einem T-Shirt war ein schwarzer Boxer zu sehen – Muhammad Ali, vermutete Birte. Der andere Mann trug eines mit der Aufschrift »I am Muslim – don't panic«.

Der Ältere sprang auf und kam breitbeinig auf sie zu. Er

streckte Jan die Hand entgegen, eine behaarte Pranke. »Rolf Mischke«, sagte der Mann, »ich bin Daniels Trainer und sein Betreuer, wenn man so will. Wir haben gehört, was passiert ist, und sind sofort hierher...«

Jan schüttelte die Hand, ohne eine Miene zu verziehen. »Vor der Polizei?«, fragte er. »Woher wussten Sie ...?«

»Daniel hat mich angerufen – noch bevor der Rettungswagen kam.« Mischke verzog das Gesicht. »So ist der Junge – eisenhart. Ruft erst mich an und dann einen Sanitäter. Wir sind dann sofort los und hinter dem Krankenwagen her. Doch jetzt wollen sie mich nicht zu meinem Schützling lassen ...« Er deutete mit dem Zeigefinger zu der Milchglastür, hinter der die Krankenschwester verschwunden war.

»Wer hat auf ihn geschossen?«, fragte Jan.

Mischke blickte zu Boden, dann hob er den Kopf und breitete seine muskulösen Arme aus. »Da hab ich keinen Schimmer. Daniel ist ein guter Junge. Dem muss man nur in die Augen sehen, dann erkennt man, dass in diesem Muskelberg noch ein kleines Kind sitzt, das jeden Tag über die Welt staunt. Als Boxer war er ziemlich passabel, wir wollten eben sein Comeback starten, erste Aufbaukämpfe. Nee, keine Ahnung, wer da durchgedreht hat. War vielleicht eine Verwechslung.«

»Ja«, erwiderte Jan spöttisch. »Kommt ja beinahe jeden Tag vor, dass in Kalk einer in der Gegend herumballert.« Er reichte Mischke seine Visitenkarte. »Morgen um Punkt dreizehn Uhr sehe ich Sie im Präsidium. Mit Ihren netten Begleitern. Wer sind die beiden überhaupt?«

Zögernd nahm der Boxtrainer die Karte entgegen. »Ahmet und Eugen – gute Jungs, gehören zu meinem Boxteam. Bantam- und Halbschwergewicht. Wir waren eben im Trainingsraum, als Daniel anrief. Von denen wird man noch hören.«

Als Jan sich schon abgewendet hatte, wandte Mischke sich zum ersten Mal an Birte. »Wann kann ich denn meinen Jungen sehen?«, fragte er. »Ihn hat es doch wohl nicht so schlimm erwischt?«

»Er wird sicherlich über Nacht hierbleiben. Es besteht aber keine Lebensgefahr.«

»Muss man sich Sorgen machen? Ich meine … kriegt er eine Bewachung?«

Darüber hatte Birte sich auch schon Gedanken gemacht, war aber noch zu keinem Schluss gekommen. »Fahren Sie wieder nach Hause oder in Ihr Boxcamp«, sagte sie. »Wir sorgen für die Sicherheit Ihres Boxers.«

Mischke nickte eifrig, dann hielt er inne. »Daniel hat einen Hund – einen Stafford, ziemlich scharfes Tier. Wäre dann wohl besser, wenn einer von uns sich um das Tier kümmert, oder?«

Hatte in dem SUV ein Hund gesessen? Birte überlegte. Jan und sie hatten sich dem Wagen nicht so weit genähert, dass sie es hätten sehen können.

»Also müsste ich in die Wohnung.« Der Trainer schaute sie erwartungsvoll an. »Mit Daniels Schlüssel.«

Ein scharfer Stafford in einer fremden Wohnung, die sie sich ohnehin ansehen müssten, wäre eine recht unliebsame Überraschung geworden. Für einen Moment hoffte Birte, dass sie mit diesem Fall nichts zu tun hatten, dass es Zufall war, dass Bronskis Wagen in der Tiefgarage geparkt hatte.

»Ich besorge den Schlüssel«, sagte sie. »Dann fahren Sie hinter uns her. Okay?«

Mischke tippte sich wie ein Kapitän an die Stirn. Eine Sekunde später reichte ein kurzer Wink aus, und seine beiden Begleiter sprangen gleichzeitig auf und schritten wie Paladine an seiner Seite.

Jan hatte sie – ganz gegen seine Gewohnheit – fahren lassen, weil er im Netz nach Einträgen zu »Daniel Bronski« suchte. Bronski war vor vier Jahren kläglich in einem Kampf um die Europameisterschaft untergegangen. Bereits in der zweiten Runde hatte sein Gegner, ein viel kleinerer Ire, der aber noch nie einen Fight verloren hatte, ihn auf die Bretter geschickt. In der dritten Runde hatte der Ringrichter den Kampf abbrechen müssen – Bronski war dreimal zu Boden gegangen.

Kurz danach war herausgekommen, dass er gedopt gewesen war. Mischke, sein Trainer, hatte seine Hände in Unschuld gewaschen. Mit dem Doping habe er nichts zu tun. Drei Jahre hatte man Bronski gesperrt – die Sperre war nun seit vier Monaten abgelaufen.

Mischke fuhr ihnen in einem schwarzen VW-Kastenwagen hinterher. Ein unauffälliges Auto.

Bronski wohnte in Köln-Kalk in einem gepflegten, weiß verputzten Altbau. Die Schlüssel hatte die Krankenschwester ihnen, ohne groß überredet werden zu müssen, ausgehändigt. »Gefahr im Verzug« war schon immer ein Grund für alles Mögliche gewesen.

Schon vor der Wohnung, die im zweiten Stockwerk lag, wussten sie, dass etwas nicht stimmen konnte. Die Tür, ein einfaches Modell, war nur angelehnt. Mit einem groben Messer oder einem Stemmeisen hatte man sie aufgehebelt.

Jan klopfte an das weiß lackierte Holz. Von einem Hund kein Lebenszeichen – kein Bellen, kein Knurren. Trotzdem war Birte auf den Anblick eines erschossenen Staffords nicht vorbereitet.

Der Hund – ein Ungetüm aus Fleisch und Muskeln, das gut und gern sechzig Kilogramm wiegen musste – lag in einer riesigen Blutlache drei Meter hinter der Tür.

Birte spürte, wie ihr der metallische Geruch des Blutes den Atem nahm.

Hinter ihr hörte sie, wie Mischke tief einatmete, einer der beiden anderen Männer murmelte einen unverständlichen Fluch.

Nur Jan hatte nichts gesagt. Er wandte sich um. »Herr Mischke«, sagte er sehr förmlich. »Sie und Ihre Begleiter dürfen die Wohnung leider nicht betreten. Warten Sie bitte draußen!«

Der Boxtrainer hob die Hand, als wolle er widersprechen, doch dann trat er den Rückzug an. Leise Stimmen waren vom Treppenhaus aus zu hören.

Birte versuchte, irgendwie über den toten Hund und die Blutlache hinwegzusteigen.

Der nächste Raum war ein Wohnzimmer – ziemlich spießig mit Schrankwand, einem Flachbildschirm, zwei Ledersesseln und einem niedrigen Glastisch.

Jan hatte bereits sein Smartphone am Ohr. »Wir brauchen Schultke und ein paar seiner Leute«, sprach er in den Apparat hinein. »Sie müssen sich die Wohnung des Boxers vornehmen.«

Im Wohnraum sah man nicht, dass jemand etwas gesucht hatte, doch in dem angrenzenden Schlafraum waren die Schränke aufgerissen und sämtliche Kleidungsstücke zu Boden geworfen worden. Auch die Matratze aus dem Doppelbett hatte jemand hochkant gestellt.

»Immerhin keine Leiche einer Freundin oder eines Freundes«, sagte Jan. »Aber Bronski wird uns einiges zu erklären haben.«

Birtes Blick fiel auf ein Bild an der Wand. Ein viel jüngerer Boxer Bronski, verschwitzt, aber noch mit einem Mundschutz glücklich lachend, einen Lorbeerkranz um den Hals. Also hatte er doch einmal zu den Siegern gehört.

8

Gegen halb zwei in der Nacht war Schiller zurück in seiner Wohnung. Er nahm seinen Bass hervor und zupfte zaghaft herum, in dem Versuch, sich ein wenig zu entspannen. Bassisten waren die merkwürdigsten Mitglieder einer Band. Meistens standen sie im Hintergrund, bewegten sich während eines Konzerts so gut wie gar nicht, doch wenn der Bass fehlte, fiel es sofort auf. Die anderen Musiker mussten dann gewissermaßen übers Wasser laufen, da war nichts, was ihnen Halt gab.

Vielleicht sollte er tatsächlich Hanno anrufen und ihn fragen, ob er irgendwo einsteigen könnte. Aber vorher würde er ein wenig üben und bei einem gestandenen Musiker ein paar Stunden Unterricht nehmen müssen.

Nach zehn Minuten stand er auf, griff sich eine Flasche Weißwein aus dem Kühlschrank und ging ein Stockwerk hinunter. Von der Straße hatte es ausgesehen, als würde bei Nadine Linder noch Licht brennen. Statt zu klingeln, klopfte er vorsichtig gegen ihre Wohnungstür.

Sie öffnete nach dem dritten Klopfen – angezogen, im schwarzen Pullover, die langen blonden Haare offen tragend.

»Der Herr Nachbar!«, sagte sie leicht spöttisch. »Ist das wieder ein dienstlicher Besuch?« Gleichzeitig hielt sie ihm die Tür einladend auf.

»Eigentlich nicht«, sagte er und folgte ihr in die Wohnung.

Es roch nach einem Frauenparfüm. In der Küche, auf einem alten Holztisch, lag eine aufgeschlagene Zeitung, daneben stand eine Teetasse, aus der Dampf aufstieg.

»Leidest du an Schlaflosigkeit oder Einsamkeit oder an beidem?« Sie blickte auf die Flasche Weißwein in seiner Hand. Dann, bevor er antworten konnte: Wahrscheinlich an beidem, legte sie eine Hand auf ihren Mund. »Oh Pardon, wir beim Theater duzen uns sofort. Schlechte Angewohnheit!«

»Nein«, erwiderte er. »Schon gut!«

Sie nahm ihm die Flasche ab und blickte mit Kennermiene auf das Etikett. »Um diese Jahreszeit trinke ich lieber Rotwein. Ich habe einen guten Merlot …«

»Bitte nicht.« Schiller sah sie an. Er versuchte zu begreifen, was ihn so sehr an dieser Frau faszinierte, dass er mitten in der Nacht wie ein schüchterner Schuljunge in ihrer Küche stand. Ihre Augen, dachte er, es sind die blauen Augen und die Art, wie sie sich bewegt, und ihre Hände, ihre zarten Gesten. Die Nägel ihrer beiden kleinen Finger waren knallrot lackiert. »Ich habe vor ein paar Stunden einen toten Hund gefunden – in einer schrecklichen Blutlache.«

Nadine Linder zog ihre Augenbrauen in die Höhe. »Erschossen?«

Er nickte.

»Hat das etwas mit diesem Mann zu tun, der in der Tiefgarage umgebracht worden ist?« Sie öffnete wie selbstverständlich die Weißweinflasche.

»Das wissen wir noch nicht.« Verstohlen sah er sich in der Küche um. Wohnte sie allein hier? Gab es das Bild eines Mannes, einer Familie? Nein, nichts. Ein Kalender neben der Spüle, ein paar Zettel an einem alten Kühlschrank. An der Wand nur ein bunter Druck – Farben, die ineinanderflossen.

Sie wischte die Zeitung vom Tisch, stellte dann zwei Gläser hin, in die sie Weißwein einschenkte.

»Auf gute Nachbarschaft!« Nadine Linder prostete ihm zu. »Du bist der erste Polizist, der nachts um …« Sie warf einen Blick auf eine altmodische Uhr mit zwei goldenen Zeigern an der Wand. »… zwei Uhr in meiner Küche sitzt.«

»Ist auch sonst nicht meine Art«, erwiderte Schiller verlegen. »Doch …« Er verstummte. Doch meine Wohnung ist fürchterlich kalt und leer … Nein, einen solchen Satz konnte er nicht über die Lippen bringen.

Nadine Linder wies auf einen Stapel Papier auf dem Fensterbrett. »Ich habe dir das Stück mitgebracht, das dieser Mann mir gegeben hat. Ist gar nicht so schlecht. Dachte, es interessiert dich vielleicht.« Sie blinzelte ihm hinter den Brillengläsern zu.

Schiller spürte, wie sein Herz einen Schlag aussetzte. Ihr, dachte er, ja, ihr gefällt es, dass ich in ihrer Küche sitze und sie anhimmele.

Bis gegen vier Uhr morgens las Schiller in dem Stück, das Jakob Ruben verfasst hatte. Eine richtige Handlung existierte nicht. Da gab es am Anfang eine Art Gedankenmonolog an den Erzbischof, den Nadine vermutlich gelesen hatte, und dann stand jemand mit einem Handkarren vor einer riesigen Kathedrale und versuchte, Passanten Spiegel zu verkaufen – Spiegel, in denen sie sich selbst erkennen konnten. Aber die meisten Menschen – fünf oder sechs – wollten sich nicht selbst erkennen, schließlich kam ein Priester, wahrscheinlich der Erzbischof höchstselbst, um den Mann mit dem Handkarren davonzujagen, doch der holte zu einem Sermon gegen die Kirche aus. Als Abschluss des Stücks ging eine Bombe in der Kirche hoch. Schiller verstand nicht, ob der Mann die Bombe vorher dort platziert hatte oder es ein Zufall war.

Hinweise, warum jemand Ruben ermordet haben konnte, fanden sich in dem Text nicht.

Eine Stelle hatte jemand rot angemarkert – Nadine Linder, vermutete er.

»Die richtige Liebe zu finden ist, wie in einen Spiegel zu schauen, in dem man plötzlich auf dem Kopf steht. Man kennt sich nicht mehr – man geht durch den Himmel, alles ist anders geworden – ganz verrückt.«

Hatte sie diese Stelle als kitschig empfunden? Sie hatte ihr Glas Weißwein ausgetrunken, dann hatte sie herzhaft gegähnt und gemeint, sie müsse morgen schon früh im Theater sein. Sie probten »Die Weber« von Gerhart Hauptmann.

An der Tür hatte sie ihn umarmt – distanziert zwar, aber ja, es war eine Umarmung gewesen.

Gegen acht Uhr war Schiller bereits wieder im Präsidium. Birte, Bert Cremer und Nele waren ebenfalls schon vor ihm eingetroffen – ebenso ihre beiden Assistenten Laura Lengsdorf und Christian Berner. Sie verteilten rasch die Aufgaben. Cremer und Lengsdorf sollten sich die Wohnung von Bronski ansehen, nachdem die Spurensicherung abgezogen war. Nele und Berner arbeiteten weiter die Liste der Inhaber der Fahrzeuge durch, die in der Tiefgarage am Dom geparkt hatten, und Birte und er würden zu Bronski in die Uniklinik fahren. Für zwölf Uhr mittags hatte Fitschen, als Kriminaldirektor ihr Vorgesetzter, zusammen mit der Staatsanwaltschaft eine Pressekonferenz anberaumt. Der Express hatte mit einem Foto von Jakob Ruben aufgemacht – mit der Schlagzeile: »Dom-Demonstrant ermordet!«

»Ich habe das Stück gelesen, das Ruben geschrieben hat«, sagte Schiller, als sie den Parkplatz am Präsidium verließen. »Eine ziemlich krude Mischung aus Welthass und Besserwisserei, aber da findet sich nichts Persönliches. Niemand müsste Grund haben, ihn zu erschießen, weil er so etwas auf die Bühne bringen wollte.«

Er spürte Birtes Seitenblick. Sie sah auch nicht sonderlich ausgeschlafen aus. »Hat diese hässliche Dramaturgin dir das Stück ausgehändigt?«

»Ja«, erwiderte Schiller, und leiser fügte er hinzu: »Aber so hässlich ist sie eigentlich gar nicht.«

Birte erwiderte nichts darauf. Sie nahm ein Telefonat an. Jakob Ruben war mit einer Česká 75, einer tschechischen Pistole, erschossen worden, Kaliber neun mal neunzehn Millimeter; die Kugel, die Bronski getroffen hatte, hatte man in der Hauswand des Imbisses gefunden. Aus welcher Waffe sie stammte, war noch nicht eindeutig zu bestimmen, aber es war mit ziemlicher Sicherheit eine andere Waffe.

»Also vermutlich zwei Täter«, sagte Birte in ihr Smartphone hinein. Dann unterbrach sie die Verbindung.

Als sie nach zweimaligem Anklopfen das Zimmer von Daniel Bronski in der Uniklinik betraten, lag er nicht im Bett, sondern stand am Fenster und blickte hinaus. Mit düsterer Miene wandte er sich um.

»Was ist mit meinem Hund?«, rief er entrüstet. »Welcher Scheißkerl hat meinen Hund erschossen?« Dabei stieß er seine Fäuste vor, als würde er in einem Boxring stehen. Er trug einen weißen Bademantel, der ihm an den Schultern zu eng war. Seine Brust war nackt; an der linken Seite war ein leuchtend weißer Verband zu sehen.

»Wahrscheinlich war es derselbe Täter, der auch auf Sie geschossen hat«, sagte Schiller. »Wie geht es Ihnen? Offenbar können Sie ja schon wieder aufstehen.«

Bronski blickte an sich herab. »Eine üble Fleischwunde – nicht viel mehr. Die Kugel ist durchgegangen, weil ich mich irgendwie abgedreht habe.« Er hob den Kopf und starrte erst Schiller, dann Birte an. »Ich will hier bald wieder raus – am besten sofort.« Dann machte er eine schnelle Bewegung und stöhnte auf. Also hatte er doch Schmerzen. Vorsichtig ließ er sich auf sein Bett sinken.

Schiller zeigte ihm seinen Dienstausweis. »Wir müssen Sie befragen«, sagte er und zog Birte den einzigen Stuhl zurecht, den es in diesem Raum gab. Das Krankenhaus hatte Bronski in ein Hinterzimmer verlegt, das in der Nacht ein uniformierter Polizist bewacht hatte.

Birte setzte sich jedoch nicht. Sie musterte Bronski. »Haben Sie eine Ahnung, wer auf Sie geschossen hat?«, fragte sie.

Bronski strich sich durch sein kurzes, vermutlich schwarz gefärbtes Haar. Mit seiner braunen Haut und den Muskelpaketen in Armen und Beinen wirkte er eher wie ein Wrestler denn wie ein Boxer.

»Diesen Hund …«, sagte er, »… ihn habe ich geliebt. Tyson sah gefährlich aus, dabei war er ein Lamm, ja, ein herzensguter Hund, ein echter Kamerad.«

»Der Hund hatte eine Narbe auf dem Rücken«, sagte Schiller. Das war ihm am Abend aufgefallen. »Woher stammte die?«

Bronski ließ sich stöhnend in sein Bett zurückfallen. Er schloss kurz die Augen. Für einen Moment wirkte er kraftlos und erschöpft. Als seine Augen aufsprangen, hob er wieder eine Faust. »Was wollen Sie damit sagen? Dass ich Tyson gegen andere Hunde kämpfen lasse? So ein Scheiß! Hören Sie auf, Mann! So etwas gibt es doch gar nicht! Hirngespinste – dass sich irgendwo Leute treffen und ihre Hunde aufeinanderhetzen!«

»Ihre Wohnung ist von jemandem durchsucht worden«, sagte Birte. »Was glaubte man bei Ihnen zu finden?«

Bronskis Blick änderte sich. Nun schaute er Birte ein wenig von oben herab an, und so klang auch seine Stimme. »Mädchen«, sagte er, »was weiß ich denn? Eine Million hatte ich da jedenfalls nicht gebunkert, und mit Drogen deale ich auch nicht.«

»Wie haben Sie dann Ihr Geld verdient – nach der Dopingsperre?« Schiller betonte das letzte Wort.

»Ich habe bei Rolf gearbeitet, habe ihn beim Training unterstützt, und nun bereite ich mein Comeback vor. Leute, ich bin dreiunddreißig. Für einen Schwergewichtler genau das richtige Alter. Ich bin auf der Überholspur.«

Die Tür wurde geöffnet und sofort wieder geschlossen. Schiller meinte, Mischkes Stimme wahrgenommen zu haben. »Also«, sagte er, »wer hat auf Sie geschossen? Jemand wollte Sie umbringen!«

Bronski schnaubte verächtlich. »Einige haben vielleicht Angst, dass ich wieder in den Ring steige, Konkurrenten … Was weiß ich! Die Welt ist voller Arschlöcher!«

»Sie haben noch einmal Glück gehabt«, sagte Birte. Der herablassende Tonfall, in dem er mit ihr gesprochen hatte, hatte ihr eindeutig nicht gefallen. »Beim nächsten Mal trifft die Kugel wahrscheinlich – Ihr Herz, Ihre Leber, ein lebenswichtiges Organ. Also wäre es besser für Sie, wenn Sie uns ein wenig mehr bieten würden als Sprüche über irgendwelche Konkurrenten.«

»Das sind keine Sprüche«, sagte Bronski. »Außerdem ist es doch Ihr Job, den Täter zu finden, oder nicht?« Er funkelte Birte düster an.

»Klar«, erklärte Schiller, »das werden wir auch tun – mit oder ohne Ihre Hilfe. Aber etwas müssen Sie uns noch verraten: Warum haben Sie vorgestern Abend gegen zwanzig Uhr in der Tiefgarage am Dom geparkt?«

Bronski wandte den Kopf zum Fenster, als müsse er nachdenken. Graue Wolken zogen am Himmel entlang. »Ich war im Dom«, sagte er leiser. »Um eine Kerze aufzustellen. Es war der Todestag meiner Mutter. Ich bin katholisch, immer noch, und meine Mutter war der liebste Mensch, den ich auf der Welt hatte. Ich vermisse sie jeden Tag.«

9

Fitschen hielt mit dem leitenden Staatsanwalt Dr. Schroeter routiniert seine Pressekonferenz ab. Sie hatten nicht viel, aber das wenige – Art der Waffe, Todeszeitpunkt von Jakob Ruben – präsentierte er den Journalisten wortreich wie einen Fahndungserfolg. Die Frage eines Reporters, ob es einen Zusammenhang zwischen dem Mord an Ruben und dem Schuss auf Bronski gebe, verneinte er vehement und überzeugend.

Birte spürte, wie ihr die Augen zufielen. Als sie gegen ein Uhr in der Nacht zurückgekehrt war, war Max regelrecht aufgekratzt gewesen. Er hatte laute Musik gespielt – U2 –, und sie hatten getanzt, erst wild, dann immer zärtlicher, bis sie schließlich ins Bett gefallen waren. Später, nachdem sie sich geliebt hatten, hatte er ihr aus seinem Buch vorgelesen. Den Prolog, den sie noch nicht kannte. Vier Seiten darüber, wie ein Haus zusammenstürzte, das Haus neben dem Stadtarchiv. Ein Junge hatte sich dort schlafen gelegt, und Max hatte seine Träume nachgezeichnet, bis in sein Sterben hinein. Er träumte von der Liebe, von einem jungen blonden Mädchen auf einem Steg an einem See, das Augen wie der Himmel besaß und das er einmal geküsst hatte, und dann sank er plötzlich, sank in den See hinein, vor diesem Mädchen, ihr auf dem Wasser gespiegeltes Bild in seinem Kopf. Das war sein Sturz. Mit seinem Haus fiel er in ein schwarzes Loch. Birte war so ergriffen gewesen, dass sie nicht schlafen konnte, als Max neben ihr schon rhythmisch vor sich hin atmete. Sie begann zu begreifen, was es für ihn bedeutete, dass sein Buch nun bald veröffentlicht werden würde, und warum er plötzlich viel unsicherer geworden war, viel mehr auf einen Halt bedacht.

Jan, der neben ihr in der letzten Reihe saß, stieß sie von der Seite an. »He, du redest im Schlaf«, flüsterte er ihr zu.

Nach zwanzig Minuten war die Pressekonferenz zum Glück beendet.

Sie brauchte einen starken Kaffee, um den Nebel zu durchdringen, der sie umgab.

»Bronski hat uns angelogen«, sagte Jan. »Nele hat eben die Daten geprüft. Seine Mutter ist im Dezember vor zwei Jahren gestorben. Ein braver Sohn sollte so etwas wissen.«

»Wir müssen uns ansehen, wann er die Garage verlassen hat«, sagte Birte. »Vielleicht war er nicht allein.«

»Er ist erst am nächsten Morgen um kurz nach neun hinausgefahren – mutterseelenallein«, erwiderte Jan. »Haben wir auch schon überprüft, während du geschlafen hast.« Er lächelte sie an. »Der Minutenschlaf zwischendurch soll ja der gesündeste sein.«

Birte goss sich Kaffee ein. Wir sind beide verliebt, wollte sie sagen, dir geht deine Dramaturgin nicht aus dem Kopf, nicht wahr? Doch im nächsten Moment klopfte es an der Tür.

Rolf Mischke, der Boxtrainer, stand da. Er trug einen alten blauen Trainingsanzug, darüber eine zerschlissene Lederjacke.

»Punkt dreizehn Uhr«, sagte er mit dem Blick auf Jan. »Bin immer pünktlich. Erwarte ich auch von anderen.«

Jan rückte Mischke einen Stuhl zurecht. »Wir sind mit Ihrem Schützling nicht so recht weitergekommen«, sagte er. »Wer könnte es auf ihn abgesehen haben? Ein Konkurrent?«

Mischke zog das Gesicht in Falten. »Wir sind alle Sportsmänner«, sagte er. »Und so viele Konkurrenten gibt es für einen Boxer von Daniels Klasse gar nicht. Nein, ich weiß es nicht ...« Er hob die Arme. »Und das mit dem Hund – wirklich schlimm!«

»Womit hat Bronski sein Geld verdient?«, fragte Jan. »Wegen der Sperre konnte er ja nicht mehr boxen.«

»Er hatte diesen Laden«, erwiderte Bronski. »Nahrungsergänzungsmittel – irgendwelches Zeug für Bodybuilder und so. Und dann habe ich ihm ein paar Scheine zugesteckt, wenn er mit meinen Jungs Sparring gemacht hat.«

»Hat er eine Freundin?«, fragte Birte. Sie bemerkte, dass auf ihrem Schreibtisch ein brauner Umschlag lag – mit dem Namen »Daniel Bronski«.

»Daniel wollte das Comeback«, sagte Mischke. »Da hat er seine Dagmar in die Wüste geschickt. Friseuse, eigentlich ein nettes Mädchen, ein bisschen doof vielleicht.«

Jan schob ihm einen Zettel hin. »Geben Sie uns bitte den Namen und die Adresse dieser doofen Friseuse«, sagte er.

Birte beobachtete, wie ungelenk Mischke den Kugelschreiber hielt, als würde er allenfalls gelegentlich seinen Namen schreiben. Gleichzeitig öffnete sie den Briefumschlag. Die Kopie eines Zeitungsartikels rutschte heraus. »Berühmter Boxer gesperrt!«, lautete die Überschrift.

Als Mischke den Namen aufgekritzelt hatte, hielt Jan ihm ein Foto von Jakob Ruben entgegen. »Haben Sie diesen Mann schon einmal gesehen?«, fragte er.

Mischke betrachtete das Foto nur eine Sekunde. »Der Mann, den sie in der Tiefgarage kaltgemacht haben – ich weiß«, sagte er. »Aber gesehen habe ich ihn noch nie.«

Der Umschlag enthielt noch weitere Kopien von Zeitungsberichten. Auch ein Foto von Mischke war abgebildet. »Boxtrainer beteuert seine Unschuld. Nichts mit Doping zu tun!«

»Wie ist es eigentlich damals zu der Sperre gekommen?« Birte blickte von dem Zeitungsartikel auf. Von Nele konnten die Kopien nicht stammen – dann hätten sie in einer einfachen Aktenmappe gelegen. »Sie haben ja wohl nichts davon gewusst, nicht wahr?«

Mischke starrte sie an. »Natürlich nicht. Jemand hat Daniel etwas untergejubelt. Kann nicht anders sein.«

»Ins Essen gemischt, oder was?« Jan sprach in einem verächtlichen Tonfall.

»Die merkwürdigsten Dinge sind schon vorgekommen«, erwiderte Mischke. Er stand auf. »Ich habe zu tun. Muss zurück zu meinen Jungs in die Boxhalle. Ahmet hat in zwei Wochen einen wichtigen Kampf.«

»Sollten Ihre beiden Schützlinge nicht auch mitkommen?« Birte spürte, dass Jan wütend wurde.

»Die mussten in Daniels Wohnung aufräumen – die Schweinerei wegmachen, das ganze Blut von dem Hund und so …«

Mischke tippte sich an die Stirn. »Beim nächsten Mal bringe ich meinen Anwalt mit.«

»Ich kann diese Boxer nicht leiden«, sagte Jan, nachdem Mischke die Tür hinter sich geschlossen hatte. »Das riecht mir alles zu sehr nach Testosteron, nach dicker Hose.«

Birte zeigte ihm den Umschlag. »Wer hat uns diese Papiere geschickt – Ausschnitte aus Zeitungen über Bronskis Dopingfall?«

Er zuckte mit den Achseln. »Hat jemand beim Pförtner abgegeben, sagt Nele. Ich fürchte, wir müssen uns diese Friseuse ansehen. Vielleicht sollte ich mir mal wieder die Haare schneiden lassen.«

»Ja«, sagte Birte, »aber vielleicht fragst du vorher deine Dramaturgin, wie kurz du sie schneiden lassen sollst.«

Sie erlebte den Tag, als würde sie über Glas gehen, unsicher und leicht abzulenken. Wer genau den Umschlag gebracht hatte, war nicht zu ermitteln. Auf der Kameraaufnahme in der Pförtnerloge war ein mittelalter Mann mit einer Hornbrille zu sehen. Sein Trenchcoat und der Hut, den er trug, sahen nach einer Verkleidung aus.

»Er hat Ihren Namen genannt«, sagte der Mann am Empfang. »Da habe ich gedacht, es habe seine Ordnung.«

»Alles gut«, beschwichtigte sie den Mann. Die Umschläge hatten kein brisantes Material enthalten, lediglich zehn Artikel über Bronski, über seine Kämpfe und seine Dopingsperre. Er hatte Hydroxy-Stanozolol genommen und war nach einem Kampf überführt worden.

Auf was wollte jemand sie stoßen?

Während Jan mit Bert Cremer und den beiden Kriminalassistenten die Ergebnisse der Durchsuchung des Bauwagens von Jakob Ruben und von Bronskis Wohnung durchging, beschloss sie, noch einmal in die Uniklinik und dann zu der Friseuse zu fahren.

Nesrin Alavi kam auf Birte zu, als sie ihren Dienstpassat aufschließen wollte. Sie trug einen schwarzen Mantel mit einer

Kapuze, die sie über ihr schwarzes Haar gezogen hatte. Wie ein Fotomodell sah sie aus – eine wunderschöne Frau, die jedem Mann, der noch halbwegs auf dem Damm war, schlaflose Nächte bereiten konnte.

»Ich komme damit nicht zurecht«, sagte sie ohne eine Begrüßung. »Dass Jakob tot ist. Ich habe …« Sie trat nahe an Birte heran. Sie roch nach Kaffee und nach Parfüm. Ihre Augen waren dunkel vor Traurigkeit. »Es ist alles meine Schuld. Ich habe gelebt, als könnte Jakob gleich zur Tür hereintreten – genauso, wie er als Lehrer gewesen war, klug, witzig, manchmal sehr ironisch. Überhaupt sein Witz … in den habe ich mich zuerst verliebt.«

Birte nickte. Es fiel ihr schwer, etwas zu entgegnen. Sie sind nicht schuld … Jeder ist für sein Schicksal verantwortlich …

»Haben Sie schon eine Spur?«, fragte Nesrin Alavi. »Irgendeinen Anhaltspunkt? Jakob ist neulich verprügelt worden – von irgendwelchen jungen Kerlen. Hat er mir mit seinem Nokia geschrieben.«

»Nein«, sagte Birte, »wir haben noch keinen Anhaltspunkt. Kennen Sie einen Boxer mit Namen Daniel Bronski?«

Nesrin Alavi schüttelte den Kopf.

»Könnte Jakob Ruben ihn gekannt haben?«

»War er vielleicht einmal sein Schüler? Ist dieser Boxer auf die Gesamtschule Rodenkirchen gegangen?«

Das wussten sie nicht. Birte musste sich eingestehen, dass sie weder bei Ruben noch bei Bronski den persönlichen Hintergrund auch nur ansatzweise ausgeleuchtet hatten. Es deutete nicht viel darauf hin – trotzdem war sie überzeugt, dass beide Fälle zusammengehörten.

»Ich hätte mich zu Jakob bekennen müssen«, sagte Nesrin Alavi. »Dann wäre alles anders geworden. Vielleicht hätten wir schon ein Kind, wären verheiratet, aber stattdessen …«

»Sie waren Schülerin – er war Ihr Lehrer«, entgegnete Birte. »Ein erfahrener Mann – er hätte wissen müssen, was er tut, worauf er sich einlässt, und sein Absturz …« Ihr Smartphone vibrierte. Max, dachte sie, doch nein, Jans Mobilnummer leuchtete auf.

»Wo bist du?«, fragte er. »Diese Friseuse steht bei uns auf der Matte. Bronski ist aus dem Krankenhaus verschwunden. Und noch etwas: In seinem SUV haben wir eine Waffe gefunden – eine Česká 75. Mit so einer Pistole ist Ruben erschossen worden.«

10

Er musste Carla nicht mehr anrufen – so lautete sein erster Gedanke, als Schiller erfuhr, dass Jakob Ruben möglicherweise mit der Waffe getötet worden war, die ihr Kriminalassistent in Bronskis SUV gefunden hatte. Wahrscheinlich hatte der Mord also nichts mit den Missbrauchsvorwürfen zu tun, die den ehemaligen Lehrer aus der Spur gebracht hatten.

Einen Moment später rief ihn Therese auf dem Smartphone an. Die alte Hebamme hatte ganz den Tonfall der Ersatzmutter, die sie über viele Jahre gewesen war.

»Carla ist krank«, sagte sie vorwurfsvoll. »Kannst du dich nicht um sie kümmern? Was treibst du eigentlich die ganze Zeit?« Deine neue Wohnung hast du mir auch noch nicht gezeigt!, schwang vorwurfsvoll in ihrer Stimme mit.

»Ich habe einen komplizierten Fall«, erwiderte er. »Kannst du in der Zeitung nachlesen. Außerdem: Carla und ich sind kein Paar mehr, wie du ja mitgekriegt hast.«

»Trotzdem«, sagte sie. »Wenn jemand Hilfe braucht …«

»Sie hat diesen Sozialarbeiter, mit dem sie sich früher schon getroffen hat. Vielleicht rufst du ihn einmal an und beehrst ihn mit deinen Ratschlägen.« Er unterbrach die Verbindung.

Im nächsten Moment stand eine Frau in einem kurzen Rock mit pechschwarz gefärbten Haaren in der Tür. Er wusste sofort, wen er vor sich hatte. Anscheinend benutzten Daniel Bronski und seine Freundin oder Ex-Freundin das gleiche Haarfärbemittel.

»Er ist weg«, sagte sie atemlos. »Daniel ist aus dem Krankenhaus abgehauen. Ich wollte ihn besuchen, wollte wissen, wie es ihm geht …«

Schiller rückte ihr den Stuhl vor seinem Schreibtisch zurecht. Dann fragte er sie nach ihrem Namen und bot ihr an, einen Kaffee zu machen, damit sie sich beruhigte.

Dankbar nahm sie sein Angebot an. »Schwarz, mit viel Zucker.«

Sie hieß mit vollem Namen Dagmar Krall und mochte ein wenig älter sein als Bronski, Ende dreißig vielleicht, wenn man die Falten um ihre Augen betrachtete, die sie unter einer dicken Schicht Make-up zu verbergen suchte. Ihre Hand wirkte noch gebräunter als ihre Gesichtshaut, die Fingernägel waren überlang und weiß wie Schnee.

»Rolf hat mich angerufen. Von Daniel hätte ich gar nicht erfahren, was passiert ist.« Sie hielt die Tasse mit beiden Händen und trank den Kaffee in kleinen Schlucken wie eine Medizin.

Schiller nutzte einen kurzen Moment des Schweigens, um Birte anzurufen. Es wäre hilfreich, wenn sie bei der Befragung dabei wäre.

Als er wieder auflegte, sah Dagmar Krall ihn an. »Können Sie ihn nicht finden?«, fragte sie mit zittriger Stimme. »Sein Telefon orten – irgend so etwas?«

»Wo würde er hingehen, wenn er Ruhe braucht und sich verstecken müsste?«, fragte Schiller.

»Er würde in seinen Boxclub fahren, oder er würde am Rhein mit seinem Hund spazieren gehen.«

Offenbar hatte Mischke ihr nicht gesagt, was mit dem Hund passiert war.

Einen Moment später betrat Birte das Büro. Sie nickte ihm zu und stellte sich dann vor. Dagmar Krall wiederholte kurz ihren Namen und reckte den Hals, als wolle sie, nun, da eine zweite Frau im Raum war, ein wenig größer wirken.

»Wer könnte auf Ihren Freund geschossen haben?«, fragte Birte. »Haben Sie einen Verdacht?«

»Nein, das würde ich niemandem zutrauen. Daniel war zwar Boxer, aber er hat nie jemandem etwas zuleide getan. Klingt vielleicht komisch.« Dagmar Krall lächelte matt. »War aber so.«

So dumm, wie Mischke sie beschrieben hatte, war sie offensichtlich nicht.

»Ihr Freund war nicht sehr auskunftsfreudig, als wir ihn im

Krankenhaus besucht haben. Er meinte, es könnte ein Konkurrent gewesen sein. Er wollte ja wohl jetzt, nach seiner Sperre, wieder boxen.«

Dagmar Krall stellte die Kaffeetasse ab, an der sie sich gewissermaßen festgehalten hatte. »Das hat Rolf ihm eingeredet. Daniel wollte nicht mehr boxen, er hatte Angst, in den Ring zu treten. Nachts hat er manchmal geschrien und ist schweißgebadet aufgewacht. Besonders dieser eine Kampf um die Europameisterschaft – als er sofort zu Boden geschlagen worden ist … Das war immer noch in seinem Kopf.« Sie blickte Schiller mit großen, um Verstehen bettelnden Augen an. »Deswegen wollte er mich auch nicht mehr um sich haben. Wegen mir hätte er nicht boxen müssen. Ich hätte am liebsten mit ihm ein Café aufgemacht, irgend so etwas, aber ich habe ihn an seine Angst erinnert, daran, dass er viel zu weich fürs Boxen war.«

»Hat Ihr Freund nicht einen Laden gehabt?« Da Schiller kein Diktiergerät hatte mitlaufen lassen, begann Birte, sich an ihrem Schreibtisch Notizen zu machen.

»Ja, vor zwei Jahren hat Daniel in Ehrenfeld einen Laden für Nahrungsergänzungsmittel eröffnet, Pulver für Bodybuilder und so. Er hat sich das große Geschäft versprochen. Mit diesem Zeug kennt er sich auch richtig aus. Den Laden hat er immer noch, aber zuletzt hat er ihn nur noch am Samstagmorgen aufgeschlossen, dann gar nicht mehr. Hat nicht richtig funktioniert. Deshalb ist er wieder bei Rolf eingestiegen. Boxtraining, Halle ausfegen, blöde Hilfsarbeiten. Er war sich nicht einmal zu schade, Rolf durch die Gegend zu fahren, wenn der wieder sturzbetrunken war.«

Anscheinend war Mischke doch nicht der raue, asketische Trainer, der er zu sein vorgab.

»Hat Ihr Freund eine Waffe?«, fragte Schiller.

Dagmar Krall blickte ihn an. Plötzlich begann sie ihn zu mustern, zögernd und lauernd. »Kann schon sein«, erklärte sie vage.

Dann, nach einem Moment der Stille, zog Schiller die Schublade an seinem Schreibtisch auf und nahm ein Foto von

Jakob Ruben heraus, das vor etwa fünf Jahren aufgenommen worden war und das Nele von dessen Ex-Frau besorgt hatte.

»Kennen Sie diesen Mann?«, fragte er.

Dagmar Krall zögerte wieder. Sie betrachtete das Foto eingehend. Ihre Stirn legte sich in Falten. Schiller erhöhte in Gedanken ihr Alter. Sie war über vierzig, und es mochte sein, dass sie in der Beziehung zu Bronski die Stärkere und Klügere gewesen war. Ganz im Gegensatz zu dem, was Mischke über sie ausgesagt hatte.

»Ich bin seit über zwanzig Jahren Friseurin, hatte mal ein eigenes Geschäft. Ich kann mir gut Gesichter merken … und, ja, diesen Mann habe ich schon einmal gesehen. Daniel … Er hat mal Mist gebaut, Autos verkauft, die ihm nicht so richtig gehört haben … Da haben sie ihn vor Gericht gestellt. Dieser Mann da …« Sie tippte auf das Foto. »Er hat in dem Gericht gesessen.«

Schiller brauchte einen Moment, um diese Information einzuordnen. Richtig, Jakob Ruben war Schöffe gewesen.

»Wie lange ist das her?«, fragte er.

»Ich weiß nicht, ist bestimmt schon ein paar Jahre her«, sagte sie. Ein Smartphone klingelte – eine Schlagermelodie. Hektisch öffnete sie den Lederbeutel, den sie auf ihrem Schoß liegen hatte. »Das ist Daniel …«, brachte sie atemlos hervor. »Bestimmt! Na, Gott sei Dank.« Doch ihre Miene erstarrte, nachdem sie das Gespräch angenommen hatte. »Gut … Danke dir«, sagte sie lediglich, bevor sie das Telefonat beendete. »Rolf war in der Wohnung, Fehlanzeige. Auch bei dem Italiener auf der Kalker Hauptstraße war Daniel nicht …« Sie seufzte und schaute Schiller wieder mit großen, ängstlichen Augen an. »Ich liebe Daniel. Ich bin so verrückt.«

»Wir werden eine Fahndung nach Ihrem Freund herausgeben.« Schiller erwiderte ihren Blick. »Es tut mir leid, aber es besteht der dringende Verdacht, dass er mit seiner Waffe diesen Mann auf dem Foto in der Tiefgarage am Dom erschossen hat.«

Nun hatten sie eine Verbindung zwischen Ruben und Bronski. Der Boxer hatte wegen Hehlerei vor Gericht gestanden und dann eine Bewährungsstrafe erhalten. Jakob Ruben war als Schöffe dabei gewesen, aber das war über sechs Jahre her, kurz bevor der Lehrer so abgestürzt war. Nach so einer langen Zeit erschoss man niemanden wegen einer vergleichsweise geringen Strafe.

Ein Anruf im Krankenhaus ergab, dass Bronski einem Mann in einem Nebenzimmer eine Jacke und eine Hose gestohlen hatte, als man den anderen Patienten zum Röntgen geführt hatte. Danach verlor sich seine Spur. Offenbar hatte ihn kein Taxiunternehmen von der Uniklinik abgeholt.

Nele gab eine Fahndung heraus.

Schiller und Birte brachten Dagmar Krall nach Bayenthal und bestanden darauf, sie in ihre Wohnung hinaufzuführen. Doch Fehlanzeige. Kein Bronski, der noch einen Schlüssel gehabt und sich dort eingerichtet hatte. Auch Mischke behauptete am Telefon, nichts von seinem Schützling gehört zu haben.

Schiller hielt an einem Postamt in Bayenthal und ging in eine der letzten Telefonzellen, die es dort noch gab.

Er wählte, und wenig später wurde das Gespräch angenommen.

»Ja?«

Einen Moment war Schiller so verblüfft, dass er nur tief einatmen konnte.

»Herr Bronski«, sagte er dann, »es war keine kluge Idee, aus dem Krankenhaus abzuhauen. Sie sollten ins Präsidium kommen, dann können wir Ihnen helfen.«

Bronski hustete. »Der Polizist ruft mich an«, stöhnte er. »Sie werden mich nicht kriegen. Ich komme zu Ihnen – mit einem Angebot, dauert noch ein, zwei Tage, und dann machen wir einen Deal.«

»Warum haben Sie Jakob Ruben erschossen?«, fragte Schiller. Seine Idee, den Boxer anzurufen, war zu spontan gewesen, eigentlich ja auch ein abwegiger Gedanke, daher hatte er jetzt keine Möglichkeiten, den Anruf zu verfolgen oder zumindest aufzuzeichnen.

»Ein Unfall«, sagte Bronski. »Ich melde mich.« Eine Sekunde später wurde die Verbindung gekappt.

Beim nächsten Versuch sprang eine Mailbox an. Als Schiller nach zwei Minuten wieder anrief, war die Leitung tot. Bronski hatte sein Smartphone wahrscheinlich zerstört.

Als er zu ihrem Dienstpassat zurückkehrte, beendete Birte das Gespräch, das sie geführt hatte, ohne ihm zu verraten, mit wem sie gesprochen hatte. Also war es wahrscheinlich Max gewesen, ihr Freund, mit dem sie offenbar Probleme hatte, wenn er ihre Miene richtig deutete.

»Mit wem hast du telefoniert?«, fragte sie, jedoch mäßig interessiert, als wäre sie mit ihren Gedanken ganz woanders.

»Ich habe Bronskis Nummer gewählt.« Schiller startete den Wagen. »Er hat sich sogar gemeldet.«

»Bronski ist an den Apparat gegangen? Er hat sein Mobiltelefon noch?« Birte blickte ihn überrascht an.

Schiller nickte. »Doch nun ist die Nummer tot. Nele soll sich sofort mit der Telefongesellschaft in Verbindung setzen. Wir müssen wissen, mit wem Bronski zuletzt telefoniert hat. Und sie müssen uns auch ein Bewegungsprotokoll erstellen. Rubens Tod sei ein Unfall gewesen, hat er gemeint.«

Während Birte mit Nele wegen der Verbindungsdaten telefonierte, fuhr Schiller nach Ehrenfeld. An der Herbigstraße, Ecke Venloer Straße, befand sich Bronskis Laden, für den er immer noch Miete zahlte, wie Dagmar Krall ihnen erklärt hatte.

Nele hatte mittlerweile herausgefunden, dass Bronski über hundertfünfzigtausend Euro Schulden hatte. Offenbar war es seine einzige Chance gewesen, wieder in den Ring zu steigen, um überhaupt ein paar Euro zurückzahlen zu können.

»Die Fahndung ist draußen«, sagte Nele über den Innenlautsprecher. »Ich glaube nicht, dass wir mehr als vierundzwanzig Stunden warten müssen, bis wir ihn haben. Vor dem Dom haben sich im Übrigen etwa hundert Leute zu einer Mahnwache versammelt. Plötzlich ist Ruben nicht mehr der

Querulant und Vergewaltiger, sondern ein ehrbarer Bürger, dessen Tod man betrauern muss.«

Birte unterbrach die Verbindung, als sie an der Herbigstraße eintrafen. Eine graue, eintönige Häuserzeile. Das Einzige, was hervorstach, war eine rote Leuchtreklame: »Bronski's Powershop«. Licht brannte in dem Laden jedoch nicht, und das lang gestreckte Schaufenster war so verklebt, dass man nicht hineinschauen konnte.

»Lohnt es sich überhaupt, auszusteigen?«, fragte Birte.

Schiller parkte auf dem Gehsteig vor dem Laden. »Warte ruhig im Wagen. Ich möchte nur einen Blick in den Powershop werfen.« Er stieg aus und rüttelte an der Eingangstür, die erwartungsgemäß verschlossen war. Wenn man durch den schmalen Streifen Glas hineinschaute, der nicht überklebt worden war, erblickte man einen Ladentisch mit einer altmodischen Kasse, dahinter ein Regal mit Döschen wie in einer Apotheke. Mehr war nicht zu sehen.

Birte telefonierte auf dem Beifahrersitz schon wieder, registrierte er, als er an dem Wagen vorbei zu dem Hauseingang auf der Herbigstraße ging.

An dem Klingelschild für den Laden standen erstaunlicherweise zwei Namen: »Mischke/Bronski«. Er drückte auf die Klingel, doch, wie zu erwarten war, rührte sich nichts. Dann betätigte er den Knopf darüber: »Juhnke/Drescher«.

Schon drei Sekunden später wurde ihm geöffnet. »Post für Bronski!«, rief er ins Treppenhaus hinauf. Das Klappen einer Tür war als Antwort zu hören.

Der Postkasten für »Mischke/Bronski« war zu seinem Erstaunen leer. Er schaffte es, mit der Hand hineinzugreifen, doch ertastete er keinen Fetzen Papier. Als er das Ohr an die Tür legte, meinte er, ein Geräusch zu hören. Ein Schlurfen und ein leises, unterdrücktes Atmen.

Er drückte auf den Klingelknopf. Ein dumpfes Schellen durchdrang den Raum hinter der Tür. Wieder hatte er den Eindruck, dass da jemand verharrte, abgehackt atmend, als habe er Schmerzen.

»Herr Bronski!«, rief Schiller gegen das Holz. »Öffnen Sie die Tür! Polizei! Wir wollen mit Ihnen sprechen.«

Ein Rumpeln war zu vernehmen, ein unterdrückter Fluch. »Warten Sie!«, rief ihm dann eine Stimme zu.

Schiller zog seine Pistole hervor. Sollte er Birte anrufen? Er nahm sein Smartphone und wählte sie an. Besetzt! Sie telefonierte noch immer.

Aus dem Raum hinter der Tür war nun kein Laut mehr zu vernehmen. Er klopfte gegen das Holz, dann rief er noch einmal Bronskis Namen. Keine Reaktion.

Hastig machte er kehrt, stürmte aus dem Haus und um die Ecke zur Venloer Straße.

Fünfzig Meter weiter glaubte er, eine Gestalt auszumachen, die hinkend über den Gehsteig rannte, auf einen roten Kleinwagen zu.

Schiller registrierte, wie Birte ruckartig den Kopf in die Höhe riss, als er an ihrem Dienstpassat vorbeirannte. Bronski war mittlerweile um den Kleinwagen herumgehastet und hatte sich hinters Steuer geklemmt. Schiller konnte sehen, wie ein roter Corsa älterer Bauart aus der Parklücke herausschoss und dann in Richtung Militärring raste. Nicht einmal das Kennzeichen vermochte er auf die Entfernung zu erkennen.

Sie hätten ihren Mörder gefasst, wenn Birte nicht seelenruhig und ohne einen Blick für das, was um sie geschah, telefoniert hätte.

Schiller versuchte, sich diesen Gedanken zu verbieten, aber es funktionierte nicht. Er kochte vor Wut.

»Bronski war hier … ist an dir vorbeigelaufen«, stieß er keuchend hervor, als sie ihm entgegenkam – mit düsterer, schuldbewusster Miene.

»Tut mir leid«, sagte sie. »Es ist nur …«

»Deinen Stress mit Max solltest du zu Hause lassen. Unser Fall …«

»Du bist zu Recht wütend«, entgegnete sie, »aber dieses Telefonat hatte nichts mit Max zu tun. Es war meine Mutter.

Mein Vater hatte heute Morgen einen Herzinfarkt. Er liegt in Lübeck im Krankenhaus.«

Schiller wusste für einen Moment nicht, was er antworten sollte. Dann umarmte er Birte. Von ihren Eltern hatte sie so gut wie nie gesprochen – er wusste lediglich, dass sie von Hamburg nach Travemünde gezogen waren, nachdem sie pensioniert worden waren.

»Tut mir leid«, sagte er leise.

Bronski war durch den Laden geflohen. Die Tür war nun nicht mehr abgesperrt.

In dem Ladenlokal, das überraschend groß war, roch es muffig und feucht. Geschäfte dürfte Bronski hier auch schon länger nicht mehr gemacht haben. Die meisten Regale waren leer. Links stand ein Sofa, davor ein niedriger Tisch mit alten Magazinen, rechts daneben hing ein Sandsack von der Decke. Auf dem Tresen stand eine angebrochene Whiskyflasche. Die Kasse war offen, Geldscheine befanden sich in keinem der Fächer, lediglich ein paar achtlos gefaltete Papiere, offenbar Rechnungen.

Schiller verließ den Laden durch eine Tür, die rechts hinter der Kasse lag. Er gelangte in eine Art Küche. Hier gab es einen Herd, einen Kühlschrank und ein Spülbecken sowie einen Resopaltisch mit drei Stühlen. Aus einem Aschenbecher auf dem Tisch stieg eine kleine Rauchsäule auf. Bronskis Zigarette brannte noch – so eilig hatte er den Raum verlassen. Eine zweite Whiskyflasche stand auf dem Tisch, dazu ein Glas, das benutzt aussah.

Birte hatte sich bereits Latexhandschuhe übergezogen, sie bückte sich und hielt einen Verband in die Höhe, der blutgetränkt war.

»Weit wird Bronski mit seiner Verletzung nicht kommen«, sagte sie.

Schiller nickte. Dass der Boxer hierhergeflohen war, bewies auch, dass er nur wenige Optionen hatte, um sich zu verstecken.

Er öffnete einen Abfallkorb neben der Spüle. Zwischen

leeren Dosen und zerknüllten Papieren fand er Papiertaschentücher, die ebenfalls voller Blut waren.

»Hier!«, sagte Birte. Sie deutete auf einen Notizblock auf dem Tisch. »Bronski hat versucht, einen Plan zu machen – Leute aufzuschreiben, die ihm helfen können.«

»Und er hat mit den Rebels of Cologne zu tun«, sagte Schiller.

Rebels lautete das erste, in Kinderschrift geschriebene Wort auf dem Block.

Dann folgten: Chilly, A. R., Dagmar?, R. M.

Als Letztes stand da: Schiller. Doch dieses Wort war durchgestrichen worden.

11

Es war verständlich, dass Jan wütend auf Birte war, aber die Nachricht, dass ihr Vater im Krankenhaus lag, hatte sie für Momente so schockiert, dass sie den Tränen nahe gewesen war. Sie hatte das Gefühl, dass ihre kurze Glückssträhne schon wieder zu Ende war. Max war offenbar ein wenig durch den Wind, nun, da sein Buch endlich veröffentlicht werden sollte. Mit ein paar nüchternen Worten hatte er sie darüber informiert, dass er Kate treffen würde. Sie wollte ihn anscheinend überreden, dass er wieder zu trainieren begann – als Triathlet für die Paralympics.

Und nun hatte Birte einen Mörder laufen lassen.

Jan rief Nele an und teilte ihr mit, dass Bronski mit einem roten Corsa unterwegs war. Kennzeichen unbekannt.

»Wenn du willst«, sagte er versöhnlicher, nachdem er das Gespräch beendet hatte, »kannst du aus dem Fall aussteigen. Fahr nach Lübeck zu deinen Eltern. Kümmere dich um sie.«

»Nein.« Birte war sich da ganz sicher. »Ich kann im Moment ohnehin nichts tun. Außerdem …« Sie verstummte. … außerdem wollte sie Max nun nicht allein lassen.

»Gut«, erwiderte Jan und lächelte sie an. »Ich lade dich zum Essen ein. Wir brauchen eine kurze Auszeit. Im Café Bauturm gibt es immer etwas, das mich aufheitert. Dann müssen wir die Liste durchgehen, die Bronski zurückgelassen hat.«

Aber eigentlich waren auf der Liste nur ein Name und eine Initiale interessant. Wer war Chilly? Und welche Person steckte hinter A. R.? Bei R. M. war Birte sich sicher, dass Rolf Mischke gemeint war.

Bevor sie das Theater im Bauturm erreicht hatten, meldete sich Nele wieder.

Es gab ein erstes Bewegungsprofil von Bronskis Smartphone. »Wir haben eine Übersicht der letzten sieben Tage«, sagte Nele. »Er war meistens im Boxclub am Fühlinger See oder zu Hause in Kalk. Auffällig ist auch eine Häufung im Industriegebiet in Ossendorf. Mathias-Brüggen-Straße. Könnte eine Lagerhalle sein. Da ist er vorgestern Abend noch gewesen, wenn die Daten stimmen.«

»Alles klar«, sagte Birte. »Wir sehen uns da einmal um.«

»Der rote Corsa gehört übrigens dem Besitzer der Imbissbude, vor der Bronski angeschossen worden ist. War ganz einfach herauszufinden.«

»Du bist die Beste«, sagte Birte in ihren Apparat hinein, und es stimmte auch: Seit Nele zu ihrem Team gehörte, hatten sie das beste Back-up im ganzen Präsidium. Nele hasste es, nach draußen zu gehen, dort Leute zu befragen, aber am Computer und am Telefon war sie unübertroffen.

»Verschieben wir also unser Essen«, sagte Jan, der über den Innenlautsprecher mitgehört hatte. »Könnte sein, dass wir unseren Fall morgen früh gelöst haben. Dann kannst du dir deinen Fahrradkurier schnappen und nach Lübeck fahren.«

Birte nickte stumm, obwohl sie nichts von solchen Voraussagen hielt.

Als sie in Ossendorf ankamen, war es dunkel geworden. Ein letzter Hauch von Licht verschwand hinter grauen Wolken. Diese Industriegegend mochte auch bei schönem Wetter keine Idylle sein, doch nun wirkte sie trostlos – trostlos und fast menschenleer.

Allein in einem Imbiss an der Straße brannte Licht. Die Adresse, die Nele ihnen geschickt hatte, lag ein Stück abseits. Sie mussten eine schlecht geteerte Zufahrt nehmen, vorbei an Brachland, das durch einen Stacheldrahtzaun von der Straße abgetrennt wurde. Von einer letzten Straßenlaterne fiel ein wenig Licht herüber.

»Hier«, meinte Jan, »können sich Fuchs und Hase mitten in der Stadt Gute Nacht sagen.«

Als ihr Smartphone klingelte und sie sah, dass Max sie anrief, nahm sie das Gespräch nicht an. Sie würde sich erst später melden, nach dem Einsatz, um Jan zu zeigen, dass sie wieder ganz konzentriert und fokussiert an die Arbeit ging.

Vor einem grauen Tor mussten sie halten. Die Scheinwerfer

des Passats beleuchteten eine graue, rissige Asphaltfläche, dahinter kam eine Halle, die aussah, als wäre sie aus Wellblech, eine Art Flugzeughangar.

Jan stellte den Motor ab, ließ jedoch die Scheinwerfer angeschaltet. »Sehen wir uns ein wenig um«, sagte er.

Sie stiegen aus. Nun war es beinahe stockdunkel. Von der Straße wehte Motorenlärm heran. Licht von Häusern oder Autos drang jedoch nicht bis hierher.

Jan schritt auf das Rolltor zu und schob es ein wenig auf. »Tag der offenen Tür«, erklärte er lächelnd.

Langsam gingen sie über den Asphalt. Mit der Lampe an seinem Smartphone leuchtete Jan ihnen den Weg. »Diese Dramaturgin«, sagte er, »sie geht mir nicht mehr aus dem Kopf. Meinst du, ich kann sie einmal einladen, nur so …?« Er breitete die Arme aus.

Sie musste unwillkürlich lächeln. So kannte sie Jan gar nicht, unsicher wie ein schüchterner Junge. Es musste wirklich etwas Ernstes sein, und, ja, wahrscheinlich war er einsam. Auch wenn seine Beziehung mit Carla schon viele Jahre schwierig gewesen war, so war er doch nie allein gewesen.

»Ich glaube, die Dramaturgin würde sich freuen«, sagte Birte vor sich hin. »Manche Menschen finden Polizisten interessant – unglaublich, aber wahr.«

Einzig ihre Schritte waren nun auf dem Beton zu hören. Sie meinte, die Schatten von Wohnmobilen wahrzunehmen, die hier geparkt waren, oder vielleicht waren es auch Catering-Wagen. Zwei weitere Autos standen da, ein Jeep vielleicht, so genau konnte sie es nicht erkennen.

Sie gelangten vor die Halle, die etwa dreißig Meter lang sein musste. Keine Beschriftung, aber durch eine Reihe von Milchglasscheiben schien Licht zu fallen. Jan drückte die Klinke an einer doppelflügeligen Tür hinunter, und sie sprang mit einem Quietschen auf.

»Voilà!«, sagte er.

Im Innern brannte tatsächlich Licht. Neonröhren an der Decke, aber die Hälfte war defekt.

»Kriminalpolizei Köln!«, rief Jan, doch niemand antwortete.

Die Halle war voller Regale, in denen braune Kartons standen, die nicht beschriftet waren. Jan pochte gegen eine der Pappen. Es klang dumpf. Also waren sie mit irgendetwas bepackt.

In einer Ecke lagen ein paar Decken, dann schritten sie an zwei offenen Containern voller Pappen vorbei. Birte beugte sich vor und zog ein Papier heraus. Eine Rechnung. Hundertmal hundert Proteinkapseln, las sie. Eine andere Rechnung war für Aminosäurepulver. Ausgestellt von einer Firma, die Sunshine Power hieß. Ihr Logo war eine strahlende Sonne, die ein Kind gemalt haben könnte.

»Ein Lager für Nahrungsergänzungsmittel«, sagte sie. »Deshalb ist Bronski hier gewesen.« Sie nahm ihr Smartphone und fotografierte die Rechnung.

Jan nickte. Dann rief er noch einmal, dass sie von der Polizei seien.

Wieder keine Antwort.

»Warum brennt hier Licht und die Tür steht offen?«, fragte er sich.

Sie gingen langsam weiter und passierten weitere Regale, die hoch bepackt waren. Zwei Kartons waren aufgerissen. Als Birte hineingriff, ertastete sie Schokoladenriegel, aber keine gewöhnlichen, sondern mit besonderen Proteinen versetzte. Süßfutter für Bodybuilder und Boxer.

Jan rief erneut: »Hier ist die Kriminalpolizei Köln. Ist hier jemand?«

In den nächsten Regalen standen irgendwelche Eimer mit besonderem Pulver. Sie waren so groß und schwer, als könnte sich in ihnen auch Wandfarbe befinden. Vermutlich hatte Bronski hier alle Dinge für seinen Laden eingekauft – Birte war sich da nun sicher.

Sie gingen weiter. Einmal hatte sie gemeint, ein Geräusch hinter sich zu vernehmen, aber es war wahrscheinlich nur das Knarren der Metalltür gewesen, die sie nicht hinter sich zugezogen hatten.

Die beiden Regalreihen waren leer. Keine Kartons oder Plastikeimer mehr, aber die Bretter waren auch nicht verstaubt oder verdreckt, als wären sie kürzlich ausgeräumt worden.

Plötzlich versetzte Jan ihr einen leichten Schlag auf die Schulter und stürmte vor, am letzten leeren Regal vorbei.

Was Birte zuerst sah, waren schwarze Halbschuhe. Am Ende der Halle gab es eine Art Büro, durch eine gläserne Wand von der Halle getrennt, und davor, in einem gelben, uralten Sessel, hockte ein Mann. Er trug eine bordeauxrote Hose, darüber einen schwarzen Wollmantel. Ein Arm ruhte auf der Lehne, der andere war ihm in den Schoß gefallen. Das Gesicht war ihm auf die Brust gesunken, doch man musste gar nicht auf die Blutlache vor ihm blicken, um zu wissen, dass er tot war, dass ihm jemand eine Kugel in den Kopf gejagt hatte.

»Bronski!«, rief Jan aus, doch nein, dieser Mann war nicht Bronski, er war älter, mit schütterem Haar und einer Hornbrille.

Im nächsten Moment, kaum dass sie vor dem Toten haltgemacht hatte, roch Birte Rauch. Sie wandte sich um, vollkommen überrascht. Eine Qualmwolke waberte von der Eingangstür zu ihnen herüber.

Dann glaubte sie, das Geräusch eines Motors zu vernehmen. Die Qualmwolke wurde rasch dichter, weniger zerfasert. Ein Knistern begann, den Motorklang zu überlagern.

»Scheiße!«, rief Jan aus. Er hatte bereits sein Smartphone am Ohr. »Wir brauchen die Feuerwehr«, rief er in sein Telefon hinein, offenbar hatte er Nele am Apparat. »Zu der Halle in Ossendorf.«

Der Qualm wehte auf sie zu, wurde dunkler. Birte spürte, wie Panik sie erfüllte. Gab es einen zweiten Ausgang? Sie rannte zu dem gläsernen Büro hinüber. Nein, kein Ausgang! Als sie an dem Toten vorbeilief, begriff sie, dass sie ihn schon einmal gesehen hatte. Die Hornbrille – der Mann, der diesen Umschlag mit den Zeitungskopien zum Präsidium gebracht hatte, hatte solch eine unmoderne Brille getragen.

»Scheiße!«, schrie Jan wieder. Er hatte das Telefonat beendet und hielt sich ein Tuch vor den Mund. Das Knistern vom anderen Ende der Halle war nun noch lauter geworden – Flammen. Ja, Feuer knisterte so. Jemand hatte die Papiercontainer in Brand gesteckt. Der Qualm flutete nun förmlich zu ihnen herüber. Zu der Tür würden sie jetzt kaum noch durchkommen.

»Gibt es hier keinen verdammten Ausgang mehr?«, rief Jan. Er hatte einen Hubwagen entdeckt, mit dem man offenbar die Kartons transportierte, und stieß ihn hart gegen eine Außenwand. Ein ohrenbetäubendes Scheppern entstand, doch auch wenn die Halle wie aus Wellblech gebaut aussah, war die Wand massiv.

Mittlerweile konnte man die Flammen sehen, die an einem Regal mit aufgestapelten Kartons emporleckten, auch wenn der Qualm immer dichter wurde. Birte hielt sich eine Hand vor den Mund. Ein erster Hustenreiz würgte sie. Ihr wurde übel.

Wieder ein Scheppern, noch eines. Jan versuchte, durch die Wand zu brechen. Sie konnte ihn in dem Qualm, der die Halle nun gänzlich einnahm, kaum noch erkennen. Das Feuer breitete sich rasend schnell aus.

Wütend schrie Jan auf, während er weiter die Wand mit dem Hubwagen bearbeitete. »Wo bleibt die verdammte Feuerwehr!«

Ja, dachte Birte, wo bleibt die Feuerwehr? Sirenen wären allerdings in dem lauten Knistern ohnehin nicht zu hören gewesen. Wieder würgte sie der Hustenreiz. Qualmwolken umtanzten sie nun, die immer dichter wurden. Durch das Feuer hatten sie eine orangefarbene Färbung angenommen. Ihre Augen begannen zu tränen. Sie ging in die Hocke, ganz nah bei dem Toten. Sie hatte das Gefühl, dass er sie mit blinden Augen hinter seiner Hornbrille ansah. Dann dachte sie an Max, voller Zärtlichkeit. Max, der nun Angst hatte, für die ganze Welt ein Schriftsteller zu sein, und der ihre Hilfe wie nie zuvor brauchte.

Sie zog ihr Smartphone hervor. »Ich liebe dich«, wollte sie

ihm schreiben, aber ihr war schon so schwindelig, dass sie die Tastatur nicht mehr erkennen konnte.

Dann, weil sie zu tief eingeatmet hatte, erfasste sie ein heftiger Husten, sie sank zu Boden, Jan rief ihr etwas zu, das sie in dem Rauschen und Knistern nicht mehr verstehen konnte. Langsam kippte sie auf die Seite, ein Schütteln und Zittern erfasste ihren Oberkörper, und ihr letzter Gedanke war, dass sie sich im nächsten Moment in dem orange-grauen Qualm auflösen würde.

12

Gegen halb fünf in der Frühe war Schiller zurück in seiner Wohnung. Er fühlte sich so erschöpft und schmutzig wie noch nie in seinem Leben. Jetzt müsste er durch den Wald laufen, zehn Kilometer mindestens, um all das loszuwerden, was ihm im Kopf und in den Knochen hing, oder er müsste den Bass hervorholen.

Er trank eine halbe Flasche Weißwein, als wäre es Quellwasser, nahm dann die Bassgitarre hervor und zupfte ein wenig herum. Wie war der Basslauf von »Under Pressure« …?

Die Sekunden, bevor es ihm gelungen war, ein Loch in die Wand der Halle zu schlagen, waren wahrscheinlich die schlimmsten in seinem Leben gewesen. Wie schnell war die Halle voller Rauch gewesen! Es war mit einer gespenstischen Geschwindigkeit vonstattengegangen. Irgendwie hatte er in dem wabernden Qualm gesehen, wie Birte sich übergeben hatte und auf den Boden gesunken war. Die Halle hatte jedoch nicht aus Wellblech bestanden, zumindest eine Wand von einem halben Meter hatte man mit Ziegelsteinen hochgezogen. Er hatte mehr als zwanzig Versuche mit dem Hubwagen gebraucht, um ein Loch in die Mauer zu schlagen. Fast hätte er in den Qualmwolken die Orientierung verloren und Birte nicht mehr gefunden. Erst als er sie durch die schmale Öffnung nach draußen gezogen hatte, war die Feuerwehr mit fünf Löschzügen eingetroffen. Nele hatte auch einen Krankenwagen angefordert, in dem man Birte sofort versorgt hatte.

Danach hatte auch Schiller sich übergeben müssen, und er hatte an seine Mutter und seinen Vater gedacht – wie sie bei dem Feuer in ihrer Wohnung ums Leben gekommen waren. Es musste ein schrecklicher, grausamer Tod gewesen sein. Keine Luft mehr in die Lungen pressen zu können – zu spüren, wie einen die Kräfte verließen und dass der Körper ohne genügend Sauerstoff nicht mehr funktionierte.

Über eine Stunde hatte die Feuerwehr gebraucht, um den Brand zu löschen.

Den Toten hatten sie erst viel später bergen können. Raimund Lenau – ein bekannter Sportjournalist, der für verschiedene überregionale Zeitungen und gelegentlich auch fürs Fernsehen arbeitete. Das herauszufinden war nicht schwer gewesen.

Doch Schiller hatte diese Information nur am Rande interessiert. Cremer und sogar Fitschen waren herausgekommen, er jedoch war in die Uniklinik gefahren. Bevor er nicht wusste, wie es Birte ging, würde er keinen klaren Gedanken fassen können.

Sie war bei Bewusstsein – es war nichts Ernstes passiert. Eine leichte Rauchvergiftung, nichts sonst.

Sie lächelte. »Du hast mich gerettet«, sagte sie. Und dann, ganz die perfekte Polizistin, die sie war, fragte sie: »Wer hat diese Halle in Brand gesteckt, verdammt?«

Er wusste es nicht. Er hatte nur gespürt, dass er beinahe vor Erleichterung geweint hätte, dass ihm Tränen von innen gegen die Augen zu drücken schienen.

Der Basslauf von »Under Pressure« gelang ihm nicht. Er versuchte, sich an andere Songs zu erinnern, die er früher gespielt hatte, doch eigentlich hantierte er nur ungeschickt und amateurhaft an dem Bass herum, damit seine Gedanken ihn nicht zu sehr bedrängten.

Um kurz nach fünf klingelte es an der Tür.

Nadine Linder trug einen weißen Bademantel, der aussah, als hätte sie ihn aus einem teuren Hotel mitgehen lassen. Ihr Haar fiel ihr offen über die Schulter. Durch die schwarze Hornbrille schaute sie ihn müde an.

»Mein Polizist«, sagte sie, »was ist los? Es ist mitten in der Nacht, und du stampfst mit dem Fuß auf, immer den gleichen blöden Rhythmus, und dann dieses dumpfe Dröhnen …« Sie wischte sich eine Haarsträhne aus dem Gesicht.

»Tut mir leid«, sagte er, »aber ich hatte einen beschissenen Einsatz und … Meine Kollegin wäre beinahe gestorben.«

»Machst du mir einen Kaffee?« Nadine ging an ihm vorbei in seine Wohnung. Sie betrachtete die wenigen Möbel, dann den Bass, den er an die Wand gelehnt hatte, schließlich folgte sie ihm in die Küche. »Hübsch hast du es hier«, sagte sie spöttisch und begann selbst, Kaffee zu kochen. »Du stinkst nach Rauch«, redete sie weiter. »Als hättest du dich in einem Aschenbecher gewälzt.«

Schiller setzte sich an seinen alten Küchentisch, den er aus seinem und Carlas Keller mitgebracht hatte. »Wir sind in eine Falle gelaufen«, sagte er. »Jemand hat hinter uns eine Lagerhalle angesteckt.«

»In Ossendorf ... ein Großbrand, habe ich im Netz gelesen«, sagte Nadine. Als der Kaffee durchgelaufen war, schob sie ihm einen Becher hin. »Früher hat hier ein alter Mann gewohnt. Er war bestimmt neunzig und schwerhörig, hat immer bis morgens um drei Fernsehen geguckt, irgendwelche nervigen Quizshows, und nun bist du da, der Polizist mit dem Bass ...« Sie strich sich wieder eine Haarsträhne zurück.

Er sah ihre blasse Haut am Hals, da, wo der Bademantel ein wenig verknickt war. Auch ihre Brust konnte er erahnen, zwei sanfte Hügel hinter weißem Stoff. Sie war barfuß, ihre Fußnägel hatten die Farbe von roten Kirschen.

»Tut mir leid«, sagte er wieder. »Ich musste irgendetwas tun, konnte nicht so einfach ...«

»Ist schon in Ordnung.« Sie trank ihren Kaffee und schaute ihn über die Kaffeetasse forschend an. Ihre blauen Augen wirkten nun wacher und freundlicher. »Ich habe einen Freund«, sagte sie. »Er ist Schauspieler in Wien, hat jetzt tolle Rollen gekriegt, aber so ganz weiß ich nicht, wie es mit uns weitergeht. Er beginnt sich wie ein Star aufzuführen, und ich ...« Wieder schob sie eine Haarsträhne zurück, das schien eine Angewohnheit zu sein, die ihm sofort gefiel. »Ach, was rede ich da!« Sie erhob sich, und während sie an ihm vorbei zur Tür ging, hielt sie kurz inne und küsste ihn auf die Stirn. »Good night, Mister Ashtray«, sagte sie leise. »Wäre schön, wenn ich jetzt ein paar Stunden schlafen könnte. Solltest du übrigens auch tun – ein bisschen schlafen.«

Um acht Uhr dreiunddreißig klingelte sein Smartphone. Er lag angezogen auf dem Bett, den Geschmack von Asche im Mund. Birte, dachte er, sie wartet auf mich … Doch nein, Birte lag im Krankenhaus, sie würde heute nicht dienstfähig sein.

»Herr Hauptkommissar«, sagte Fitschen, der Kriminaldirektor, »tut mir leid … Ich weiß, Sie hatten gestern einen harten Einsatz, aber wir bekommen keine weitere Unterstützung, darum …«

Dass Fitschen ihn anrief, war so gut wie noch nie vorgekommen. Schiller sah Birte in ihrem Krankenbett vor sich, sie war bei Bewusstsein gewesen, keine Lebensgefahr, aber konnte sie in der Nacht einen Rückfall erlitten haben, so wie Menschen, die man aus dem Wasser rettete, doch später, nach ihrer scheinbaren Errettung, ertrinken konnten, weil in ihrer Lunge noch Wasser gewesen war?

»Ist etwas mit Birte?«, fragte Schiller mit heiserer Stimme.

»Nein, nein, keine Sorge.« Fitschen klang nun weniger angespannt. »Ich habe eben mit ihr gesprochen, sie erholt sich heute noch, aber morgen will sie den Dienst wieder aufnehmen. Wir brauchen sie auch, dringend.« Er zögerte. »Von Bronski noch keine Spur, aber Raimund Lenau ist mittlerweile zur Obduktion in der Rechtsmedizin. Ihr Kollege Cremer sieht sich gleich die Wohnung des Toten an. Wohnte am Eigelstein, geschieden, war wohl Alkoholiker … Na ja, manche Journalisten trinken zu viel, scheint mir …« Fitschen räusperte sich. Er führte ein Bilderbuchleben, wie es eigentlich nirgendwo mehr vorkam, eine Frau – Kunstlehrerin –, zwei beinahe erwachsene Söhne, von denen einer Jura studierte, wenn Schiller sich nicht irrte. »Und ich muss gleich wieder vor die Presse. Wenn Sie mögen, dürfen Sie sich gerne an meine Schokoladenseite setzen.«

Schiller richtete sich auf und wankte ins Bad. So viel Humor – von wegen »Schokoladenseite« – hatte er seinem Chef gar nicht zugetraut. »Tue ich gerne beim nächsten Mal«, sagte er. Dann drehte er das kalte Wasser an der Dusche auf, aber ganz vorsichtig, um Nadine Linder unter ihm nicht zu wecken.

13

Was hatte ihre Großmutter ihr immer erzählt? Hüte dich vor Menschen mit kalten Händen und kaltem Herzen? So war es ihr vorgekommen – dass man sie mit kalten Händen anfasste, im Krankenwagen, dann später in der Uniklinik, aber vermutlich lag dieses Gefühl an dem Sauerstoff, den man ihr verabreicht hatte. Später hatte sie viel Wasser trinken müssen. Ein besorgter Arzt hatte an ihrem Bett gesessen.

»Sie haben eine Menge Glück gehabt«, hatte er gesagt.

Birte hatte nur nicken können. Ihre Kehle hatte sich rau und wund angefühlt, doch sie war am Leben.

Jan hatte Tränen in den Augen gehabt. So kannte sie ihn nicht, aber die Panik war ihm noch ins Gesicht geschrieben. Er hatte sie gerettet, indem er sie durch ein Loch in der Wand ins Freie bugsiert hatte.

Auf ihrem Smartphone waren zwölf Anrufe. Sechs von Max, fünf von ihrer Mutter und eine unbekannte Nummer.

Doch Birte war zu erschöpft, um mit jemandem zu sprechen.

Nele, die auch in die Klinik gekommen war, versprach, sich um alles zu kümmern.

Als Birte gegen Morgen aufwachte, hockte Max an ihrem Bett. Er schlief, den Kopf auf die Brust gesunken. Sie betrachtete ihn voller Rührung. Im Traum, so kam es ihr zumindest vor, hatte sie kurz an Martin gedacht, den Mann, den sie geliebt hatte und der vor fast drei Jahren an Krebs gestorben war, aber nun war sie endgültig frei, jemand anderen zu lieben: Max.

Als sie umständlich nach der Wasserflasche neben dem Bett griff, erwachte er ruckartig.

»Meine Schöne«, flüsterte er und beugte sich über sie. Er roch nach Rasierwasser, ein herrlich frischer Duft. »Was ist passiert? Wieso hat diese Halle gebrannt und ihr seid da gewesen?«

Sie wusste es selbst nicht genau. Mit seiner Hilfe trank sie ein Glas Wasser. Für einen Moment, als sie auf den Boden gesunken war und sich erbrechen musste, war sie sicher gewesen, dass sie sterben würde.

»Ich würde gerne aufstehen«, sagte sie zu Max, »und ans Fenster gehen.«

Er half ihr beim Aufstehen. Sie spürte, wie wacklig sie auf den Beinen war, dann blickte sie hinaus. Es war kurz nach sieben Uhr in der Frühe und begann zu dämmern. Ein rötlicher Schimmer zog über den Himmel.

Hatte es jemand darauf angelegt gehabt, sie in dieser Halle umzubringen, oder war es lediglich darum gegangen, nach dem Mord an dem Mann im Sessel Spuren zu verwischen?

»Ich muss meine Mutter anrufen«, sagte sie. »Ich muss wissen, wie es meinem Vater geht.« Sie bedeutete Max, ihr das Smartphone zu geben, das auf dem Nachtschrank lag.

Er reichte es ihr, sein Gesicht war dunkel und ernst vor Besorgnis. Sie meinte, ein graues Haar auszumachen – das war vielleicht während der Nacht entstanden.

Als sie das Smartphone in der Hand hielt, fiel ihr das Foto ein, das sie zuletzt gemacht hatte. Die Rechnung von Sunshine Power mit dem Kinderlogo. Sie klickte es an und zeigte es ihm. »Kennst du diese Firma?«

Er schaute sie an, nicht die Rechnung. »Birte, was soll das?«, fragte er voller Ärger. »Du bist fast gestorben, und das Erste, was du von mir willst … Verdammte Polizistin!«

»Eine einfache Frage«, sagte sie.

Max blickte auf das Display. Sie beobachtete, wie sich seine Augen auf das Foto konzentrierten. Die Nachdenkfalte auf seiner Stirn, die sie so sehr liebte, entstand.

Ich muss es ihm sagen, dachte sie, ich muss ihm endlich sagen, wie sehr ich ihn liebe, dass ich bei ihm zu Hause sein will.

Er blickte auf, Verwirrung spiegelte sich auf seinem Gesicht. »Woher hast du das?«, fragte er. »Diese Firma gehört zu den Topadressen für Sportler. Ich habe früher …« Er unterbrach sich. »Kate ... Sie kennt den Besitzer der Firma, hat ihn früher oft konsultiert. Er war an der Sporthochschule, einer der besten Sportmediziner Deutschlands, bevor sie ihn rausgeworfen haben.«

Richard Seeberger – so hieß der Mann, der Sunshine Power gegründet hatte, wenn Max recht hatte. Eigentlich wollte Birte die Klinik sofort wieder verlassen, aber Max drängte sie, sich aufs Bett zu legen. Sie brauche Ruhe. Wenn sie wolle, werde er die Information an ihre Assistentin oder an Schiller weitergeben, und er könne auch mit Kate sprechen.

Kate? Dieser Name versetzte ihr einen Stich. Niemals hatte sie vorgehabt, diese Frau zu treffen, die hinter ihrem Rücken Anstalten gemacht hatte, Max zu irgendwelchen Dingen zu überreden.

Sie bat Max, ihr einen Kaffee aus dem Automaten in der Cafeteria zu bringen, und rief währenddessen Nele an, die bereits wach war und gleich ins Präsidium aufbrechen würde.

Richard Seeberger, nein, der Name sage ihr nichts, erwiderte Nele, doch sie werde sich gleich an die Recherche machen. Sie habe aber bereits herausgefunden, dass die Halle einer Firma namens Europe Logistics gehöre, die ihren Sitz auf Malta habe, einem dieser berüchtigten Steuerparadiese. Der Verwalter der Halle sei für heute einbestellt worden. Nele informierte sie auch darüber, wer der Tote in dem Sessel war – ein bekannter Sportjournalist.

Rechtzeitig, bevor Max mit zwei Kaffeebechern in der Hand zurück war, hatte Birte das Telefonat beendet.

Schweigend tranken sie ihren Kaffee. Max betrachtete sie argwöhnisch, als wollte er ihre Gedanken lesen, aber das war wohl auch nicht sonderlich schwer.

»Mir geht es wieder gut«, sagte sie, obschon hinter ihrer Stirn ein dumpfer Schmerz pochte. »Ich muss meine Mutter anrufen, und dann ...« Sie zögerte. »Wann kann ich Kate treffen?«

Max antwortete nicht sofort. Zum ersten Mal hatte sie das

Gefühl, dass er gealtert war in der kurzen Zeit, die sie sich kannten. Die letzten Tage hatten an ihm gezerrt. Das Buch, das nun endlich erscheinen sollte, Kate, die ihn angerufen hatte, der Gedanke, an den Paralympics teilzunehmen ... So stellte sie es sich zumindest vor.

»Ich kann sie anrufen«, sagte er tonlos, doch statt eine Nummer zu wählen, gab er etwas in sein Smartphone ein und hielt es ihr hin.

Ein Artikel über Richard Seeberger. Man sah das Foto eines sportlichen Mittvierzigers mit leuchtenden Augen, einem kantigen Kinn und einer modischen Kurzhaarfrisur. »Dopingforscher entlassen – Unregelmäßigkeiten bei Proben von Skiläufern«, lautete die Überschrift. Der Bericht war knapp drei Jahre alt.

»Seeberger hat das Labor an der Sporthochschule geleitet – er war eine große Nummer, auch als Mediziner. Er hat Fußballer, Radrennfahrer und Skiläufer als Arzt betreut.«

»Was war er denn genau?«, fragte Birte. »Dopingforscher oder Sportarzt?«

»Beides«, erwiderte Max. »Bei dem Labor hatte er irgendeinen Vorsitz, und wenn ich es richtig verstanden habe, hat er sich aber auch in Forschungen eingebracht, um neue Dopingtests zu entwickeln. Eigentlich hat er aber Sportler betreut. Ich war auch einmal bei ihm. Wegen Problemen an der Achillesferse ... an meinem ...« Er verstummte abrupt.

Birte senkte den Kopf. Anscheinend machte ihm sein Unfall wieder zu schaffen. Der Jahrestag näherte sich auch bald wieder – es war am 27. März passiert.

»Jedenfalls hat man Seeberger Ungereimtheiten vorgeworfen ... Dass er einerseits an der Forschung von Dopingtests beteiligt war, andererseits aber selbst gedopt hat. Da hat er die Brocken hingeworfen und diese Firma gegründet – Sunshine Power.« Er verstummte für einen Augenblick. »Aber könnte Seeberger etwas mit eurem Fall zu tun haben?«

Birte nickte. Der Kaffee schmeckte bitter. Sie spürte einen leichten Schwindel. Der Schmerz in ihrem Kopf wich dank des Koffeins ein wenig. Sie brauchte etwas zu essen, ein richtiges Frühstück. In der Klinik würde sie nicht bleiben können, niemals. Zu viele Dinge waren zu tun.

»Ruf Kate an«, sagte sie. »Ich möchte sie gegen Mittag treffen. In der Sportsbar am Friesenplatz, und nun musst du mir aus meiner Wohnung etwas zum Anziehen besorgen.«

Max hob die Hand, um zu widersprechen, doch im selben Moment summte ihr Smartphone. Ihre Mutter meldete sich.

»Was ist mit dir?«, rief sie mit schriller Stimme. »Warum erreiche ich dich nicht? Ist dir das Schicksal deines Vaters vollkommen egal?«

Birte wollte sie beruhigen und ihr alles erklären, doch ihre Mutter ließ sie gar nicht zu Wort kommen.

»Ihm geht es besser«, sprach sie weiter. »Kein schwerer Herzinfarkt, und zum Glück war gleich der Notarzt da, doch er wird einen Bypass brauchen. Eine Operation, so schnell es geht, vielleicht Anfang nächster Woche. So lange wird er hierbleiben. Sogar dein Bruder hat sich angekündigt, er wird morgen kommen. Sein Schiff läuft heute in Hamburg ein. Er ist jetzt Kapitän auf einem riesigen Kreuzfahrtschiff. Und wann kommst du?«

Birte holte tief Luft. Max beobachtete sie forschend. Sie konnte ihm ansehen, dass er darauf wartete, ob sie erwähnte, dass sie im Krankenhaus lag. »Ich habe noch einen Einsatz«, sagte sie. »Aber in drei Tagen, denke ich, kann ich für eine Weile bei euch sein.«

14

Schiller hatte wenig Neigung, in die Rechtsmedizin zu fahren. Der Geruch von Qualm und Asche hatte sich nicht abwaschen lassen – so kam es ihm zumindest vor. Außerdem hatte er Kopfschmerzen und einen heftigen Widerwillen, Almut Schwäbe gegenüberzutreten. Vielleicht, so hoffte er, hatte sie dienstfrei, aber dann sah er am Eingang zur Rechtsmedizin ihr knallgelbes Fahrrad im Ständer stehen und wappnete sich.

Nele hatte ihn informiert, dass Raimund Lenaus einziger Sohn den Toten identifizieren würde.

Ein recht schmaler, schwarzhaariger, äußerst gepflegt erscheinender Mann wartete im Gang. Er schaute mit dunkler Miene auf, als Schiller sich näherte. »Ich war schon bei meinem Vater«, sagte er. »Ich bin Tim Lenau. Ich habe der Ärztin bereits alles unterschrieben.«

»Ärztin« war eine merkwürdige Bezeichnung für Almut Schwäbe, fand Schiller, aber es stimmte ja, eigentlich war sie eine Ärztin, die studiert hatte, um Menschen gesund werden zu lassen.

Schiller streckte dem Mann die Hand entgegen. Ein vorsichtiger Händedruck folgte, als wäre Lenaus Sohn ein Pianist, der Angst um seine kostbaren Finger hatte. »Es tut mir leid«, sagte Schiller. »Meine Kollegin und ich haben Ihren Vater …«

Tim Lenau winkte ab. »Wir hatten kaum Kontakt. Er hat immer so offen und liberal getan, aber er konnte es nicht ertragen, dass ich homosexuell bin, dass mein Partner fast so alt ist wie er.«

»Ich würde gerne etwas zum Hintergrund Ihres Vaters erfahren. Wer waren seine Freunde? Mit wem hat er besonders eng zusammengearbeitet?«, fragte Schiller.

Aus den Augenwinkeln beobachtete er, wie am Ende des Ganges eine Tür geöffnet wurde. Er spürte ihren Blick. Almut Schwäbe stand da in ihrem grünen Kittel und wartete auf ihn, um in seiner Gegenwart mit der Obduktion zu beginnen. Verdammt, er hätte Cremer oder einen der Kriminalassistenten schicken sollen.

»Ich habe keine Ahnung, ob mein Vater Freunde hatte«, sagte Tim Lenau gleichmütig. »Er hat früher beim Kicker gearbeitet, dieser Sportzeitung, aber das ist zwanzig Jahre her, danach war er freier Journalist. In Sportsachen kannte er sich wirklich aus – das muss ich zugeben. Und wenn es um Doping ging, wurde er richtig leidenschaftlich. Diesen einen Radrennfahrer ... den Namen habe ich vergessen ... den hat mein Vater quasi ganz allein überführt.«

»Was ist mit Ihrer Mutter?«, fragte Schiller. »Hatte sie noch Kontakt zu Ihrem Vater?«

»Nein, wohl nicht.« Tim Lenau zuckte mit den Schultern. »Ich glaube, sie wollte ein paar tausend Kilometer zwischen sich und Raimund bringen. Sie lebt auf Ibiza, hat da einen kleinen Laden, Sonnenbrillen, Taschen, solche Sachen ...«

Offenbar war Köln voll alter, einsamer Männer, dachte Schiller. Nach Jakob Ruben nun Raimund Lenau, aber der hatte immerhin noch einen Job gehabt.

»Können Sie uns wenigstens eine Kontaktperson nennen?«, fragte Schiller.

Almut Schwäbe stand immer noch da. Nun rauchte sie eine Zigarette und hielt einen Kaffeebecher in der Hand. Er dachte an die Dramaturgin. Mister Ashtray hatte sie ihn genannt. Sie hatte Humor, und er war verliebt, ja, verdammt, das war er.

»Mein Vater hatte ein Smartphone«, sagte Tim Lenau. »Auf dem Gerät werden Sie alles finden, all seine Kontakte. Ich kann Ihnen da nicht weiterhelfen.«

Soviel Schiller wusste, hatte der Tote kein Smartphone bei sich getragen.

Die Eingangstür öffnete sich. Ein grauhaariger Mann kam herein, und sofort erhellte sich Tim Lenaus Miene.

»Wilfried«, sagte er voller Erleichterung. »Schön, dass du gekommen bist. Wir können nun fahren, nicht wahr?« Die Frage war an Schiller gerichtet.

»Ich brauche noch Ihre Anschrift«, erklärte Schiller. Almut Schwäbe war einen Schritt näher gekommen. Sein Smartphone summte.

Für einen kurzen irrwitzigen Moment glaubte er, Nadine Linder rufe ihn an. Dann übernahm die Sorge um Birte seine Gedanken.

Fitschen war erneut am Apparat. »Herr Schiller«, sagte er förmlich. »Der Fall nimmt neue Dimensionen an. Wir haben nun eine Mordserie. Eine Kindergärtnerin – ausgerechnet – hat eben die Leiche von Daniel Bronski entdeckt, als sie mit zwanzig Kindern zum Decksteiner Weiher gegangen ist. Offenbar wurde er erschossen. Es wäre mir sehr lieb, wenn Sie es schaffen würden, vor den ersten Presseleuten am Fundort einzutreffen.«

Das Erste, was er sah, waren Kinder, die man wie Lämmer zusammengetrieben hatte. Sie standen auf dem Weg, der am kleinen FC-Stadion, das am Geißbockheim lag, vorbeiführte. Die meisten Mädchen hatten leuchtend rote Mützen auf, die Jungen trugen dunkle Anoraks, einer hatte sich einen rot-weißen FC-Schal um den Kopf gebunden. Zwei junge Frauen, die allenfalls Mitte zwanzig sein konnten, liefen um die Kinder herum wie Hütehunde. Ein rothaariger Junge weinte, die anderen waren stumm und wirkten verängstigt.

Schiller nickte den beiden Kindergärtnerinnen zu. Ein Reporter war nicht zu entdecken, aber zehn uniformierte Polizisten waren dabei, die Wege abzusichern.

Bert Cremer stand mit einer gelben Regenjacke am See. Aus der Entfernung sah er wie ein Parkplatzwächter aus. Er drehte sich erst um, als Schiller neben ihn trat. »Die Kinder haben sich zu Tode erschreckt«, sagte er und deutete nach vorn. Zwei Männer in Neoprenanzügen, die zur Kriminaltechnik gehörten, bemühten sich, einen leblosen Körper aus dem Wasser zu hieven. Am Ufer standen drei Männer in weißen Papieranzügen, einer hielt eine Kamera in der Hand. »Sie wollten die Schwäne füttern, und dann hat ein Mann sie mit offenen Augen aus dem See angestarrt, als wäre er ein Geist.«

»Sind wir sicher, dass es Bronski ist?«, fragte Schiller.

»Absolut«, erwiderte Cremer. »Ich habe vorhin selbst einen Blick riskiert. Der Boxer … kein Zweifel.«

Die beiden Männer in den Neoprenanzügen hoben den Toten aus dem Wasser. Schiller ging ein paar Schritte näher. Schwarze Haare, eine Trainingshose, rote Sneakers, eine schwarze Lederjacke. Die muskulöse Figur mochte zu einem Boxer passen.

Der Tote wurde auf eine ausgebreitete Plastikplane gelegt und dann von allen Seiten fotografiert. Schultke, der Chef der Spurensicherung, gehörte zu den drei Gestalten in Weiß. Er war der Mann mit der Kamera. Nachdem er etliche Male fotografiert hatte, blickte er herüber und winkte Schiller heran.

»Jan«, rief er, »wir beginnen nun, den Toten zu entkleiden, aber ich kann dir schon jetzt sagen, dass es Bronski ist. Definitiv. Hat einen Schuss in die Stirn bekommen.«

Schiller spürte, wie er schlucken musste. Seine Kopfschmerzen waren wieder intensiver geworden. Vermutlich hatte er auch eine leichte Rauchvergiftung erlitten. Weit war Bronski auf seiner Flucht nicht gekommen. Wir müssen den toten Boxer so schnell wie möglich in die Rechtsmedizin schaffen, wollte er Schultke zurufen, aber nein, das war überflüssig. Natürlich würde es als Erstes darum gehen, zu vergleichen, ob Bronski mit derselben Waffe wie der Journalist Lenau erschossen worden war.

Eine zarte Hand legte sich auf seine Schulter, ein sanfter Druck, der ihn trotzdem erschrecken ließ. Birte stand da, blass, völlig ungeschminkt, das kurze blonde Haar zerzaust. Er freute sich, sie zu sehen, gleichzeitig wallte Ärger in ihm auf.

»Bist du aus dem Krankenhaus abgehauen?«, fragte er eine Spur zu heftig.

Birte lächelte matt. Max, ihr Freund, der Fahrradkurier, stand drei Schritte hinter ihr und behielt sie im Auge. »Ich bin als geheilt entlassen worden«, sagte sie leicht spöttisch. »Nein, ich habe es nicht mehr ausgehalten. Wir haben eine Spur, habe ich gedacht, einen ehemaligen Medizinprofessor, der Sunshine Power gegründet hat, aber da habe ich noch nicht gewusst, dass Bronski erschossen worden ist.«

»Ich habe keine Ahnung mehr, worum es hier geht«, sagte Schiller ratlos. »Drei Tote – und der Anschlag auf uns.«

»Ich glaube, es ging nicht um uns, wir waren im Weg. Richard Seeberger heißt dieser ehemalige Professor. Ich will ihn treffen, unbedingt. Max soll mir dabei helfen, und Kate, seine ehemalige Freundin, sie will ich auch sehen, aber nicht allein. Ich brauche dich an meiner Seite.«

Sie saß in einer Sportsbar am Friesenplatz, vor sich ein großes Glas mit einer orangefarbenen Flüssigkeit. Karottensaft, dachte Schiller, etwas ganz Gesundes. Man hätte sie für eine überaus attraktive Schauspielerin halten können, brauner Teint, lange, dunkelblonde, gelockte Haare, ein perfekter Mund, leicht mit einem dezenten Lippenstift versehen, grünliche, mandelförmige Augen und eine makellos geformte Nase. Eine Schönheit zweifellos. Erst als er ihr direkt gegenüberstand und sich vorstellte, bemerkte er, dass sie über vierzig sein musste, doch das Alter tat ihrer Attraktivität keinen Abbruch.

Birte hielt sich ein wenig hinter ihm, ungewohnt scheu. Er meinte sogar, ihr Herzklopfen zu hören. Diese Frau, die ehemalige Freundin von Max, flößte ihr Respekt ein. Max selbst war in ihrem Dienstpassat geblieben, er war ohnehin ungewohnt schweigsam gewesen.

»Kate Stone«, sagte die Frau mit amerikanischem Akzent. »Freut mich.« Sie bedachte Birte mit einem kühlen, abschätzenden Blick. Natürlich wusste sie genau, wen sie vor sich hatte.

»Schön, dass Sie sofort kommen konnten«, sagte Schiller. »Aber wir ermitteln auch in einem Mordfall.«

Kate Stone nickte. »Polizei ruft – ich komme«, sagte sie, und es klang kein bisschen spöttisch.

»Wir, meine Kollegin Frau Hauptkommissarin Jessen und ich, benötigen eine Auskunft über einen gewissen Professor

Richard Seeberger«, sagte Schiller. Er setzte sich und bestellte für Birte und sich bei einem Kellner Kaffee.

»Ich habe davon gehört – dass Sie etwas über den Prof wissen wollen«, sagte Kate. Sie blickte kurz zum Eingang, als erwartete sie noch, Max zu sehen. »An der Hochschule hieß er nur der Professor. Er war die Kapazität, der Mann, dem alle vertrauten, medizinisch und so.« Sie lächelte matt, als habe sie eine angenehme Erinnerung überfallen. »Er lehrte trainingswissenschaftliche Grundlagen und leistungsphysiologische Methoden, also Trainingslehre. Wann Ausdauer, wann Erholung ... Er wusste alles, wirklich alles, und wenn er einen berührt hat ...« Sie zögerte kurz und blickte suchend wieder durch den Raum. »Ich meine, Knöchel und Muskeln abgetastet hat, dann hat man begriffen, dass er mit seinen Händen sehen konnte. Verstehen Sie?«

Schiller mochte ihren Akzent, überhaupt war die Gegenwart dieser Frau ihm angenehm. Ihre Stimme war weich und ruhig. Er versuchte sich Max, dem er nur ein paarmal begegnet war, mit dieser Frau vorzustellen, wie sie ihn trainierte, ihn antrieb.

Schiller nickte. »Klingt, als wäre Seeberger eine Art Star an der Sporthochschule gewesen.«

»Nein«, sagte Kate, »kein Star, dazu war er zu nüchtern, zu sehr Experte. Er wusste einfach alles.«

»Und dann?«, fragte Birte, die sich nun bemühte, aus ihrer Rolle als stumme Zuhörerin herauszukommen. »Dann ist er abgestürzt?«

Kate schaute sie an, beinahe verblüfft, als hätte sie nicht erwartet, dass die Frau vor ihr eine Stimme besaß.

»Er hat auch an Dopingtests mitgearbeitet, an der Forschung. Das ist ja ... wie sagt man? Ein Hase-und-Igel-Spiel. Neue Dopingmethoden, neue Tests. Eine Jagd, sozusagen.« Sie schwieg, nippte dann an ihrem Getränk. Karottensaft, zweifellos.

Schiller nahm sogleich den schwarzen Kaffee, als man ihm eine große Tasse hinstellte.

»Seeberger hat auch drei Biathlonläufer betreut, zwei Deutsche und einen Slowenen. Alle drei waren gedopt, mit Methylhexanamin. Das kennt man eigentlich aus dem Kraftsport, ein Amphetamin, es unterdrückt Müdigkeit und sorgt für rauschhafte Zustände, wirkt schon dadurch leistungssteigernd ... Na ja. Es gab wohl Dokumente, dass Seeberger diese Mittel besorgt und verabreicht hat. Er hat es jedoch stets abgestritten. Die drei Läufer haben auch jede Einnahme geleugnet, aber es war eindeutig nachweisbar. Plötzlich stand Seeberger am Pranger – nur sein Freund im Institut, der Leiter, Markus Then, hat zu ihm gehalten. Die haben beide früher während des Studiums zusammen Hockey gespielt, waren sogar mal gemeinsam deutscher Meister, glaube ich.«

Birte hatte ihren Notizblock hervorgeholt und machte sich Notizen. Schiller sah, dass ihre Hand ein wenig zitterte. Sie hätte gewiss noch mindestens ein, zwei Tage ins Krankenhaus gehört.

»Drei umstrittene Dopingfälle haben ausgereicht, dass Seeberger die Sporthochschule verließ?«, fragte sie.

»Yes«, sagte Kate. »Er war nicht frei von ... Eitelkeit. Für ihn war das unerträglich. Er hat sich immer gegen Doping ausgesprochen, hat gesagt, es sei kriminell, und dann wurde ihm so etwas vorgeworfen. Er hat von sich aus die Sachen gepackt. Die Untersuchung verlief dann im Sande.«

Ein Smartphone summte. Birtes, wie Schiller registrierte, aber sie nahm das Gespräch nicht an. Ihr Vater, dachte er, er hatte gar nicht gefragt, wie es ihrem Vater ging.

»Dann hat Seeberger seine eigene Firma gegründet?«, mischte sich nun Schiller wieder ein.

»Ich denke«, sagte Kate. »Er wollte wohl nicht mehr als Arzt arbeiten. Er war auch geschieden, eine große Krise. Er hatte die Schwester von diesem Boxmann geheiratet – Mischke.«

Schiller sog verblüfft die Luft ein. »Mischke – der Boxtrainer von Daniel Bronski?«

»Genau«, sagte Kate. »Aber ich war eine Weile weg – in Kalifornien. Bin noch nicht lange zurück. Weiß also nicht genau, was jetzt ist.« Sie lächelte. Auch ihre Zähne waren makellos, blendend weiß. Als sie ihre Hände hob, eine Geste des Nichtwissens machte, bemerkte er, wie muskulös sie war. Unter ihrem dünnen weißen Pullover spannten sich die Muskeln.

Auch Birte sah sie fasziniert an – das Gefühl hatte Schiller zumindest. Vielleicht musste auch sie sich Max mit dieser Frau vorstellen, nicht nur beim Training, sondern …

»Wo finden wir Seeberger?«, fragte Birte. Das Summen des Smartphones hatte aufgehört. »Wissen Sie das?«

»Kann sein«, entgegnete Kate. »Er hat ein Haus in einem Ort in der Eifel … Wie hieß er noch? Da gab es ein Schloss. Hieß so wie dieser Musiker von BAP.«

»Nideggen?«, sagte Schiller.

»Genau! Da hat er sich zurückgezogen. Ich habe einmal mit ihm telefoniert, wollte einen Rat, aber er hat mich abgeschreckt. Sagt man das so?«

»Ja«, sagte Schiller. »Das kann man so sagen.«

Kate Stone leckte sich über die Lippen. Plötzlich wandte sie den Kopf. Ihre Miene wurde ernster, sie funkelte Birte an, wirkte auf einmal wie eine Lehrerin, wie die strenge, harte Trainerin, die unzufrieden war.

»Was ist mit Max?«, fragte sie mit schneidender Stimme. »Ist er glücklich? Aber warum redet er nicht mit mir? Ich habe ihm einen Vorschlag gemacht. Er kann nicht immer als Fahrradkurier herumgehen und sich bemitleiden, nur wegen dem Unfall. Er muss wieder zurück …«

»Er bemitleidet sich nicht, überhaupt nicht«, unterbrach Birte sie. »Außerdem geht Sie das nichts mehr an. Wir danken für Ihre Mithilfe.« Dann zückte sie ihre Visitenkarte und wandte sich ab.

15

Sie spürte, wie müde und mitgenommen sie war. Kopfschmerzen, Schmerzen beim Atmen, das Gefühl, sich gleich übergeben zu müssen. Am liebsten hätte sie sich irgendwo in ihrer Wohnung aufs Sofa gelegt, die Klingel und das Telefon abgeschaltet und Musik gehört, die Augen geschlossen und vor sich hin geatmet. Was für eine Wohltat es war, einfach atmen zu können, reine, kühle Luft in die Lungen zu pressen.

Doch was tat sie? Mischte sich wieder in die Ermittlungen ein und brachte es sogar über sich, Kate Stone zu treffen, die Trainerin, die Frau, die Max geliebt hatte und die immer noch in seinem Kopf war, manchmal.

Max hatte sich in den letzten Tagen verändert, er war schweigsamer geworden, ungeduldiger – sie konnte nicht sagen, was genau der Auslöser gewesen war. Das Buch, das nun endlich erscheinen sollte? Oder doch der Gedanke, den Kate ihm eingeimpft hatte, dass er noch immer ein Sportler war, dass er an den Olympischen Spielen teilnehmen könnte, wenn auch an den Spielen für behinderte Sportler?

Jan hatte gespürt, wie unsicher sie war, als sie Kate gegenübertraten, einer schönen, selbstbewussten Frau. Doch wenigstens war es ihr gelungen, sich auf den Fall zu konzentrieren und professionell zu wirken.

Als sie jedoch zurück zum Auto gingen, in dem Max saß und mit irgendjemandem telefonierte, hätte sie beinahe geweint vor Erschöpfung. Sie war am Ende, hätte sich niemals aus dem Krankenhaus selbst entlassen dürfen.

»Wie ist es gelaufen?«, fragte Max, nachdem er eilig sein Telefonat beendet hatte, und zum Glück antwortete Jan.

»Wir haben ein paar wichtige Informationen bekommen. Es könnte um Doping gehen. Der Journalist, den man erschossen hat, war Dopingexperte, und Seeberger hat man unterstellt, er habe beim Dopen geholfen.«

Max nickte. Er saß auf der Rückbank. Birte setzte sich nicht neben ihn, sondern nahm auf dem Beifahrersitz Platz.

»Ich fahre jetzt zur Sporthochschule, möchte mich da ein wenig umhören, bevor wir diesen Seeberger einbestellen«, sagte er. »Ist es okay, wenn du mitkommst, Max?«

Doch Max hatte schon die hintere Tür geöffnet. »Ich muss noch etwas erledigen«, sagte er. Seine Hand streifte Birtes Schulter, eine sonderbare Abschiedsgeste, dann stand er auf der Straße, und Jan fuhr an.

Birte hatte unvermittelt Tränen in den Augen. Sie starrte vor sich hin. Das war die erste echte Krise mit Max. Ging er nun zu Kate? Wollte er sie sehen, sie sprechen?

»Ich kann dich nach Hause fahren«, sagte Jan ungewohnt sanft. »Du brauchst eigentlich Ruhe.«

»Nein«, sagte sie bestimmt.

Dann rief Nele an. Birte schaltete den Lautsprecher im Wagen an.

»Ich habe Cremer zur Obduktion von Bronski geschickt«, erklärte sie. »Und dann war der Verwalter der Lagerhalle da. War aber nicht sehr ergiebig. Sie haben da zwei Hausmeister und ein paar Leute, die im Lager arbeiten. Um halb sechs am Abend wird das Lagerhaus geschlossen. Eigentlich hätte niemand da sein dürfen. Und Kameras gibt es auch keine.«

»Wäre auch zu schön gewesen«, sagte Jan. »Und hat die Spurensicherung etwas herausgefunden?«

»Nein, bisher nichts. Schultke hat schlechte Laune«, erwiderte Nele. »Kein Wunder – sie hetzen ja auch von einem Tatort zum nächsten.«

»Wir brauchen Informationen«, sagte Jan. »Über einen gewissen Richard Seeberger, früher Professor an der Sporthochschule und Experte für Doping.«

»Interessant«, erwiderte Nele. Birte glaubte, sie lächeln zu hören. Nele liebte solche Aufgaben. »Ich werde sehen, was sich herausfinden lässt. Melde mich wieder.« Sie unterbrach die Verbindung.

Jan schaute Birte an. »Wir müssten eigentlich ein, zwei Stunden schlafen«, sagte er. »Damit wir überhaupt einen klaren Gedanken fassen können.«

Birte entgegnete nichts. Sie schloss kurz die Augen. Was war ihr entgangen?, dachte sie. Warum war Max auf einmal so distanziert? War die Zeit der Verliebtheit vorbei, ganz plötzlich, von einem Moment auf den anderen?

Sie dachte daran, dass sie im Traum Martin gesehen hatte, den Mann, mit dem sie für immer hatte zusammenbleiben wollen, aber dann war sein Leben so schnell zu Ende gewesen. Der Krebs hatte ihn zuletzt ganz entstellt. Einzig seine Geige, die letzte, die er gebaut hatte und die sie in ihrer Wohnung in einer Glasvitrine aufbewahrte, erinnerte sie jeden Tag an ihn.

Jan steuerte auf das Hochhaus an der Sporthochschule zu. Er schien sich hier auszukennen. Sie brauchten keine zehn Minuten, um Professor Markus Then zu finden. Ein sportlicher, hagerer Mann, Anfang fünfzig vermutlich, leicht gebräunt, Typ Marathonläufer, aber klar, wenn man an der Sporthochschule unterrichtete, konnte man kein Kettenraucher sein und zwanzig Kilogramm Übergewicht mit sich herumschleppen.

Markus Then saß in einem überraschend kleinen Büro. Er wirkte über ihren Besuch verwundert, bot ihnen jedoch freundlich an, sich auf die beiden einzigen Stühle vor seinem Schreibtisch zu setzen.

»Wir benötigen ein paar Auskünfte«, erklärte Jan, nachdem er sich ausgewiesen hatte. »Wir ermitteln in diversen Mordfällen. Ein Boxer und ein Journalist sind ermordet worden.«

Professor Then nickte. »Raimund Lenau – ich habe davon gehört. Ich habe ihn gut gekannt, wir haben oft miteinander gesprochen. Sportjournalisten sind ja meistens Lobhudler, sehen alles in hellstem Licht, super Spiel, super Sportler, aber Lenau war anders, genauer, kritischer.«

Birte begann sich Notizen zu machen. Jan hatte doch recht gehabt, eine kluge Idee, nicht direkt zu Seeberger zu fahren, sondern sich erst hier umzuhören.

»Lenau kannte sich mit der Problematik Doping aus, nicht wahr?« Da der Professor für einen Moment schwieg, warf Birte ihm das Stichwort Doping hin.

»Ja, er gehörte zu den wenigen, die sich dafür interessierten. Zwei Stunden lang haben wir uns vor ein paar Jahren über Epo unterhalten, Blutdoping – wie es funktionierte und wie man es nachweisen konnte.« Then lächelte schmerzhaft. »Weiß man, wer Lenau getötet hat? Gibt es einen Verdächtigen?«

»Bedaure«, erwiderte Jan. »Darüber können wir leider keine Auskunft geben. Wann haben Sie Lenau zuletzt gesehen?«

»Oh!« Then wischte sich über die Augen. »Ich weiß nicht. Das ist ein paar Monate her. Ich hatte den Eindruck, ihm ging es nicht so gut. Er wirkte gealtert, müder.«

»Gibt es jemanden, dem Sie einen Mord an Lenau zutrauen würden?«

»Nein«, erwiderte Then hastig. »Nein, da fällt mir niemand ein. Doping ist kriminell. In Russland, China, Bulgarien, in Ländern, in denen extrem gedopt wird, kann man schnell ziemliche Probleme bekommen, wenn man zu genau hinschaut, da gibt es schon einmal Drohungen, Angriffe, aber hier bei uns …?« Er hob die Arme. »Doping wird man nie ausrotten können. Jeder Mensch möchte sich einen Vorteil verschaffen – so sind wir nun einmal, aber jemanden töten, weil er als Journalist über Doping schreibt? Das übersteigt meine Phantasie.«

Jemand klopfte an die Tür. Eine blonde junge Frau, doch sie schloss die Tür gleich wieder, als sie sah, dass Professor Then Gäste hatte.

Jan machte Anstalten, sich zu erheben.

Birte war für einen Moment irritiert. Hatte er sich nicht nach Seeberger erkundigen wollen? Doch dann, als wäre es ihm spontan eingefallen, sagte Jan: »Wie man hört, sind Sie mit Richard Seeberger befreundet?«

Then sah erst Jan, dann Birte an. »Ja, aber was hat das mit Lenau zu tun?«

»Seeberger war auch Professor wie Sie, dann musste er gehen, weil er als Arzt ...«

»Nein«, unterbrach Then. »Richard wurden haltlose Vorwürfe gemacht. Er ist von sich aus gegangen. Bewiesen wurde nie etwas. Ich bin der Leiter des Dopinglabors, ich habe eng mit ihm zusammengearbeitet. Meine Hand würde ich für ihn ins Feuer legen, dass er ...«

»Ja«, sagte Jan, »ich verstehe. Sie sind wirklich befreundet. Seeberger hat dann eine Firma gegründet. Sunshine Power. Haben Sie noch Kontakt mit ihm?«

»Der Name ist ein wenig lächerlich. Sunshine Power ... Na ja ...« Thens Blick glitt zu dem einzigen Fenster im Raum. Sie befanden sich in der dritten Etage. Die ersten Bäume begannen zu ergrünen. »Richard hat sein Wissen angewendet, um Produkte zur Leistungssteigerung zu entwickeln, ganz legale Mittel, wie ich betonen möchte. Er wollte den Menschen zeigen, dass man nicht dopen muss, um die Leistung zu steigern. Er hat auch ein Buch darüber geschrieben, war leider kein Erfolg.«

»Wo können wir ihn finden?«, fragte Birte.

»Er lebt in Nideggen an der Burg, sehr zurückgezogen. Die Vorwürfe hätten ihn beinahe aus der Bahn geworfen. Ich habe ihn nun länger nicht mehr gesehen. Früher ist er noch gekommen, wenn unsere Altherren-Mannschaft sich zum Hockey traf, aber in den letzten Monaten nicht mehr.«

»Haben Sie eine Mobilnummer für uns?« Nun erhob sich Jan tatsächlich.

Bereitwillig nahm Then sein Smartphone hervor und notierte auf einem Block, der auf seinem Schreibtisch lag, eine Telefonnummer.

Jan nahm sie dankbar entgegen. »Eine letzte Frage: Seeberger war verheiratet – mit der Frau von Rolf Mischke, nicht wahr?«

»Ja, aber sie sind seit vielen Jahren getrennt. Richard war nicht ... besonders treu ... Affären, irgendwelche Geschichten ... Nun ja, er war fachlich der Beste, aber er hat auch eine große Schwäche. Frauen, so muss man es wohl sagen ... Frauen sind seine schwache Seite.«

»Was hat das zu bedeuten? Frauen sind seine schwache Seite?« Zurück im Auto hatte Birte bei Google »Richard Seeberger, Professor« aufgerufen. Sie sah das Porträt eines mittelalten Mannes, der überaus attraktiv war: kurze braune Haare, an den Schläfen leicht ergraut, dunkle, forschende Augen, die von einigen Falten umrahmt wurden, ein Mund, der etwas zu breit wirkte.

»Vielleicht hat er auch etwas mit jungen Frauen angefangen – genau wie Jakob Ruben«, erwiderte Jan.

Er hielt an einem Kiosk, um zwei Pappbecher Kaffee zu holen, und fuhr ins Präsidium.

Die nächsten drei Stunden verbrachten sie damit, auf einem Whiteboard alles zusammenzustellen, was sie schon wussten. Drei Tote, die alle irgendwie miteinander in Verbindung standen. Jakob Ruben – Daniel Bronski – Raimund Lenau. Gab es einen Täter oder mehrere? War Doping die Überschrift für diese Morde? Aber mit Sport hatte Ruben nichts zu tun gehabt.

Nele hatte einiges an Material über Seeberger zusammengetragen. Sie hatte ihn jedoch nicht erreicht. In Nideggen war niemand ans Telefon gegangen, und auf seinem Mobiltelefon war nur eine Mailbox angesprungen. Sie hatte um einen Rückruf gebeten. Offenbar lebte er allein – von Susanna Mischke, der Schwester des Boxtrainers, war er seit sechs Jahren geschieden. Sie wohnte in Klettenberg am Park und besaß am Klettenberggürtel einen Modeladen.

»Sollen wir zu ihr fahren?«, fragte Jan.

Birte schüttelte den Kopf. Sie hatte das Gefühl, sich kaum mehr auf den Beinen halten zu können. Ihre Kopfschmerzen waren so heftig, dass sie schon Sehstörungen hatte.

»Ich brauche ein paar Stunden Schlaf«, sagte sie. Im nächsten Moment summte ihr Smartphone, und Nele steckte den Kopf zur Tür herein.

»Besuch für euch«, sagte sie lächelnd.

Der Name »Max« leuchtete auf Birtes Display auf. Sie spürte, wie ihr Herzschlag sich beschleunigte. »Ja«, sagte sie leise in den Apparat hinein.

»Kommst du bald?«, fragte Max. »Ich muss dringend mit dir sprechen!«

16

Schiller beobachtete, wie Birte ihre Jacke ergriff, das Smartphone noch am Ohr, und ihm zum Abschied kurz zunickte. Wie eine geschlagene Kriegerin zog sie ab, mit gesenktem Kopf und kurzen, schweren Schritten. Er hatte plötzlich Mitleid mit ihr, er hätte es nicht zulassen dürfen, dass sie schon wieder mitarbeitete, aber ja, er war auch froh gewesen, sie an seiner Seite zu wissen.

Ein Mann saß draußen auf dem Gang und blickte auf. Er hatte lange, zurückgebundene Haare, einen zotteligen Bart und eine schwarze, modische Hornbrille.

»Sie sind der Kommissar, der Daniels Mörder sucht?«, fragte er.

Schiller winkte ihn zu sich. »Wer sind Sie?«

Der Mann sprang auf, er mochte Anfang dreißig sein. Seine Jeans waren an den Knien eingerissen, seine Turnschuhe leuchteten orange. »Ich heiße Christian Brandner«, sagte er, »aber jeder nennt mich Chilly.«

Schiller hätte beinahe gelacht. Chilly – sollte das ein Künstlername sein? Hießen Jungs so, die nachts S-Bahnen besprühten? Dann jedoch drang der Name wirklich zu ihm durch. Verdammt, er war auch zu müde, um vernünftig seiner Arbeit nachzugehen. Bronski hatte diesen Namen auf dem Block notiert, den er in seinem Laden zurückgelassen hatte.

»Kommen Sie herein«, sagte er zu dem Jungen. »Und erzählen Sie mir, in welcher Verbindung Sie zu Bronski stehen.«

Der Junge nickte dankbar. Er war offensichtlich auch ein Koffeinjunkie. Mit einem matten Lächeln nahm er eine FC-Köln-Tasse mit starkem schwarzem Kaffee entgegen.

»Ich hätte mir heute fast in die Hose gemacht, als ich gehört habe, dass Daniel tot ist, ehrlich«, begann Chilly. »Ich habe Scheiße gebaut, das heißt, ich wollte Daniel helfen, aber das war wohl falsch, total falsch.«

»Haben Sie ihm die Waffe beschafft?«, fragte Schiller.

»Wäre mir lieber, wenn Sie mich duzen, ehrlich.« Chilly zupfte an seinem Zottelbart herum. »Nein, mit Waffen habe ich nichts zu tun. Daniel hat mich angerufen. Wir kennen uns noch aus der Schule, Gesamtschule Chorweiler, ich habe da mal gewohnt. Wir sind dann umgezogen, aufs Dorf … Na egal. Seit dieser Zeit kennen wir uns jedenfalls. Ich fand es cool, dass Daniel geboxt hat, irgendwie.«

»Was wollte Bronski von dir?«

»Ich sollte etwas programmieren. Ich bin eigentlich Spieleentwickler. Er wollte etwas im Netz platzieren. So eine Art Bekennerschreiben, albern eigentlich.«

»Die Rebels of Cologne«, sagte Schiller.

»Ja, aber ich hätte nie gedacht …« Chilly begann nun förmlich, an seinem Bart zu zerren, so nervös schien er zu sein. »Ich meine, ich habe nicht kapiert, dass Daniel wirklich mit diesem Mord zu tun hatte, und nun ist er selbst tot.«

»Was hat er dir erzählt?«, fragte Schiller.

»Dass ein Freund von ihm aus Versehen diesen Mann … Na, mein Schreiben im Netz sollte ein paar falsche Spuren legen.«

»Wahrscheinlich hat Bronski diesen Mann in der Tiefgarage erschossen.« Schiller stand auf und holte sich den nächsten Kaffee. »Aber mehr hat er nicht verraten?«

»Nein, es wäre eine Art Unfall gewesen. Der Mann hätte seinem Kumpel Geld stehlen wollen.«

»Was hat Bronski dir dafür gezahlt?« Dieser Junge konnte nicht so naiv sein, wie er tat.

»Ich sollte … Also, er hat versprochen, mir fünftausend Euro zu geben.«

Chilly zog einigermaßen erleichtert ab, weil Schiller ihm keine Strafverfolgung angedroht hatte. Nun, immerhin wussten sie jetzt, was es mit den Rebels of Cologne auf sich hatte, ein dummes Versteckspiel.

Bronski hatte Jakob Ruben getötet. Schiller war sich mittlerweile ganz sicher. War es um eine Geldübergabe gegangen, in die der ehemalige Lehrer durch Zufall geraten war?

Schiller war der Letzte, der aus seinem Team das Präsidium verließ, obschon es erst kurz vor acht war, doch selbst Nele, die hartnäckigste Rechercheurin, brauchte eine Pause. Sie war zuletzt mit einem norwegischen Musiker zusammen gewesen; das schien nun allerdings auch zu Ende zu sein. Manchmal dachte Schiller, dass Nele einfach zu schön für eine gewöhnliche Beziehung war.

Er spürte seine Müdigkeit, gleichzeitig hatte er einen Widerwillen, allein in seiner leeren Wohnung zu sitzen. Von der Straße aus sah er, dass bei Nadine Linder bereits Licht brannte. Er würde einfach klingeln, Bescheid sagen, dass er heute Nacht nicht an seinem Bass herumzupfen werde, sie könne ganz beruhigt sein.

Doch als er vor ihrer Tür stand, hörte er ihre Stimme, er konnte nicht verstehen, was sie sagte, es klang jedoch hastig und aufgeregt, eine andere Stimme antwortete, dumpfer, tiefer. Sie hatte Besuch, ein Mann, und sie stritten sich. Oder kam es ihm nur so vor?

Ihr Freund war Schauspieler, hatte Nadine gesagt.

Vorsichtig schlich Schiller ein Stockwerk höher. Er setzte sich in seine Küche und öffnete die einzige Flasche Rotwein, die er vor ein paar Tagen eingekauft hatte. Zu essen hatte er überhaupt nichts im Haus. Er müsste sich eine Liste machen – mit Dingen, die er brauchen würde, um es in dieser Wohnung auszuhalten. Ein neuer Sessel, richtiges Geschirr …

Sein Smartphone summte. Eine unbekannte Nummer.

»Wann können wir uns sehen?«, fragte Almut Schwäbe mit zittriger Stimme. Bevor er eine missgelaunte Antwort geben konnte, fuhr sie fort: »Außerdem habe ich für euch gearbeitet. Ich bin keine Ballistikerin, aber eines ist klar: Die Kugel, die Bronski getroffen hat, war eine andere als die, die diesen Journalisten getötet hat, den ich eben untersucht habe.«

»Zwei unterschiedliche Waffen also«, sagte Schiller, nun versöhnlicher.

»Sieht so aus.« Die Stimme der Rechtsmedizinerin klang fester. Sie wartete.

Schiller blickte auf seinen alten Radiowecker. Zwanzig Uhr dreiunddreißig.

»Wir können noch ein Glas Wein trinken«, sagte er. »Hier um die Ecke im Gaffel im Marienbild.«

Almut Schwäbe sah blass aus, aber sie begann ihr Gespräch ganz professionell. Sie hatte die beiden Kugeln fotografiert, die sie der Kriminaltechnik übergeben hatte. Man musste kein Experte sein, um zu sehen, dass sie aus unterschiedlichen Pistolen stammten. Es gab mehrere Täter – daran konnte es keinen Zweifel geben.

Erst als das Essen serviert wurde, das sie sich bestellt hatten, schwenkte die Rechtsmedizinerin um. Sie begann von ihren Eltern zu reden, von ihrer Kindheit im Hunsrück und den Hoffnungen, die sie gehabt hatte, als sie nach Köln gekommen war. Doch leider habe sie sich in den falschen Mann verliebt, komme ja vor.

Ihr Blick sollte ihn treffen, begriff er, ihn zu Widerspruch reizen, aber er spürte, dass er viel zu erschöpft war, um sich zu wehren oder irgendetwas zu erklären. Eigentlich hatte er sich nur ausprobieren wollen nach der langen quälenden Zeit mit Carla, mehr war da nicht gewesen.

»Wir können Freunde bleiben«, sagte Schiller. Er sah ihre Hand, die langsam wie ein Insekt über den Tisch auf ihn zukroch, doch dann hielt sie abrupt inne.

»Nein«, sagte Almut Schwäbe. »Wir können keine Freunde bleiben, wir waren auch nie Freunde. Ich weiß nicht, was wir waren, aber als Freunde würde ich uns auf keinen Fall bezeichnen.« Dann sprang sie plötzlich auf, warf ihre Serviette neben den Teller und stürmte aus dem Lokal.

Schiller atmete durch, erleichtert und gleichzeitig betroffen. Es war zu Ende, sie würde ihm nun hoffentlich nicht mehr auflauern.

Nadine Linder saß fünf Tische weiter, erkannte er. Sie

wirkte ernst. Als sich ihre Blicke begegneten, hob sie kurz die Augenbrauen. Der Mann, der vor ihr saß, wandte ihm den Rücken zu. Er trug einen blauen Sweater mit Kapuze. Der Schauspieler! Schiller hätte gern sein Gesicht gesehen. Wie alt war er? Sah er gut aus?

Er zahlte mit seiner Kreditkarte. In dieses Lokal würde er nie wieder gehen, schwor er sich.

Als er auf sein Smartphone blickte, registrierte er, dass Birte ihn dreimal angerufen hatte. Ein Notfall also. War etwas mit ihrem Vater?

Er ließ zehnmal klingeln, bis jemand abhob. Eine Männerstimme – Max.

»Was ist mit Birte?«, fragte Schiller fast panisch.

»Sie schläft«, erwiderte Max mürrisch. »Sie ist völlig erledigt.«

»Aber sie hat noch vor zwanzig Minuten versucht, mich zu erreichen.«

»Ja«, sagte Max, »es geht um etwas, das mit mir zu tun hat. Ich glaube, ich kenne den Mann, den Bronski, der Boxer, in der Tiefgarage getroffen hat. Das wollte Birte dir sagen.«

Die Merkwürdigkeiten des Tages waren noch nicht zu Ende. Fünfzig Meter weiter die Aachener Straße hinunter war er gekommen – zu einem chinesischen Lokal, in dem er sich einen Tee bringen ließ. Max Strenger kam mit dem Fahrrad – im Trainingsanzug. Er wirkte übernächtigt, und mittlerweile sah man ihm an, dass er sich seit Tagen nicht mehr rasiert hatte. Sie gaben sich kurz die Hand wie flüchtige Bekannte, aber viel mehr waren sie auch nicht. Noch nie hatte Schiller mit Max allein Worte gewechselt.

»Birte schläft tief und fest«, sagte Max. »So am Ende habe ich sie noch nie gesehen.« Er bestellte sich gleichfalls einen Tee. »Ich habe sie auch nicht richtig unterstützt. Mein Buch …« Er machte eine hilflose Geste. »Plötzlich soll ich ein Schriftsteller sein – wovon ich immer geträumt hatte. Es irritiert mich, macht mir Angst.«

Schiller musterte Birtes Geliebten – sein langes, in der Mitte gescheiteltes Haar trug er kürzer als sonst, einzelne graue Bartstoppeln überzogen seine Wangen, seine Augen waren dunkel und forschend. Ja, so, auf eine tiefgründige Weise attraktiv, mochte man sich einen erfolgreichen Autor vorstellen.

»Was ist mit dem Mann, den Bronski in der Tiefgarage getroffen hat?«, fragte Schiller. Er wollte nun doch zum Punkt kommen.

»Ja, richtig«, sagte Max. »Darüber wollten wir sprechen – kein langes Hin und Her.« Er lächelte Schiller an, als müsse er sich dessen Vertrauen versichern. »Ich bin ein wenig aus dem Tritt geraten, nicht nur wegen des Buches. Kate ... sie will mich überreden, wieder zu trainieren, aber ... Na ja, weißt du ja, und außerdem hat euer Fall mich daran erinnert, dass ich einmal kriminell geworden bin. Ich habe gedopt, eine Saison lang. Ist etliche Jahre her.«

Max hielt inne, und Schiller trank seinen Tee und wartete ab. Er hatte seine Müdigkeit beinahe überwunden.

»Bei den meisten Triathlonwettbewerben gibt es keine Dopingtests; es war also völlig ungefährlich. Hat Kate auch gemeint. Ein Versuch nur, nichts weiter, haben wir uns gesagt. Wir haben ein Jahr lang herumexperimentiert. Anabolika, Nandrolon, noch ein, zwei andere Mittel. An Epo, also Blutdoping, haben wir uns nicht herangetraut – zu aufwendig und teuer ... Na ja ...« Max blickte auf seine Hände. »Ich war sehr ehrgeizig. Heute schäme ich mich dafür. Ich bin auch nie erwischt worden, und später, als ich richtig gut war, vor dem Unfall, war ich sauber. Kein Doping. Doch ...«

»Wo kam das Zeug her?«, unterbrach Schiller ihn.

Max lächelte matt. Er hatte den Kopf gesenkt und sprach in Richtung Tisch. »Darum geht es – ganz recht. Es gibt einen Mann, der schon etliche Jahre am Friesenplatz ein Fitnessstudio besitzt. Bei ihm gibt es fast alles. Er heißt Marius Bornscheid. Er war in den siebziger Jahren Ringer, hat es sogar bis ins Finale der Europameisterschaft gebracht. Als ich Bornscheid erwähnte, ist Birte eingefallen, dass sie diesen Namen auf einer Liste im Präsidium gelesen hat. Auf der Liste mit den Autokennzeichen. Wenn Birte recht hat, ist dieser Bornscheid, zwanzig Minuten bevor man den Toten entdeckt hat, mit seinem Porsche Cayenne aus der Tiefgarage gefahren.«

17

Max liebte sie mit einer Verzweiflung, als wäre es das letzte Mal, dass sie zusammenliegen würden. Er hauchte ihren Namen, strich über ihre Brust und wiegte sie schließlich, als wäre sie ein Kind. Sie fühlte sich schwindlig, als würde sie auf Wellen treiben. Auch wenn sie es mochte, wie Max sie berührte, so fielen ihr doch immer wieder die Augen zu. Die Kopfschmerzen wichen auch nicht.

Er hatte gedopt. Das hatte er ihr gestanden. Durch ihren Fall waren diese Schuldgefühle wieder aufgebrochen. Um die Norm für den Hawaii-Triathlon zu erfüllen, hätte er alles getan. Dann hatte er den Namen des Mannes genannt, der ihm damals, vor sieben Jahren, die verschiedensten Dopingmittel besorgt hatte: Marius Bornscheid.

Birte hatte ein paar Minuten gebraucht, um sich zu erinnern, wo ihr dieser Name begegnet war – auf der langen Liste der Halter all jener Fahrzeuge, die am Abend ungefähr zur Mordzeit die Tiefgarage verlassen hatten.

Mit buchstäblich letzter Kraft hatte sie Jan angerufen, der aber nicht an sein Mobiltelefon gegangen war.

Dann, Max über ihr, seine Hände auf ihrer Haut, war sie in einen Schlaf gesunken, der einer Ohnmacht glich.

Als sie erwachte, war es taghell. Die Sonne schien sogar, zumindest fielen ein paar Strahlen durch das Rollo in ihrem Schlafzimmer. Max lag nicht neben ihr. Sie ging auf die Toilette. Zehn Uhr vierzehn zeigte die Uhr auf ihrem Smartphone. Sie erschrak. Sie musste fast zwölf Stunden geschlafen haben.

Aus der Küche drangen Stimmen. Das Radio? Doch als sie die Tür öffnete, sah sie zuerst Jan, der an ihrem Tisch saß und eben eine Scheibe Toast zum Mund führte. Als hätte er ihren Blick gespürt, wandte er sich um und nickte ihr lächelnd zu.

»Sie ist von den Toten auferstanden«, sagte er dann.

Birtes zweiter Blick galt Max, der auf der anderen Seite

des Tisches saß, eigentlich ihr Platz. Er hatte einen benutzten Teller und ein Glas Orangensaft vor sich.

»Meine Schöne«, sagte er und sprang auf. »Geht es dir besser?«

»Was tut ihr hier?«, fragte Birte heiser. Sie bemerkte erst jetzt, dass sie einen dünnen Slip und ein verwaschenes schwarzes T-Shirt trug. Offenbar hatte Max ihr das Hemd in der Nacht übergezogen.

»Wir frühstücken«, sagte Max, und Jan meinte: »Ich habe darauf gewartet, dass Schneewittchen endlich aufwacht.« Er war frisch geduscht und rasiert und wirkte ausgeschlafen.

»Ich habe Jan gestern Abend noch getroffen«, sprach Max weiter. Er kam auf sie zu und küsste sie auf die Wange. »Ich habe ihm von Bornscheid erzählt.«

Ja, Bornscheid! Sie sank auf den dritten Stuhl am Tisch, und Max schob ihr seine Tasse mit schwarzem Kaffee hin, die sie sogleich ergriff. Sie musste sich sammeln, Dinge sortieren. Zumindest die Kopfschmerzen waren verschwunden.

»Ich weiß nicht«, sagte Jan nun vorsichtiger, »ob du schon einsatzfähig bist, aber der Name Bornscheid war ein Volltreffer. Ich war heute Morgen um kurz nach sieben schon im Präsidium. Hier …« Er deutete auf drei kopierte Farbaufnahmen auf dem Tisch. »Bornscheid ist um neunzehn Uhr fünfundzwanzig in die Tiefgarage gefahren. Da war der Wagen, ein Porsche Cayenne, leer. Um zwanzig Uhr acht ist er wieder herausgefahren.« Er tippte auf die dritte Kopie. »Da war der Wagen beladen, sogar ein Karton stand auf dem Beifahrersitz, und hinten … Wenn mich nicht alles täuscht, dann ist da ein Kopf zu sehen, eine Gestalt mit kurzen schwarzen Haaren …«

»Daniel Bronski«, flüsterte Birte.

»Ganz recht. Bornscheid hat Bronski aus der Tiefgarage geschmuggelt, nachdem der Jakob Ruben erschossen hat.«

»Warum haben wir das vorher nicht gesehen?«

Jan breitete die Arme aus. »Wir haben Aufnahmen ohne Ende zu betrachten gehabt, und man muss sich das Bild schon stark vergrößert anschauen, um Bronski zu erkennen.«

»Und nun?«, fragte Birte. Der erste Kaffee hatte ihr gutgetan. »Hast du schon eine Fahndung nach Bornscheid herausgegeben?«

Jan lächelte sie an. »Nein«, sagte er. »Ich dachte, du und ich statten ihm einen freundlichen Besuch in seinem Fitnessstudio ab. Er macht um zehn Uhr auf, wenn ich die Zeiten auf seiner Homepage richtig gelesen habe.«

»Ich brauche ein paar Minuten mit Max«, erwiderte Birte. »Dann fahre ich mit dir.«

Nachdem Jan diskret zum Auto gegangen war, setzte sie sich bei Max auf den Schoß, schmiegte sich an ihn und küsste ihn.

»Ich bin wieder da«, flüsterte sie.

»Ich auch«, flüsterte er zurück.

»Warum bist du gestern aus dem Wagen geflohen? Bist du zu … Kate gelaufen?«

Er schüttelte den Kopf. »Nein«, sagte er, »ich habe etwas gekauft. Ein Geschenk – zeige ich dir später.«

Er roch gut – warm und vertraut. Am liebsten wäre sie noch eine Weile sitzen geblieben. »Ich möchte dein Buch lesen – den ganzen Text. Heute Abend.«

»Ich habe so lange an dem Roman gesessen, dass ich mir leer vorkomme – leer und absolut nutzlos. Deshalb mache ich heute auch wieder Kurierdienste, und dann werde ich Kate sagen, dass ich nicht mehr trainieren möchte.«

Er küsste sie erneut.

Zwanzig Minuten später stieg Birte zu Jan in den Dienstpassat. Er blickte von seinem Smartphone auf. »Wie der frische Morgen siehst du aus«, sagte er leicht spöttisch. »Aber wir haben auch viel vor. Seeberger haben wir noch nicht erwischt, aber dafür seine Ex-Frau. Doch zuerst gucken wir uns den Typen aus dem Fitnessstudio an. Er war früher Ringer und musste seine Karriere wegen Dopings beenden. Scheint ja ein verbreitetes Schicksal in diesen Kreisen zu sein, aber danach ist er nicht mehr aufgefallen. Merkwürdig eigentlich.«

Jan startete den Wagen.

Das Fitnessstudio lag in einem Hinterhof an der Venloer Straße, ein langer Flachbau, der eindeutig schon bessere Tage gesehen hatte. Es roch nach Schweiß und durchgelaufenen Schuhen, und an ein paar Geräten mühten sich mittelalte Männer ab.

Bornscheid hockte in einem Glaskasten neben dem Eingang, einer Art Rezeption und Büro in einem. Er mochte Ende fünfzig sein und eine Vorliebe für Sonnenbänke haben, wenn man sein braunes, ledriges Gesicht betrachtete. Seine Frisur – hinten schulterlang, vorn kurz – war seit mehr als zwanzig Jahren aus der Mode.

Jan hielt ihm seinen Ausweis hin, aber Bornscheid hatte auch so geahnt, dass ihm da keine neuen Klienten ins Haus standen. Lässig deutete er auf zwei niedrige blaue Sessel vor sich. »Was kann ich für Sie tun?«

»Was haben Sie vor fünf Tagen abends in der Tiefgarage am Dom gemacht?«, fragte Jan.

»Da habe ich geparkt«, erwiderte Bornscheid süffisant.

»Schön, dass Sie so viel Sinn für Humor haben.« Jans Tonfall troff vor Ironie. »Verraten Sie uns auch, warum Sie Ihren Kleinwagen dort abgestellt haben?«

»Ist ein Porsche, kein Kleinwagen. Ich brauche Platz um mich herum.« Bornscheid grinste. Um den Hals trug er tatsächlich eine goldene Kette. Solche Typen hatte Birte eigentlich für ausgestorben gehalten. »Ich wollte in der Hohe Straße etwas einkaufen. Zwei Lautsprecher.«

»Und?«, fragte Jan nun in einem schärferen Ton. »Haben Sie diese Lautsprecher bekommen?«

Bornscheid nickte. »Stehen bei mir zu Hause. Super Sound.«

Jan schwieg einen Moment, und Birte glaubte schon, er warte auf ihren Einsatz, doch dann beugte Jan sich vor und zischte: »Mister Bornscheid, ich werde nicht gerne verarscht!«

Diese ungewöhnliche Ansprache, der plötzliche Umschwung schienen Bornscheid zu irritieren. Er legte seine Stirn in Falten und lehnte sich ein wenig zurück. »Wie bitte?«

»Und um uns zu verarschen, sind Sie außerdem nicht schlau

genug.« Selten hatte Birte ihren Partner so aufgekratzt gesehen. »Sie haben sich mit Daniel Bronski getroffen. Wahrscheinlich haben Sie beobachtet, wie er einen Mann erschossen hat. Vielleicht kann man Ihnen sogar Mithilfe zum Mord nachweisen. Und wenn Sie nicht in einer Minute die Wahrheit sagen ...« Jan wandte sich um und machte mit der rechten Hand eine kreisende Bewegung. »... dann stellen wir hier jeden Winkel auf den Kopf und gucken mal, was Sie hier so an Anabolika und anderem Zeug gebunkert haben.«

Bornscheid schüttelte den Kopf wie ein Boxer, der soeben einen heftigen Wirkungstreffer erhalten hatte. »Ich weiß nicht, was Sie meinen ...«

»Es gibt Zeugen, die Sie gesehen haben«, erklärte Birte. »Und es gibt eine Überwachungskamera. Da kann man sogar erkennen, dass Sie Bronski in Ihrem Porsche aus der Tiefgarage gebracht haben.«

Bornscheid senkte den Kopf.

»Dumm gelaufen«, schob Jan nach. »Ihr Hals hängt schon in der Schlinge. Wir ziehen gleich zu, doch noch können Sie sich vielleicht herauswinden, wenn Sie es einigermaßen clever anstellen.«

Drei Männer in Sportlerkluft liefen lärmend an dem Glaskasten vorbei, einer klopfte übermütig an die Scheibe. Bornscheid winkte ihm müde zu. Dann erblickte Birte einen Mann in einem weißen Muscle-Shirt an einem der hinteren Geräte. Mit ernster Miene starrte er herüber, während er Gewichte stemmte – es war Eugen, einer der Boxer aus Mischkes Camp. Merkwürdig, dass er auch hier trainierte.

»Ich habe gleich gedacht, dass Bronski mir nur Ärger einbringt«, sprach Bornscheid monoton vor sich hin. »Er ist ein Vollidiot. Ich hätte niemals Geschäfte mit ihm machen dürfen, aber er hatte da diese Sendung. Bestes Zeug, wie er meinte. Amphetamine, Nandrolon, Stanozolol. Keine Ahnung, woher er das alles hatte.«

»Also hat Bronski Ihnen etwas verkauft, nicht umgekehrt?«, fragte Birte. Sie begann, sich Notizen zu machen.

Bornscheid schaute sie an. In seinen Augen schwammen plötzlich Tränen. Dieser Muskelberg sah aus, als würde er gleich losheulen. »Ganz recht. Vollkommen dämlich, ich weiß.«

»Wie viel haben Sie ihm bezahlt?«

»Fünfzigtausend. Er hatte endlos viel Zeug.«

»Und dann?«, fragte nun Jan. »Was ist danach passiert?«

»Bronski wollte, dass ich Mischke kein Wort von unserem Deal erzählte. Da habe ich erst begriffen, dass er allein unterwegs war, eine Extratour ohne seinen Boss. Wir haben uns gestritten, und auf einmal ist dieser Penner aufgetaucht. Nein, erst war die Tasche mit dem Geld weg, und dann ist Bronski hinter diesem Penner her, aber wer konnte denn ahnen, dass er seine Pistole zieht und schießt, dieser Blödmann!«

Nun liefen Bornscheid wirklich Tränen über die braunen Wangen. »Das war das Schlimmste, was mir je passiert ist, und ich habe viele üble Dinge gesehen – Schlägereien, Unfälle, Pöbeleien. Einmal hat ein Mann sich hier in meinem Studio mit einer Hantel fast erschlagen, aber dieser Schuss … Ohrenbetäubend! Schrecklich!« Er presste sich die Hände auf die Ohren, als würde er diesen Schuss noch einmal hören. »Wie kann es denn sein, dass ein Mensch einen anderen erschießt, einfach so …?«

Eugen, Mischkes Boxer, hatte nun mit seinem Training aufgehört. Er kam durch den Mittelgang näher, rieb sich den Schweiß aus dem Gesicht und bog dann ab, doch in jeder Sekunde hatte er Bornscheid im Blick gehabt.

»Sie hätten sofort zur Polizei gehen müssen«, sagte Jan.

Bornscheid nickte heftig. »Ich stand unter Schock, und dann begriff auch Bronski, was er da getan hatte. Ihm war die Sicherung durchgebrannt. Er hat geheult, gewimmert. Dann haben wir den Penner auf die Seite geschoben und sind weg.« Die letzten Worte hatte Bornscheid gestammelt. »Aber ich wusste gleich, dass Sie hier irgendwann auf meiner Matte stehen würden. Musste ja so kommen.«

»Ja«, sagte Jan. »Nun sind wir da, und ich könnte Sie auf

der Stelle festnehmen. Sie haben einem Mörder zur Flucht verholfen.« Er zögerte. »Wir wollen Sie im Präsidium in Kalk sehen – möglichst bald. Dann geben Sie alles zu Protokoll. Unsere Assistentin macht einen Termin. Wäre gut, wenn Sie einen Anwalt dabeihaben.« Er schnippte Bornscheid eine Visitenkarte zu und erhob sich. »Ach, wir brauchen noch eine Auskunft. Haben Sie eine Waffe? Und was haben Sie vorgestern Abend respektive in der Nacht getan? Sie hätten ein Motiv, Bronski zu töten, nicht wahr?«

»Ich habe keine Waffe!« Bornscheid riss seinen Kopf ruckartig in die Höhe. »Das glauben Sie doch nicht!«, rief er aus. »Dass ich Bronski getötet habe!«

»Nein«, erwiderte Jan, »aber vielleicht haben Sie jemandem den Auftrag erteilt.«

18

»So etwas gibt es«, sagte Schiller, während sie zu ihrem Wagen zurückgingen. »Ein vollkommen sinnloser Mord. Da erschießt Bronski einen harmlosen Mann wie Jakob Ruben, weil der seine Tasche klauen will.«

»Aber vielleicht hat Ruben ihn auch wiedererkannt und ihn mit Namen angesprochen. Immerhin hatte er Bronski als Schöffe vor Gericht gesehen.«

»Möglicherweise, aber kann das der Grund für einen Mord sein?«

Bornscheid war ihnen gefolgt und stand in der Tür zu seinem Studio. Er war viel kleiner, als Schiller erwartet hatte, ein vierschrötiger Kerl in einem blauen Trainingsanzug, dessen Geschäfte mit Anabolika und anderem Zeug nun zu Ende sein würden. Wenn er nicht ins Präsidium kommen würde, würden sie ihn verhaften müssen.

»Glaubst du, Bornscheid hat etwas mit dem Mord an Bronski zu tun?«, fragte Birte.

»Wir sollten uns seine Handydaten besorgen, schauen, mit wem er telefoniert hat, aber ich halte es für unwahrscheinlich. Ich glaube, wir haben drei Morde und mindestens zwei, wahrscheinlich aber drei Täter. Den ersten haben wir nun überführt, doch er ist tot.«

In einem Zeitungskasten, an dem sie vorbeifuhren, las er die Überschrift: »Drei Morde – null Verdächtige. Was tut unsere Polizei?«

Ja, was taten sie? Sie waren ein kleines Team und hatten drei Mordfälle, in denen sie Tag und Nacht ermitteln mussten.

Birte meldete sich bei Nele im Präsidium und bat sie, mit Bornscheid und dessen Anwalt einen Termin im Präsidium zu machen. Sie würden dann zumindest einen Fall gelöst haben. Dann fragte sie nach Seeberger, von dem es jedoch noch keine Spur gab. Immerhin wusste sie nun, dass er polizeilich tatsächlich in Nideggen gemeldet war und einen BMW fuhr. Auch zu Lenau lagen keine neuen Erkenntnisse vor. Cremer sollte in dessen Wohnung fahren.

»Meinem Vater geht es besser«, sagte Birte unvermittelt, nachdem sie aufgelegt hatte. »Ich hatte Angst um ihn – zwischendurch.« Das »Zwischendurch« sprach sie schuldbewusst aus.

Schiller warf ihr einen verständnisvollen Blick zu. »Drei Morde in so kurzer Zeit würden jeden Polizisten an den Rand seiner Kräfte bringen.«

Er hatte in der Nacht vier Stunden traumlos geschlafen. Bei der Dramaturgin hatte er zuvor nicht geklingelt. Es wäre ohnehin sinnlos gewesen. Sie hatte einen Freund, einen Schauspieler, der vermutlich bei ihr wohnte. Den Gedanken, dass sie sich für ihn interessieren könnte, sollte er sich besser aus dem Kopf schlagen.

»Wir müssen Rubens Ex-Frau mitteilen, wer ihn getötet hat«, sprach Birte weiter, »und dieser jungen Frau … Nesrin.«

»Morgen Vormittag – vorher werden wir es kaum schaffen«, erwiderte Schiller. Aber nein, das würde zu spät sein, wenn die beiden Frauen es nicht aus dem Netz erfahren sollten.

Er bremste ab. Sie waren am Klettenberggürtel angekommen. Er hielt vor einem Modegeschäft mit einem Schaufenster, das so klein war, dass es eher zu einem Kiosk gepasst hätte. Weil es keinen Parkplatz gab, parkte er auf dem Fahrradweg.

Susanna Mischke – sie hatte ihren Geburtsnamen wieder angenommen – hatte keinerlei Ähnlichkeit mit ihrem Bruder, ganz im Gegenteil. Sie war hochgewachsen, schlank, mit langen blonden Haaren. Sie lächelte ihre vermeintlichen Kunden an. Erst als Schiller seinen Ausweis zeigte, erlosch ihr einladendes Lächeln.

»Warum kommen Sie? Wegen Bronski?«, fragte sie ohne Umschweife.

Der Laden war leer, keine Kunden. Es war Freitagmittag. Susanna Mischke hatte augenscheinlich auf einem Baststuhl gesessen und in Modemagazinen geblättert.

»Wir benötigen ein paar Auskünfte«, erklärte Schiller. »Über Ihren Bruder und … Ihren Ex-Mann.«

Sie stemmte die Hände in die Hüften. »Was wollen Sie von meinem Ex-Mann? Was sollte er mit diesem Mord zu tun haben?«

»Haben Sie noch Kontakt zu ihm?«, fragte Birte.

Susanna Mischke drehte sich auf ihren Pumps um und ging zu einem schmalen Tisch an der Wand des Ladens, auf dem ein Laptop und eine Geldkassette standen. Sie nahm eine Schachtel Zigaretten und steckte sich eine an. »Ich weiß«, sagte sie entschuldigend und machte eine Bewegung mit der Zigarette, »eine schlechte Angewohnheit. Normalerweise rauche ich in meiner Boutique auch nicht. Ist schlecht für meine Ware.«

»Wir möchten mit Richard Seeberger sprechen«, sagte Schiller, »aber wir finden ihn nicht.«

Susanna Mischke inhalierte. »Ich habe keinen Kontakt mehr. Eine Postkarte zum Geburtstag. Mich verwundert es allerdings nicht, wenn er verschwunden ist. Manchmal geht er wandern, drei, vier Tage, oder er baut sich irgendwo eine Schwitzhütte. Er hat solche Einfälle. Das war schon früher so.«

»Sie waren schon getrennt, als er die Sporthochschule verlassen musste, nicht wahr?«, fragte Birte.

Susanna Mischke nickte. »Ja.« Sie rauchte vorsichtig, wie jemand, der es nicht gewohnt war. »Das Ganze habe ich nie begriffen. Was seine Arbeit anging, war Richard überaus korrekt.«

»Sonst war er es nicht?«, wollte Schiller wissen.

»Was soll diese Frage?« Susanna Mischke stieß den Qualm ihrer Zigarette ärgerlich aus. »Was kümmert Sie Richard überhaupt?« Sie funkelte Schiller wütend an.

»Vielleicht hat der Mord an Bronski mit Doping zu tun«, erklärte Birte nachsichtig. »Außerdem ist auch ein Journalist ermordet worden – Raimund Lenau. Kennen Sie ihn?«

»Ja«, sagte Susanna Mischke. Abrupt drehte sie sich um, ging zu dem Tisch mit der Kasse und drückte ihre Zigarette auf einer Untertasse aus. »Er war der Mann, der diesen angeblichen Dopingskandal ans Licht gebracht hat. Aber vielleicht hat dieser Journalist auch getrickst oder Dinge erfunden. Richard war ein notorischer Betrüger, was Frauen anging; in Sachen Doping kannte er allerdings kein Pardon.«

»Wie war das Verhältnis zwischen Ihrem Bruder und Seeberger?«, fragte Schiller.

Susanna Mischke blickte zur Tür, als erwartete sie sehnsüchtig eine Kundin, jemanden, der sie aus diesem Kreuzfeuer von Fragen befreite. »Sie konnten sich nicht leiden. Richard hat Rolf nie wirklich ernst genommen. Für ihn war er nur ein kleiner, dummer Boxtrainer. Außerdem hat er ihm immer unterstellt, dass er krumme Geschäfte macht.«

»Und – macht Ihr Bruder krumme Geschäfte?«

Sie stieß die Luft aus. Ein unterdrücktes Lachen – oder ein Laut, der Unsicherheit verriet. »Ich komme mit meinem Bruder nicht besonders gut aus. Eigentlich ist er auch nur mein Halbbruder. Meine Mutter war nicht sonderlich wählerisch, was ihre Männer anging. Nein, für Rolf würde ich meine Hand nicht ins Feuer legen.«

Ein Telefon läutete. Susanna Mischke wandte überrascht den Kopf. »Soll ich an den Apparat gehen?«

Schiller nickte ihr zu. Er beobachtete, wie sie ganz geschäftsmäßig ihren Namen ins Telefon sprach, dann hielt sie inne. Ihre Augen verengten sich.

»Richard«, sagte sie leise und eindringlich. »Die Polizei ist hier. Vielleicht solltest du mit ihnen sprechen statt mit mir …« Sie verstummte. Dann legte sie den Hörer zurück. »Er hat die Verbindung unterbrochen.« Beinahe entschuldigend blickte sie Schiller an. »Ich muss Ihnen doch etwas mitteilen. Ich habe Ihnen nicht die Wahrheit gesagt. Vorgestern, so gegen achtzehn Uhr, da hat er mich angerufen, völlig aufgelöst. Das erste Mal seit Monaten, dass er sich bei mir gemeldet hat. Seine Stimme zitterte, er bekam keinen klaren Satz heraus. Er meinte nur, Lenau, dieser Journalist, sei tot, erschossen in seiner Lagerhalle. Jemand habe ihn dort hinbestellt – anonym.«

Birte warf Schiller einen Blick zu. Achtzehn Uhr – da waren sie noch auf dem Weg zu der Halle gewesen.

»Hat Ihr Ex-Mann noch etwas gesagt?«, fragte Schiller.

Susanna Mischke griff nach der nächsten Zigarette. »Ich habe versucht, ihn zu beruhigen, und habe ihm geraten, zur Polizei zu gehen, aber das wollte er nicht. Er sei schon einmal hereingelegt worden, meinte er. Außerdem habe er ein Motiv.« Sie zündete sich die zweite Zigarette an. »Ich hoffe nicht, dass Sie einen falschen Eindruck von Richard bekommen. Ich habe ihn wirklich geliebt. Ja, ich war damals nur seine Sekretärin und habe mich geehrt gefühlt, als er mich zu unserem ersten Abendessen eingeladen hat, aber er ist ein sehr einfühlsamer Mensch. Nur ... er mag Frauen, schöne Frauen. Das ist seine Schwäche. Gewalttätig ist er jedoch niemals gewesen, auch wenn wir uns oft gestritten haben.«

»Warum betonen Sie das so?« Schiller bemerkte, dass sein Smartphone summte. Nele versuchte, ihn zu erreichen.

»Es gab eine Anklage gegen Richard. Von diesem Journalisten. Richard hat ihm, nachdem diese erste Geschichte über die beiden gedopten Biathleten erschienen war, mitten auf der Straße die Faust ins Gesicht geschlagen. Später hat er zehntausend Euro bezahlt, damit Lenau seine Anklage zurückzog. Hat er auch getan.«

Richard Seeberger hatte ein Motiv für den Mord an Lenau, und er war offenkundig in der Halle gewesen und hatte den toten Journalisten gesehen. Hielt er sich deswegen versteckt? Aber warum rief er seine Ex-Frau an und erzählte ihr davon?

Schiller konnte sich keinen Reim darauf machen.

Als sie zurück im Auto waren, rief Birte im Präsidium an. Nele hatte auch versucht, sie zu erreichen, um ihnen mitzuteilen, dass Lenau und Bronski nicht mit derselben Waffe erschossen worden waren. Bei Bronski hatte man eine Makarow benutzt; Lenau hingegen war mit einer SIG Sauer erschossen worden.

Am Nachmittag, so hatte Nele noch erwähnt, würde Fitschen mit dem Oberstaatsanwalt vor die Presse treten und die Hintergründe zu dem Mord an Jakob Ruben schildern. Zumindest ein Polizeierfolg. Doch aus welchem Motiv war Bronski getötet worden – und warum Lenau?

»Du hast recht«, erklärte Birte. »Vielleicht haben wir es mit zwei Tätern zu tun – oder jemand hält uns richtig zum Narren.«

»Wir müssen ein paar Minuten nachdenken«, sagte Schiller. Er fuhr den Gürtel hinunter, Richtung Ehrenfeld, dort, in Franks Kiosk, gab es den besten Kaffee der Stadt. »Dann fahren wir zu Lenaus Wohnung am Eigelstein.«

Birte sah bereits erschöpft aus. Sie gehörte eigentlich zurück ins Krankenhaus. Vermutlich hatten ihre Lungen bei dem Brand doch einiges abgekriegt.

Schiller hörte, wie sie ihre Mutter anrief und dann erleichtert vernahm, dass ihr Vater auf eine normale Krankenstation verlegt werden würde.

»Wir hätten Bornscheid doch sofort verhaften und verhören sollen«, sagte Birte in seine Gedanken hinein, nachdem sie ihr Telefonat beendet hatte. »Offensichtlich hat er über viele Jahre einen schwunghaften Handel mit Dopingmitteln betrieben. Könnte er nicht Jakob erschossen haben und dann den Mord Bronski in die Schuhe schieben wollen?«

Schiller parkte wieder auf dem Fahrradweg. Sie gingen in Franks Kiosk. Um den Kaffee zu bestellen, genügte ein einfaches Nicken.

»Und danach zieht Bornscheid los und erschießt Bronski, nachdem er ihn vor dem Imbiss verfehlt hat, und bringt dann auch noch Lenau um?«, fragte Schiller zweifelnd.

»Er wollte zum Alleinherrscher in Köln werden, was Anabolika und solches Zeug angeht. Vielleicht ist ihm Lenau auf die Schliche gekommen.«

Frank brachte ihnen den Kaffee in zwei großen Tassen an ihren Stehtisch.

»Der Aufstiegskampf vom FC macht mich wahnsinnig«, sagte er. »Und was ist mit diesem Boxer? Daniel Bronski?«

»Du kennst Bronski?«, fragte Schiller.

Frank grinste wissend. »He, ich habe ihn sogar boxen sehen – genau wie Mischke, seinen Trainer. Mischke war so eine Art jüngerer Jupp Elze.«

»Jupp Elze?« Diesen Namen hatte Schiller schon irgendwo einmal gelesen.

»Jupp Elze war eines der ersten Dopingopfer in Deutschland. Mittelgewichtsboxer, ist 1968 nach einem Kampf gestorben, weil er voller Methamphetamine war. Sein Grab ist auf dem Ostfriedhof.«

»1968? Da warst du doch noch gar nicht geboren.« Schiller war für einen Moment nicht sicher, ob Frank ihm da irgendeine Story auftischte.

»Mein Vater hatte ein Foto von Elze auf dem Fernseher stehen, so richtig mit Rahmen und Trauerflor. Er hat den Boxer persönlich gekannt und auch den alten Kaloff, den Vater von Rolf. Rolf war ja unehelich ... Na, irgendwann haben die beiden zusammen hier in der Försterstraße gewohnt. Ich glaube, die haben sich jeden Boxkampf in Köln angesehen. Der alte Kaloff war Trainer beim SC Colonia, ein richtig scharfer Hund. Damals war Boxen total populär. Rolf war ein guter Amateurboxer. Manchmal kauft er seine Zeitung bei mir.«

»Rolf Mischke wohnt hier in der Gegend?« Schiller fiel auf, dass sie sich um die persönlichen Hintergründe des Boxtrainers noch gar nicht gekümmert hatten.

Frank nickte. »Hier in der Försterstraße. Der alte Kaloff ist vor ein paar Jahren gestorben. Dann hat Rolf die Wohnung übernommen.«

»Wohnt er da allein?«, fragte nun Birte. »Gibt es eine Ehefrau? Freundinnen?«

»Er ist nicht verheiratet, und von einer festen Freundin weiß ich nichts«, entgegnete Frank. »Aber manchmal wohnen junge Typen bei ihm, Boxer, die in seinem Boxstall zur Probe trainieren.«

»Dann kennst du auch die Schwester – Susanna?« Schiller nippte an seinem Kaffee.

»Die schöne Susanna? So hat Mischke sie immer genannt, wenn er von ihr sprach. Nein, sie ist nie hier gewesen.« Frank wandte sich ab und ging wieder hinter seinen Tresen.

»Hatte Mischke einmal Ärger – wegen Dopings und so?«, rief Schiller ihm nach.

Frank tippte sich an die Stirn. »Was für eine Frage. Als Boxer ist er zweimal wegen irgendwelcher Anabolika aufgeflogen, und später gab es viele Gerüchte. Nicht nur Bronski ist wegen Dopings gesperrt worden.«

Frank schien ein richtiger Boxexperte zu sein. Bisher hatten sie sich nur über Fußball ausgetauscht.

»Was ist mit Raimund Lenau?«, fragte Schiller weiter. »Kennst du ihn etwa auch?«

Frank lächelte. »Mache ich mich jetzt verdächtig? Weil ich deine Mordopfer kenne?« Er wurde plötzlich ernst. »Ich habe vor einigen Jahren die Dokumentation von Lenau gesehen, die er fürs Fernsehen gedreht hat. Doping bei Radrennfahrern. Kurz danach war er einmal hier bei mir, ganz wie ein Journalist, mit Diktiergerät und Visitenkarte. Er wollte wissen, ob ich Rolf Mischke kenne, wer dessen Post annimmt. Solche merkwürdigen Dinge.«

»Und – konntest du ihm helfen?«

»Nein, konnte ich nicht. Rolf würde auch nicht so blöd sein, sich irgendwelche illegalen Dinge nach Hause zu schicken. Für so etwas hat er seine Leute.«

Sie änderten ihren Plan. Statt in Lenaus Wohnung zu fahren, gingen sie um die Ecke in die Försterstraße. Der Boxtrainer hatte sein Klingelschild nicht ausgetauscht. Da stand in schwarzen Lettern auf Messing immer noch: »Walter Kaloff/ Rolf Mischke«. Birte drückte auf den Knopf, und zu ihrer Überraschung wurde ihnen sofort aufgemacht.

»Ahmet!«, rief Mischke hinunter. »Mach die Tür richtig zu. Sonst kommen schon wieder irgendwelche Penner ins Haus!«

Eine der beiden Türen in der ersten Etage stand offen. Schiller klopfte an das Holz und rief seinen Namen. Doch Mischke schien ihn nicht zu hören. Eine laute Fernsehstimme übertönte alles. Der Boxtrainer hockte in seinem ewigen Trainingsanzug in einem Sessel und glotzte auf den Bildschirm. Irgendeine Soap lief. Schauspieler hasteten gestikulierend durch zu bunte Pappkulissen.

»Wird auch Zeit«, schnarrte Mischke und streckte ohne Blick für seine Gäste die rechte Hand aus. »Ich brauche jetzt unbedingt ein Bier.«

»Tut mir leid«, sagte Schiller. »Das Bier muss noch ein wenig warten.«

Mit einem Ruck setzte der Trainer sich auf. Seine rechte Gesichtshälfte war geschwollen. Über dem Auge hatte er eine kleine Wunde, die mit einem Pflaster notdürftig überklebt worden war. Er beugte sich vor, griff nach der Fernbedienung, die auf einem Hocker neben ihm lag, und schaltete den Fernseher auf stumm.

»Was tun Sie hier?«, fragte er keuchend.

»Wir möchten ein paar Fragen beantwortet haben«, sagte Schiller. Er blickte sich um. Das Mobiliar mochte noch aus den Zeiten von Walter Kaloff stammen: ein bräunliches Sofa, ein zweiter Sessel sowie zwei Hocker, dazu ein Sofatisch und ein großer Flachbildschirm. Mehr Wohnzimmermöbel gab es nicht. An der Wand hing ein Ölbild, das drei saufende Pferde im Abendlicht zeigte.

»Ich hatte Sie nicht erwartet«, erklärte Mischke. Seine Überraschung hatte er nun überwunden.

»Haben Sie heute mittrainiert?«, fragte Birte und deutete auf seine Wange.

»Och! Nein … das heißt, ja. Ist mir nicht gut bekommen. Ahmet ist ein guter Junge, er hat nicht einmal richtig zugeschlagen.«

»Kämpfen Sie häufiger mit Ihren Jungs?« Schiller zog sich einen Hocker heran und setzte sich. Birte blieb im Türrahmen stehen.

»Kommt vor!« Mischke zwang sich zu einem Lächeln.

»Auch ein Trainer muss sich fit halten, sonst verlieren die Jungs die Achtung.«

»Wir waren überrascht, dass Ihr Name auf dem Klingelschild von Bronskis Laden stand«, fuhr Schiller fort. »Oder ist das auch üblich, dass ein Trainer mit einem seiner Jungs Geschäfte macht?«

»Das wollte Daniel so – war irgendwie seriöser. Außerdem musste ich für einen Kredit bürgen.«

»Es sieht nicht so aus, als wäre bei Ihnen die große Trauer über den Tod Ihres Boxers ausgebrochen«, sagte Schiller. Er beobachtete, wie Mischkes Augen sich verdunkelten.

»Sind Sie hier, um meine Trauer zu überprüfen?« Der Boxtrainer richtete sich in seinem Sessel auf. »Ich trauere anders. Daniels Tod geht mir an die Nieren – das können Sie glauben.«

»Warum wurde er erschossen?«, fragte Birte.

Stille breitete sich aus, kühl und voller Anspannung.

Mischke sog die Luft ein. »Ich weiß nicht«, erklärte er dann matt. »Daniel war auch in anderen Kreisen unterwegs, Frauen, Glücksspiel – keine Ahnung.«

»Irgendwie …«, sagte Schiller, »irgendwie glaube ich Ihnen nicht. Ihr Boxer hat den Mann in der Tiefgarage erschossen, weil er ein Geschäft durchziehen wollte – offenbar mit Dopingmitteln, auf eigene Faust, sozusagen. Sonst haben Sie doch alles gemeinsam gemacht, nicht wahr?«

Mischke sprang auf. Im nächsten Moment verzog er das Gesicht, weil er offenbar Schmerzen hatte. »Ich muss mir das nicht anhören«, erwiderte er wütend. »Ich werde meinen Anwalt anrufen.«

Schiller breitete die Arme aus. »Tun Sie das! Wir werden uns auch umhören – mit oder ohne Ihre Hilfe. Was kostet so ein Boxstall im Monat? Doch eine heftige Summe, nicht wahr? Wir werden uns auch einmal Ihre Vermögensverhältnisse ansehen.« Er bedeutete Birte mit einem Nicken, dass sie nun gehen würden, doch in der Tür blieb er kurz stehen. »Ihre Schwester war mit Seeberger verheiratet – haben Sie mit Ihrem Schwager auch Geschäfte gemacht?«

Mischke war aufgestanden. Es klingelte an der Tür, was ihn zusammenzucken ließ. »Ich leite ein Boxcamp, ich mache mit niemandem Geschäfte«, stieß er hervor. »Und jetzt gehen Sie! Wir werden uns gleich hemmungslos besaufen – so drücken wir unsere Trauer aus.«

Schweigend gingen sie das Treppenhaus hinunter.

Ahmet kam ihnen mit einer Kiste Bier entgegen, die er, als wäre sie kinderleicht, unter dem Arm trug. Er hatte ein blutunterlaufenes Auge.

»Hat Ihr Boss so kräftig zurückgeschlagen?«, fragte Schiller, während er den Boxer passierte.

Ahmet zog eine Grimasse, die Verwirrung ausdrückte. »Der Boss?«, fragte er.

»Haben Sie nicht mit Mischke im Ring gestanden?«

Ahmet lächelte verwirrt. »Weiß nicht ...«, sagte er zögernd; dann: »Ja, mit dem Boss im Ring gestanden.«

19

»Mischke lügt«, sagte Jan. »Er hat nicht mit Ahmet im Ring gestanden.«

Sie gingen zu ihrem Passat zurück. Birte spürte, wie ihr schwindlig wurde. Sie benötigte dringend eine Pause, ein wenig Ruhe und Schlaf.

Jan schaute sie besorgt an. »Ich fahre dich nach Haus, ja?«

»Verzeih«, sagte sie, »aber ich kann wirklich nicht mehr. Tut mir leid.«

Jan nahm ihre Hand und ließ sie gar nicht mehr los. Mit dem Daumen strich er ihr über den Handrücken, gar nicht wie ein guter Kollege, sondern ... ja, wie? Es fühlte sich gut an. Sie dachte an das Geschenk, das Max gekauft hatte. Nun war sie sicher, dass es ein Ring war. Aber was würde sie sagen, wenn er ihr tatsächlich einen Antrag machte – nach diesen letzten, seltsamen Tagen?

Jan ließ ihre Hand los, als er den Motor startete.

»Morgen zähle ich wieder auf dich. Denn ohne dich ...« Er sprach nicht weiter. Wieder klingelte ein Smartphone – diesmal seines, doch er beachtete es nicht. »Die Dramaturgin ist in Wahrheit sehr hübsch, hübsch und interessant, aber plötzlich habe ich Angst – Angst, etwas Falsches zu sagen, Angst, dass ich irgendwelche kleinen Zeichen falsch deute. Nach der Sache mit Almut ...«

Darüber, dass er mit der blassen Rechtsmedizinerin eine Affäre gehabt hatte, hatte er nie ganz offen gesprochen.

»Mir ist Max in den letzten Tagen zwischendurch total fremd vorgekommen«, sagte Birte. »Ich habe gedacht, es liegt an diesem Buch, dabei ist er ein Doper gewesen, ein Betrüger, aber es ehrt ihn, dass es ihm nach so langer Zeit noch so zu schaffen macht.«

Jan nickte. Er fuhr ungewöhnlich langsam. Es war nicht weit bis zu ihrer Wohnung am Hermeskeiler Platz.

»Max muss ein glücklicher Mensch sein, dass er dich hat«, sagte er zum Abschied. Es klang fast wehmütig.

Sie sah, dass in ihrer Küche Licht brannte. Es war sechs Uhr am Abend, der Himmel hing voller grauer Wolken. Vielleicht hatte Max sogar für sie gekocht. Insgeheim wäre sie allerdings froh gewesen, wenn sie für ein paar Stunden hätte allein bleiben können. Sie überlegte zu klingeln, dann benutzte sie doch den Schlüssel. Stimmen wehten ihr entgegen, ein Mann und eine Frau, keine Radiostimmen. Max sagte etwas, und eine Frau antwortete viel leiser. Kate – dieser Name stürzte förmlich auf sie ein. Würde Max es wagen, seine ehemalige Freundin mit in ihre Wohnung zu nehmen, weil er sicher war, dass sie erst spät am Abend zurückkommen würde?

Wie ein Gast klopfte sie zaghaft gegen die angelehnte Küchentür. Doch da saß nicht Kate, sondern eine junge Frau mit langen schwarzen Haaren. Nesrin, die Geliebte von Jakob Ruben. Sie blickte auf, als sie Birte bemerkte, und lächelte sanft.

»Tut mir leid«, sagte sie flüsternd. »Ich habe Ihre Adresse herausgefunden. Ich wusste mir nicht zu helfen … Ihr Mann war so freundlich, mich aufzunehmen, aber Sie müssen etwas für mich tun. Kann ich die Stelle sehen, wo man Jakob erschossen hat?«

Max ließ es sich nicht nehmen, sie zu fahren. Als wäre er der Chauffeur, saßen sie hinten in ihrem Alfa nebeneinander. Weil der Wagen früher ihrer Mutter gehört hatte, hatte er eine Automatikschaltung, mit der Max umgehen konnte. Nesrin hatte ihr sogar kurz die Hand gereicht, fast wie Freundinnen, die nun gemeinsam eine unliebsame Begegnung durchstehen mussten.

»Ich kann nicht mehr schlafen«, sagte Nesrin. »Es ist, als wäre ich endlich aufgewacht. Was habe ich in den letzten Jahren getan? Warum habe ich mich nicht zu Jakob bekannt?« Sie begann zu schluchzen. »Ich habe tatsächlich gedacht, dass alles irgendwann doch noch gut werden würde, dabei … Ich hätte ihn nur von der Straße zu mir nehmen müssen.«

Birte drückte die Hand der jungen Frau. Sie hatte Jakob

Ruben tatsächlich geliebt – diesen verlebten, verzweifelten Mann, der jeden Tag vor dem Dom gestanden hatte.

»Ich weiß immer noch nicht, wann die Beerdigung sein wird«, sprach Nesrin weiter. Dann lächelte sie plötzlich, während Max bereits auf den Dom zufuhr. »Jakob kannte sich mit Opern aus – er hat mir manchmal vorgesungen. Er wäre früher selbst gerne Sänger geworden. ›Rigoletto‹ mochten wir besonders. Haben wir uns sogar einmal angeguckt. Da sind wir nach Bonn gefahren, weil uns da keiner kennen würde.«

Die Tiefgarage war nun kein Tatort mehr. Alles sah wie gewöhnlich aus. Fast alle Parkbuchten waren belegt. Max fand einen Platz in der hinteren Ecke, ganz in der Nähe der Wand aus original römischen Steinen, wo Ruben erschossen worden war.

»Wir haben den Täter inzwischen ermittelt«, sagte Birte, als sie ausstiegen. »Es war Daniel Bronski, der Boxer. Er hat hier ein Geschäft abgewickelt, und offenbar hat er eine Geldtasche unbeaufsichtigt gelassen, die Jakob Ruben an sich genommen hat …«

Nesrin schaute sie mit abwesender Miene an. Dann schloss sie die Augen und atmete tief ein. »Man kann den Tod noch spüren«, flüsterte sie. Zwei Tränen liefen ihr über die Wange.

Max war im Auto sitzen geblieben. Ihn schien dieser Fall auch mehr und mehr zu belasten. Birte schloss für einen Moment ebenfalls die Augen. Ja, dachte sie, Nesrin hat recht, man kann den Tod noch spüren, als wäre da noch etwas Dunkles, das nicht völlig gewichen ist.

»Ich hätte ihn retten können«, sprach Nesrin lauter weiter.

Als Birte die Augen wieder öffnete, glaubte sie an ein Trugbild, daran, dass die Müdigkeit ihr die Sinne verstellt hatte. Zehn Schritte vor ihr, unter einer flackernden Neonröhre, das Gesicht ihr zugewandt, stand ein Mann ganz in Schwarz – Lederjacke, Hose, auch Schuhe. Seine Haare waren kurz, gut geschnitten, seine Gesichtshaut wirkte gebräunt, als käme er aus einem langen, erholsamen Urlaub. Er musterte sie mit hartem, forschendem Blick und wandte sich dann ab.

»Herr Seeberger!«, rief Birte in ihrer Überraschung aus und wusste, kaum dass sie diesen Namen gerufen hatte, dass sie einen groben Fehler begangen hatte.

Richard Seeberger zuckte zusammen, dann setzte er sich in Bewegung und hastete davon.

»Schnell!«, rief sie Max zu. »Ein Verdächtiger – wir müssen ihn finden.«

Max begriff sofort, er sprang aus dem Wagen und eilte hinter Seeberger her, der allerdings schon aus ihrem Blickfeld verschwunden war. Birte sah sich nach dem nächsten Ausgang um. Verdammt, wohin würde Seeberger sich wenden? Eine Metalltür fiel ins Schloss, dann wurde sie wieder aufgerissen, diesmal offensichtlich von Max.

Birte drehte sich herum. Hatte Seeberger möglicherweise die Autoausfahrt genommen? Als sie sich in Bewegung setzte, wäre sie beinahe von einem weißen Jeep erwischt worden. Der Fahrer hupte; das Dröhnen hallte laut in der Garage wider. Birte schob sich an ihm weiter. Ein anderer Wagen preschte heran. Ein schwarzer BMW. Sie bedeutete dem Fahrer, anzuhalten. Saß Seeberger hinter dem Steuer? Nein, eine Frau mit flammend roten Haaren. Birte machte ihr ein Zeichen, weiterzufahren. Irgendwo hinter ihr wurde ein Auto angelassen, ein Motor heulte auf. Die Abgase verursachten ihr Übelkeit. Verdammt, ihr wurde schlecht. Sie taumelte zur nächstgelegenen Wand und musste sich mit den Händen abstützen. Sie hustete und würgte. Für einen Moment war da die Erinnerung an das Feuer, daran, dass sie das Gefühl gehabt hatte, sich in dem grauen Qualm aufzulösen. Unvermittelt war Nesrin neben ihr, was sie vor allem an dem frischen Geruch erkannte, den die junge Frau verströmte.

»Was ist mit Ihnen? Soll ich einen Krankenwagen holen?«, fragte sie fürsorglich.

Birte schüttelte den Kopf, unfähig, ein Wort zu entgegnen.

Plötzlich war sie sicher, dass sie es sich lediglich eingebildet hatte, dass Seeberger da vor ihr gestanden hatte. Was hätte er in der Tiefgarage zu suchen gehabt? Doch, dachte sie dann, es war möglich. Jakob Ruben war hier erschossen worden – hier hatte die Mordserie begonnen.

Auf einmal war auch Max wieder zurück. Er keuchte. »Ich habe ihn nicht erwischt«, sagte er. »Der Mann war wie vom Erdboden verschluckt.«

»Danke«, hauchte Birte, dann sank sie ihm förmlich in die Arme.

20

Nachdem Birte ausgestiegen war, dachte Schiller zuerst daran, in seine Wohnung zu fahren, genauer gesagt zu dem Haus, in dem er jetzt wohnte, und bei der Dramaturgin zu klingeln. Er könnte einen lockeren Spruch proben. »Na, ist dein Schauspieler noch im Lande?« Etwas in dieser Art. Aber nein, es war lächerlich.

Noch im Auto nahm er sein Smartphone hervor. Sie war nach dem zweiten Läuten am Apparat. Klar, sie kannte seine Nummer.

»Almut Schwäbe«, hauchte sie zittrig und mit einer ungewissen Erwartung.

»Ich muss etwas wissen«, sagte Schiller ohne jede Begrüßung. »Die Leiche von Bronski – wies sie Verletzungen auf?«

Die Rechtsmedizinerin lachte hohl auf. »Deshalb rufst du mich an? Wegen dieser Frage?«

»Es ist wichtig«, sagte er.

»Man hat ihm in den Kopf geschossen – aus nächster Nähe. Zwei, drei Meter, würde ich sagen.« Ihre Stimme gewann an Sicherheit.

»Keine weitere Verletzung außer der anderen Schusswunde? Hat er sich möglicherweise gegen einen Angriff gewehrt? Blaue Flecken, eine Wunde im Gesicht?«

»Steht alles in meinem Bericht. Wird morgen auf deinem Schreibtisch liegen.«

»Ich muss es jetzt wissen«, sagte Schiller. Er spürte, dass er wütend wurde. Warum hatte er sich auf diese blasse, schnippische Frau eingelassen? Ja, das war sie bei all ihrer Unsicherheit auch – schnippisch und besserwisserisch. In der Schule hatte er um solche Mädchen, die klug waren, die heimlich alles beobachteten und ihre Schlüsse zogen, einen großen Bogen gemacht.

»Ich will noch ein Abendessen«, sagte sie. »Nicht mehr.

Morgen werde ich mich woanders bewerben – Berlin, Hamburg, ganz egal. Ich will dir nicht mehr über den Weg laufen.«

»Gut, ein Abendessen«, erwiderte er mit wenig Enthusiasmus.

»Bronski hatte eine Wunde am Kopf, nicht von der Schussverletzung, sondern von einem Schlag. Außerdem hatte er geschwollene Knöchel an der rechten Hand sowie einen gebrochenen kleinen Finger. Er hat sich gewehrt, eindeutig.«

»Hat man ihn betäubt? Ihm irgendetwas eingeflößt?«

»Habe ich nicht untersucht. Ich habe nur eine äußere Leichenschau gemacht und die Kugel entfernt. Eine andere Kugel als …«

»Ja, das weiß ich schon«, unterbrach Schiller sie rüde. »Ich lade dich ein – nächste Woche. Der Grieche am Rheinauhafen – wir verbringen da eine Stunde zusammen, keine Minute mehr.« Er unterbrach die Verbindung.

Bronski hatte sich gewehrt. So einfach hatte er sich nicht eine Kugel in den Kopf schießen lassen. Wahrscheinlich hatte er gewusst, worum es ging und wer ihn vor dem Imbiss schon hatte töten wollen. War es Mischke mit seinen Leuten, weil Bronski auf eigene Rechnung gearbeitet und obendrein dabei noch einen stümperhaften Mord begangen hatte? Ja, das war möglich.

Schiller startete den Motor und rief Nele im Präsidium an.

»Nele, allerschönste Frau im Präsidium, was hast du heute Abend noch vor? Wartet dein norwegischer Musiker auf dich?«

Nele lachte. »Jan«, sagte sie in einem groben Tonfall, den sie sonst nicht an den Tag legte, »was soll dieses Gerede? Ole ist zurück nach Stavanger. Wüsstest du, wenn du mal zuhören würdest. Also, was willst du von mir?«

»Ich habe Birte nach Hause gebracht, sie war vollkommen am Ende, doch ich brauche Begleitung – und zwei starke Taschenlampen, die besten, die wir im Präsidium auftreiben können.«

Nele hätte Model werden können oder Schauspielerin – das dachte Schiller oft, wenn er sie sah. Sie war eins achtzig groß, schlank, hatte lange dunkelblonde Haare, die sie meistens zu einem Zopf zusammenband, und sie hatte eine Vorliebe für Künstler, meistens irgendwelche Jazzmusiker, die kaum genug verdienten, um sich ein Zimmer in einer Wohngemeinschaft leisten zu können. Allerdings konnte Nele bei all den Stunden, die sie jeden Tag im Präsidium verbrachte, ohnehin nicht viel Zeit für ein Privatleben haben.

Sie stand schon in einem dicken dunkelblauen Wollmantel vor dem Präsidium, als Schiller vorfuhr. Zwei Stablampen hob sie triumphierend in die Höhe.

»Jan«, sagte sie, »komm ja nicht auf dumme Gedanken, dass ich mit dir irgendwohin durch die Nacht cruise.«

Er schaute sie irritiert an. Wie meinte sie das? Doch als hätte sie seine Irritation bemerkt, sprach sie gleich weiter: »Ich habe keine Lust, meine Stellung in der Abteilung zu ändern. Durch die Gegend zu fahren, von einem Tatort zum nächsten, macht mir keinen Spaß. Dafür bist du mit Birte zuständig.«

Schiller nickte.

»Was genau hast du vor?«, fragte Nele weiter.

»Ich möchte mir die Stelle ansehen, an der man den toten Boxer gefunden hat. Wie ist er dahin gekommen? Und wo könnte man ihn erschossen haben?«

»Warum willst du das wissen?«

»Weil ich dann vielleicht beweisen kann, wer Bronski getötet hat.«

Im Beethovenpark und in der Gegend am Geißbockheim kannte Schiller sich aus. Als Jugendlicher, als er im Kinderheim in Sülz gewesen war, war er mit seinem Freund Broder dort umhergezogen. Manchmal waren sie sogar nachts im Decksteiner Weiher schwimmen gegangen, oder sie hatten sich Schleudern gebaut und auf Schwäne oder frei laufende Hunde geschossen. Doch nicht einmal in der Erinnerung war es eine fröhliche Zeit gewesen.

»Was genau ist mit deinem Freund?«, fragte er Nele, um unliebsame Erinnerungen zu vertreiben.

»Jan«, sagte Nele übertrieben vorwurfsvoll, »gib dir keine Mühe, als wenn dich das interessieren würde. Ole ging mir auf die Nerven. Punkt. Es war Zeit für ihn, zu verschwinden.«

Konnten Trennungen wirklich so einfach sein? He, Ole, mach den Abflug, es ist Zeit für dich, zu verschwinden? Mit Carla hatte er Jahre gebraucht, um zu der Erkenntnis zu gelangen, dass es keinen Sinn mehr hatte, zusammen glücklich sein zu wollen.

»Ich habe zwei Probleme«, sagte Nele ungewohnt offen. »Erstens komme ich gut allein zurecht, und zweitens bin ich sehr romantisch. Wenn schon Partnerschaft, dann das große Glück.«

Sie lächelte neben ihm – ein freies, offenes Lächeln, das ihn selbst fröhlich stimmte.

Fast hätte er die Dramaturgin erwähnt. Was konnte es bedeuten, wenn eine schöne Frau erzählte, dass sie Schwierigkeiten mit ihrem Freund hatte? Doch stattdessen sprach er von Bronski und Mischke. Der Boxer hatte sich gewehrt, und der Trainer hatte eine Wunde am Kopf und ein paar Schwellungen im Gesicht. Musste man da nicht einfach eins und eins zusammenzählen?

Nele blieb skeptisch.

Schiller parkte am Geißbockheim, dann gingen sie zum Weiher hinüber. Es war mittlerweile stockdunkel geworden, nicht einmal der Mond war zu sehen.

Am Weiher brannten nur ein paar vereinzelte Lampen. Späte Spaziergänger oder Jogger hielten sich hier nicht mehr auf.

»Warum haben sie Bronski hier ins Wasser geworfen?«, begann Schiller laut nachzudenken. »Wenn sie ihn irgendwo anders erschossen und etwa in einem Transporter durch die Gegend gefahren hätten, dann hätte es nähergelegen, ihn in den Rhein zu werfen. Da kann es Wochen dauern, bis eine Leiche wieder auftaucht. Aber hier … in diesem recht flachen See?«

Sie hatten ihre Taschenlampen eingeschaltet und ließen den Schein über das schwarze Wasser gleiten.

»Du meinst, er ist hier irgendwo getötet worden?«, fragte Nele.

»Liegt das nicht nahe?« Schiller leuchtete den Weg hinunter, der an dem kleinen Fußballstadion vorbei in Richtung Militärring führte. Im Sommer herrschte hier jede Menge Betrieb, doch nun war da nur Dunkelheit.

»Selbst spätabends kann man nicht mit dem Auto bis an den See fahren«, sagte er. »Wäre viel zu auffällig. Das würde man meilenweit sehen, und die Gefahr, dass hier doch einer joggt oder seinen Hund ausführt, ist viel zu groß. Also haben sie ihn hierher getragen. Doch wo haben sie ihn getroffen und überwältigt?«

»Da unten, am Militärring, ist ein Parkplatz«, sagte Nele. »Nicht besonders abgelegen, aber wenn man da jemanden erschießt, wird es niemand hören, weil der Verkehrslärm alles überdeckt.«

Sie gingen mit ihren Taschenlampen den Weg hinunter. Plötzlich trabte ein Fuchs vor ihnen her. Er schaute sie mit funkelnden Augen kurz an, aber ohne jede Angst, dann trottete er gemächlich weiter.

Schiller leuchtete den Boden ab. Er wusste nicht mehr genau, welche Kleidung Bronski getragen hatte. Auch was mit dessen Smartphone passiert war, hatte er nicht erfragt. Sie hatten sich um viel zu viele Dinge gleichzeitig kümmern müssen. Und Lenau – was hatte das alles mit dem toten Lenau zu tun?

»Hast du die Liste der Kleidungsstücke gesehen, die Bronski getragen hat?«, fragte er Nele. »Hatte er ein Smartphone dabei?«

Sie seufzte. »Nur ein altes Samsung-Gerät«, sagte sie. »Bisher haben wir es nicht entsperren können. Ich habe der Lengsdorf den Auftrag gegeben, sich die Mobilverträge von Bronski anzuschauen, aber dazu ist sie noch nicht zu gekommen.«

Sie gingen den Weg hinunter. Ihre Schuhsohlen knirschten,

und vom Militärring, der ein paar hundert Meter entfernt lag, drang das erste leise Rauschen herüber.

Schiller kannte den Parkplatz direkt an der Straße. Meistens war er leer, weil Spaziergänger entweder am Geißbockheim oder ein Stück weiter am Restaurant Haus am See parkten.

»Aber wieso sollte Bronski sich an einem so abgelegenen Ort mit jemandem getroffen haben?«, überlegte er weiter laut.

»Man hat ihm eine Falle gestellt«, erwiderte Nele. »Oder es hat ihn jemand hergerufen, dem er vertraut hat.«

»Seine ehemalige Freundin«, sagte Schiller. »Dagmar Krall.« Immer wieder ließ er den Lichtkegel seiner Taschenlampe über den Boden kreisen, in der Hoffnung, etwas von Bedeutung zu entdecken.

Im nächsten Moment, als sie den Parkplatz beinahe erreicht hatten, summte sein Smartphone. Almut Schwäbes Nummer leuchtete auf. Schiller verzog das Gesicht. Warum gab sie keine Ruhe? Was ist daran so schwer zu verstehen, dass ich keinen Kontakt mehr haben will?, war er versucht, in den Apparat zu brüllen. Außerdem hatten sie doch schon ein letztes Treffen ausgemacht. Doch weil er Neles forschenden Blick spürte, sagte er nur: »Ja?«

»Ich habe mir den Leichnam noch einmal angesehen«, sagte Almut Schwäbe sachlich. »Bronski war definitiv in einen Kampf verwickelt. Er muss auf den Hinterkopf gefallen sein, auch sein Rücken weist Spuren eines Sturzes auf, und wenn ich mir so anschaue, wie die Kugel sein Gehirn getroffen hat, würde ich sagen, er hat am Boden gelegen, als man ihn erschossen hat.«

Und das fällt dir erst jetzt auf?, wollte Schiller erwidern, beließ es jedoch bei einem »Danke – gut gemacht!«.

Almut Schwäbe seufzte. »Von einer Obduktion über die unmittelbare Todesursache hinaus hatte niemand gesprochen.« Dann legte sie auf.

Nele war bereits ein paar Schritte weitergegangen. Der Parkplatz war fast leer. Ein dunkelroter alter VW-Bus stand da sowie ein Anhänger mit einem Reklameschild, das für Einbauküchen warb.

Spuren würde man hier auf dem rissigen Teerboden nicht mehr finden.

Hinter dem Anhänger entdeckte Schiller drei abgefahrene Autoreifen und vier leere Farbeimer. Auf dem Militärring herrschte noch reger Verkehr. Das Rauschen der Motoren hätte in der Tat den Schuss einer Pistole übertönt.

Sie würden morgen wiederkommen – bei Tageslicht, beschloss Schiller, auch wenn er zu ahnen glaubte, dass seine Vermutung, dass Bronski sich hier mit jemandem getroffen hatte, vermutlich falsch war. Sie wussten auch nicht, ob dessen SUV noch vor dem Imbiss abgestellt war.

Neles Lichtstrahl wandte sich in seine Richtung. »Bingo!«, rief sie aus und schritt auf ihn zu. »Jan, manchmal hast du doch gute Einfälle.«

Als sie neben ihn trat, hielt sie eine kleine Plastiktüte in die Höhe, in die sie ein nagelneues Smartphone gesteckt hatte.

»Das hat hier hinten im Gebüsch gelegen«, sagte sie. »Würde mich nicht wundern, wenn es Bronski gehört hat.«

21

Um fünf Uhr vier am Morgen wachte sie auf. Max lag neben ihr, leise und rhythmisch atmend. Birte spürte einen bitteren Geschmack im Mund, ihr war immer noch übel. Sie konnte sich kaum erinnern, wie sie nach Hause in ihre Wohnung gekommen war. Sie war zusammengebrochen, ja ihre Beine hatten nachgegeben, ein heftiger Schwächeanfall. Und da war noch etwas anderes gewesen – der Blick dieses Mannes unter der flackernden Neonröhre. War es tatsächlich Richard Seeberger gewesen? Im Schlaf, in wirren Träumen, hatte sie diesen Blick auch gespürt – doch da hatte Rainer Hinrichs, der ehemalige Pressesprecher der Kölner Polizei, der sie eine Zeit lang gestalkt hatte, sie angestarrt.

Leise stand sie auf und ging ins Bad. Ihr Mund war taub, und jeder Schritt war schwankend und unsicher.

Erst als sie durch ihr Wohnzimmer zurückging, registrierte sie, dass jemand auf dem Sofa lag.

Nesrin richtete sich auf. »Geht es Ihnen besser?«, fragte sie, dann schob sie erklärend nach: »Ich wollte nicht allein bleiben, und da hat Ihr Mann …«

»Max ist nicht mein Mann«, unterbrach Birte sie. »Er ist mein Freund, wir …« Sie verstummte.

»Ihr Freund ist sehr nett«, sagte Nesrin.

Ja, Max war sehr nett, und doch war etwas passiert, das ihre Beziehung verändert hatte.

»Ich verstehe Jakobs Tod immer noch nicht«, sprach Nesrin weiter. »Warum erschießt man einen harmlosen Mann? Und dann ist der Boxer auch ermordet worden. Warum?«

»Das wissen wir nicht«, sagte Birte. Sie nahm auf einem Sessel Platz. Das wenige Licht, das von der Straßenlaterne hereindrang, fiel auf die Geige in der Vitrine.

Sie musste sich die Überwachungskamera in der Tiefgarage anschauen. Hatte sie Seeberger gesehen oder nicht? Das war wichtig. Sie wollte sich nicht geirrt haben, aber warum könnte er in der Tiefgarage gewesen sein?

»Ich würde gerne mit Jakobs Frau reden«, sagte Nesrin. »Dass er und ich nicht schuld waren … an allem, was passiert ist.« Sie schaute Birte flehend an. Dann sagte sie: »Den Mann, den Sie verfolgen wollten … Ich glaube, ich habe ihn auch gesehen. Er hat Fotos mit seinem Smartphone gemacht. Der Lichtblitz hat meine Aufmerksamkeit erweckt.«

»Könnten Sie ihn beschreiben?«

»Er war recht groß, dunkel gekleidet, kurze schwarze Haare, und er sah aus, als würde er ins Sonnenstudio gehen.«

Birte nickte. Ja, das war eine kurze, treffende Beschreibung von Richard Seeberger.

Gegen halb neun Uhr traf sie im Präsidium ein. Sie hatte mit Nesrin und Max gefrühstückt. Tatsächlich war Seeberger in der Tiefgarage gewesen. Nesrin hatte ihn auf Fotos im Internet wiedererkannt.

Um kurz vor acht Uhr hatte Jan ihr eine SMS geschickt. »Kommst du heute? Es gibt Neuigkeiten.«

Max hatte sie argwöhnisch betrachtet, während sie die Kurznachricht las. »Du willst doch nicht wirklich heute arbeiten?«

»Mir geht es besser«, lautete ihre Antwort, bevor sie sich ein Taxi rief. Nesrin bestand darauf, mit der Straßenbahn zu fahren. Zusammen verließen sie das Haus.

Das Erste, was ihr in ihrem Büro auffiel, war, dass Jan offenbar seine Kleidung nicht gewechselt hatte. Er sprang von seinem Stuhl auf und umarmte sie.

»Es ist schön, dass du da bist«, sagte er. Und: »Wir bereiten eine Festnahme mit einem Sonderkommando vor. Eine ganz große Nummer!« Stolz schaute er sie an. Nun war sie sicher, dass er in der Nacht kein bisschen geschlafen hatte.

»Was ist passiert?«, fragte sie.

Jan deutete auf ein Smartphone, das in einer Klarsichthülle vor ihm auf dem Schreibtisch lag. »Die Kriminaltechnik hat ganze Arbeit geleistet«, sagte er. »Ich habe Schultke und seinen Computernerd mitten in der Nacht aus dem Bett geklingelt. Das Smartphone hat Bronski gehört. Er hat es auf einem Parkplatz weggeworfen, kurz bevor er erschossen worden ist.«

Jan klickte sich in seinen Computer ein, und wenig später öffnete er ein Audiofile.

»Wir haben die Datei bereits überspielt«, sagte er erklärend.

Eine Sekunde später war durch den Lautsprecher an seinem Computer ein Rauschen zu hören. Dann, nach ein paar Sekunden, eine Stimme, die Bronski gehörte. »Ahmet«, sagte er, »du hältst dich im Hintergrund, ja? Ich weiß nicht, was Mischke vorhat.«

Es folgte wieder Rauschen, eine Autotür klappte.

»Bronski ist zu einem Treffpunkt gefahren, auf einen Parkplatz am Militärring, in der Nähe des Decksteiner Weihers«, erklärte Jan. »Er hat diesen Boxer dabei, Ahmet, aber er weiß nicht, dass er damit in eine Falle läuft. Ahmet gehört zu Mischkes Leuten.«

Schließlich waren Stimmen zu vernehmen. Bronski sprach, und Mischke antwortete.

»Warum hast du diesen Penner abgeknallt?«, fragte Mischke erbost. »Bist du völlig irre geworden?«

Bronski antwortete nicht darauf. »Hast du vor Mahmuts Imbiss auf mich geschossen? Warst du das?«

Mischke schnaufte. »Daniel, was soll das?«, fragte er mit leiser, kaum wahrnehmbarer Stimme. »Du bist wie ein Sohn für mich. Warum sollte ich dir etwas antun?«

»Wer hat auf mich geschossen?« Bronskis Stimme überschlug sich beinahe.

Wieder war nur Rauschen zu hören. Dann: »Was hast du in der Tiefgarage gemacht, Daniel? Machst du hinter meinem Rücken Geschäfte? Ist es so?«

»Mischke, hör auf!«, sagte der Boxer. Es klang wie ein Vorwurf.

Wieder war nur Rauschen zu hören. Irgendetwas knisterte. Vielleicht waren es Schritte oder hektische Bewegungen.

Wie aus großer Ferne erklang Mischkes Stimme. »Du machst mich traurig. Weißt du das, Daniel?«

Bronski stöhnte auf, voller Angst oder Überraschung. »Hast du auf mich geschossen?«, fragte er mit einem Zittern in der Stimme, das selbst in dieser schlechten Tonqualität zu hören war.

»Was blieb mir anderes übrig?« Mischkes Antwort klang überaus sachlich. »Du hast Scheiße gebaut, Daniel. Wir müssen dich aus dem Verkehr ziehen, bevor du noch mehr …«

Ein verzweifelter Ruf war auf dem Audiofile zu hören.

Bronski rief: »Ahmet!«, doch es klang nicht wie ein Hilfeschrei, sondern überrascht und entsetzt.

Zwei Sekunden später brach die Aufnahme ab.

Jan schaute Birte mit ernster Miene an. »Zuletzt hat Bronski begriffen, dass Ahmet ihn nicht schützen würde, sondern im Gegenteil auf Mischkes Seite stand. Bevor sie ihn zu Boden prügelten, muss es ihm gelungen sein, das Smartphone ins Gebüsch zu werfen, ohne dass es jemand mitgekriegt hat. Da hat Nele es heute Nacht gefunden.«

Birte atmete tief ein. »Nele war mit dir unterwegs?«, fragte sie, als wäre diese Tatsache bedeutsam.

Jan ging nicht darauf ein. »Cremer beschattet Mischke. Der Boxtrainer ist nun in seinem Camp. Wir haben alles vorbereitet.« Er blickte auf sein Smartphone. »In einer guten Stunde erfolgt der Zugriff durch das SEK. Willst du dabei sein?«

Birte nickte. Wenn sie ehrlich war, machte es ihr etwas aus, dass Jan die ganze Nacht gearbeitet und diesen Fall mit Nele gelöst hatte.

»Ich bin wieder im Team«, sagte sie.

Jan lächelte. »Nein«, sagte er. »Du warst doch niemals draußen.«

Wenn sie ehrlich war, beobachtete sie die Vorbereitungen für den Zugriff wie durch eine Milchglasscheibe. Jan hatte Fitschen, den Kriminaldirektor, hinzugebeten. Sie beide machten die Einführung für die Aktion und übergaben dann an den

Einsatzführer des Sonderkommandos. Das Boxcamp befand sich am Fühlinger See. Birte selbst kannte das Terrain sehr gut, weil sie dort im Sommer häufiger gerudert war. Das Camp lag hinter der Halle für die Ruderer. Außer einem Kiosk, der um diese Jahreszeit kaum besucht sein dürfte, gab es da nichts. Eine Gefährdung von etwaigen Bewohnern und Passanten war damit so gut wie ausgeschlossen. Das einzige Manko dieses Geländes bestand darin, dass die Einsatzkräfte sich nicht unentdeckt würden nähern können. Man beschloss, zwei Löschfahrzeuge der Feuerwehr anzufordern, die am See häufiger ihre Gerätschaften reinigte. So, im Schatten der Löschzüge, würde man sich mit etwa vierzig Mann dem Camp nähern.

Hatte Mischke Waffen in dem Camp? Würden die Boxer sich verteidigen? Diese Frage konnte niemand beantworten. Im Netz fand sich eine Beschreibung des Camps, dazu existierten etliche Fotos der Trainingshalle im Netz. Es gab einen Haupteingang und einen Notausgang. Über beide Türen würde man sich Einlass verschaffen, dann Blendgranaten abfeuern und die vier, fünf Boxer plus Mischke, mit denen man rechnete, überwältigen.

Birte konnte Jan ansehen, dass er mit diesem Plan zufrieden war. So einen Aufwand für eine Festnahme hatten sie noch nie betrieben.

Für elf Uhr war der Einsatz geplant. Sie rechneten damit, dass etwas später die erste Trainingseinheit zu Ende sein würde.

Zusammen mit Jan saß Birte auf der Rückbank eines Einsatzfahrzeugs. Fitschen hatte vorn Platz genommen. Nele, erkannte sie zu ihrem Erstaunen, hatte sich bei der Einsatzbesprechung nicht blicken lassen.

»Sie versucht, Seeberger ausfindig zu machen«, erklärte Jan.

Da erst berichtete Birte von ihrer Begegnung in der Tiefgarage.

»Was tut er?«, fragte Jan irritiert. »Sieht er sich die Tatorte an? Ist er auf seinem eigenen Feldzug? Wir müssen ihn finden, aber zuerst greifen wir uns Mischke.«

Die Anspannung war ihm anzusehen. Hatte Seeberger auch mit der Ermordung von Bronski zu tun? Welche Verbindungen verliefen da – außer dass sie verschwägert gewesen waren? Mischke müsste ihnen dazu Auskunft geben.

Ein leichter Nieselregen setzte ein, als sie die Zufahrtsstraße zum Fühlinger See erreichten. Max hatte hier auch oft trainiert, hatte er ihr verraten. Für die Triathleten war der See mit seiner langen Regattastrecke ideal für das Schwimmtraining. Sie überlegte, ihn anzurufen. Weil Nesrin da gewesen war, hatten sie kaum ein Wort miteinander gesprochen.

Die beiden Löschzüge der Feuerwehr warteten bereits auf sie. Dann rückten sie beinahe militärisch vor.

Birte beobachtete aus dem Mannschaftswagen, wie das Einsatzkommando Stellung bezog, danach ließen sie die Löschzüge vorfahren und schoben sich in deren Windschatten vor. Jan und Fitschen waren ausgestiegen und folgten den uniformierten und vermummten Polizisten in einigem Abstand.

Ein paar Minuten vergingen, in denen nichts geschah. Man beobachtete offenbar den Eingang zum Camp. Die Halle war erleuchtet, soweit man durch die schmalen Oberlichter, die einzigen Fenster zur Straßenseite, erkennen konnte. Drei Autos parkten davor, ein dunkler BMW, ein gelber Sportwagen und ein weißer Mercedes-Van.

Dann, als hätte jemand einen Schalter umgelegt, preschten einige Polizisten vor. Die ersten drei hielten eine große Ramme vor sich und schlugen die Tür ein. Es sah wirklich wie in einem Film aus. Zuletzt war Birte auf Sankt Pauli vor vier Jahren an solch einem Einsatz beteiligt gewesen, aber da hatte sie unmittelbar neben dem Einsatzleiter gestanden und war sogar Zeugin des Funkverkehrs geworden. Nun saß sie gewissermaßen in der letzten Reihe. Trotzdem konnte sie die Kommandos hören, sie sah auch die Lichtblitze aus dem Inneren des Gebäudes. Fast alle Polizisten waren mittlerweile eingerückt – nur eine Handvoll war zur Absicherung vor der Halle zurückgeblieben.

Es sah alles so aus, als würde es nach Plan laufen, doch dann, ungefähr sechzig Sekunden nach Beginn der Erstürmung, hörte sie etwas anderes: kurze, schreckliche Laute. In dem Gebäude wurde geschossen, und im selben Moment rasten zwei Krankenwagen vor, die dem Einsatzzug am Ende gefolgt waren.

22

Wie geschlagene Kämpfer aus einer Schlacht kehrten sie sechs Stunden später ins Präsidium zurück. Nicht einmal ein starker schwarzer Kaffee schaffte es, Erschöpfung und Müdigkeit zu vertreiben. Am liebsten hätte Schiller sich irgendwo auf ein Sofa gelegt und erst einmal zwei Stunden geschlafen. Sie hatten versagt, nein, er hatte versagt. Der sofortige Zugriff war seine Idee gewesen. Mischke verhaften, den zweiten und möglicherweise auch den dritten Mord klären.

Statt den Boxtrainer einfach für einige scheinbar unverfängliche Fragen zu Bronski vorzuladen, hatten sie das ganze Camp ausheben wollen.

Zwei Polizisten waren durch Schüsse verletzt worden, zum Glück nicht lebensgefährlich, ein Boxer hatte sich beim Sturz die Hand gebrochen und eine Gehirnerschütterung erlitten, ein zweiter hatte sich den Fuß verstaucht und bei der Festnahme Prellungen im Gesicht davongetragen, warum genau, würde man noch ermitteln müssen, und Mischke … Der Boxtrainer war getötet worden. Wie viele Schüsse ihn das Leben gekostet hatten, sollte die Rechtsmedizin feststellen. Eindeutig war aber, dass er sofort eine Waffe gezogen und gefeuert hatte, kaum dass die ersten Polizisten in die Halle eingedrungen waren. Nur Ahmet war unversehrt verhaftet worden.

Es war ein einziges Desaster.

Neuendorf, der Polizeipräsident, hatte Fitschen sofort zu sich bestellt. Schiller hatte sich anschließen wollen, doch der Kriminaldirektor hatte ihn angewiesen, zunächst seinen Bericht zu schreiben und sich ansonsten still zu verhalten.

Im Netz würde der Teufel los sein. Schiller hatte beschlossen, sich vorerst nicht die Homepage vom Express anzusehen.

Birte reichte ihm einen Kaffee, auch Nele hatte sich stumm zu ihnen gesellt.

Niemand von ihnen sprach ein Wort. Sie schauten sich lediglich mit leeren Augen an.

Es war Eitelkeit, dachte Schiller, ja, er hatte den großen Auftritt haben wollen: eine Verhaftung im großen Stil, eine ruhmreiche Aktion der Kölner Polizei im hellsten Scheinwerferlicht.

Es war seine Schuld, auch wenn Fitschen seinem Plan ohne Zögern oder Einwände zugestimmt und das Sondereinsatzkommando angefordert hatte.

Vor ein paar Monaten hatte Schiller überlegt, bei der Kriminalpolizei auszusteigen und mit seinem Freund Matthias Brasch, der sich als Privatdetektiv durchschlug, eine eigene Firma aufzumachen. Dann war Brasch schwer verletzt worden, und Schiller hatte diesen Plan nicht weiterverfolgt. Nun ging es Brasch besser, und vielleicht war es tatsächlich an der Zeit, die Polizei zu verlassen.

»Mischke war ein Schwerkrimineller«, sagte Nele. »Ich bin sicher, wir werden noch eine Menge über ihn herausfinden.«

Es sollte ein Trost sein, begriff Schiller.

Birte hielt sich an ihrer Kaffeetasse fest. Sie sah krank und elend aus. Einmal hatte sie kurz mit Max gesprochen, der von dem missglückten Einsatz im Internet gelesen hatte.

»Mischke ist tot«, sagte Schiller. »Er kann uns nichts mehr über die Hintergründe mitteilen.«

Jemand klopfte. Die Tür wurde kurz geöffnet und dann sofort wieder geschlossen. Vermutlich war es Gräber gewesen, der Pressesprecher, aber dann hatte er sich doch nicht hineingetraut.

»Wo ist eigentlich Cremer?«, fragte Birte.

»Er ist noch im Camp«, erwiderte Nele. »Schaut sich an, was Schultke mit seiner Spurensicherung so treibt. Die Lengsdorf sitzt in der Rechtsmedizin, wo der tote Mischke nun eingetroffen ist.« Sie warf Schiller einen Blick zu. »Denen machen wir zurzeit eine Menge Arbeit.«

Schiller dachte an einen vor Jahren pensionierten Kriminalhauptkommissar, der einen Serienvergewaltiger gestellt hatte und von dem es hieß, während seiner Arbeit an dem Fall habe er in der obersten Schublade seines Schreibtischs immer ein Kündigungsschreiben liegen gehabt, für den Moment, wenn ihm alles zu viel geworden wäre.

Nun dachte er auch daran, seine Kündigung zu schreiben.

Als er auf sein Smartphone blickte, sah er, dass ihn Therese dreimal angerufen hatte. Selbst Carla hatte sich gemeldet – und eine unbekannte Nummer.

Müde steckte er das Smartphone wieder ein.

»Wo ist dieser Ahmet?«, fragte er dann. »Ihn müssen wir befragen.«

Birte nickte. »Er ist in der Arrestzelle. Wir können ihn holen lassen.«

Handelten sie wieder übereilt? Schiller überlegte, ob er doch zuerst schlafen sollte, bevor er völlig übermüdet ein Verhör durchführte. Das Telefon auf seinem Schreibtisch klingelte.

Er war sicher, dass Fitschen ihn nun ins Büro des Polizeipräsidenten rief, doch es war Schultke.

»O Mann – was für ein Chaos!«, rief der Kriminaltechniker. »Da hat die Einsatztruppe ganz schön gewütet, aber ihr müsstet euch anschauen, was wir hier gefunden haben. Ein komplettes Lager voller Amphetamine, Betablocker, Schmerztabletten. Kommt wohl alles aus Polen und Tschechien. Würde mich nicht wundern, wenn wir auch noch Opiate und anderes Zeug finden würden.«

Die Befragung von Ahmet Celik brachte nichts. Der Boxer weigerte sich, mit ihnen zu sprechen. Er sagte lediglich aus, dass er fünfundzwanzig Jahre alt sei und zurzeit bei Rolf Mischke wohne. Dass sein Trainer bei dem Einsatz ums Leben gekommen war, wusste er offensichtlich noch nicht. Als Schiller ihm die Audioaufnahme von Bronski vorspielte, erstarrte Ahmet. Sein Gesicht versteinerte, nur in seinen braunen Augen loderten Hass und Zorn. Man konnte sich vorstellen, mit welch einer Energie er als Boxer in den Ring stieg. Acht Kämpfe hatte er bestritten und jeden vorzeitig gewonnen, einen schon nach fünfzig Sekunden.

Wie nur mochte Bronski auf die Idee gekommen sein, Ahmet würde ihn schützen?

Schultke hatte ein paar Fotos aus dem Boxcamp geschickt. Hinter einem Büro, das offenbar Mischke genutzt hatte, befand sich ein etwa zwei Meter breites Lager, das sich über die gesamte Hallenwand zog. Wenn man die Ausmaße des Komplexes nicht genau im Blick hatte, wäre dieser verborgene Raum nicht so ohne Weiteres aufgefallen.

Die Pressekonferenz, die Fitschen im großen Versammlungsraum im Erdgeschoss abhielt, platzte aus allen Nähten, sogar drei Kamerateams waren vorgefahren. Bert Cremer hatte der Kriminaldirektor als Unterstützung angefordert, nicht Schiller, auch nicht Birte Jessen.

Schiller lauschte an der Tür. Fitschen rechtfertigte den Einsatz, sprach von einem Schlag gegen die organisierte Kriminalität, von einer mafiaähnlichen Vereinigung, die man unschädlich gemacht habe. Wie gefährlich der Einsatz gewesen sei, habe die Gegenwehr gezeigt. Leider habe man zwei verletzte Beamte zu beklagen. Bert äußerte sich lediglich vage zur Spurenlage und zur Arbeit der Kriminaltechniker. Am Ende ergriff noch der Polizeipräsident das Wort und lobte die Schlagkraft der Kölner Polizei. Gräber, der Pressesprecher, war so klug, keine Fragen zuzulassen.

Als Schiller in sein Büro hinaufschlich, war Birte verschwunden. Er setzte sich an den Computer, schrieb seine Kündigung, druckte sie aus und legte sie in die oberste Schublade seines Schreibtisches.

Dann fuhr er mit der Straßenbahn in seine Wohnung nach Braunsfeld. Seinen alten Golf ließ er am Präsidium stehen.

Er war für den Tod eines Menschen verantwortlich. Dieser Gedanke bedrängte und bedrückte ihn. Er hatte Mischke auf dem Gewissen. Jemand würde die traurige Nachricht auch dessen Schwester mitteilen müssen.

Er überlegte, umzusteigen und zu ihr in den Laden zu fahren. Nein, so viel Kraft brachte er nun nicht auf. Er hatte mehr als dreißig Stunden nicht geschlafen. Als er die Augen schloss, sackte er förmlich weg – in ein tiefes schwarzes Loch. Mühsam raffte er sich am Maarweg auf, aus der Bahn zu steigen. Dass sein Smartphone zum wiederholten Male summte, ignorierte er. Therese machte sich Sorgen, sie würde mittlerweile auch von diesem katastrophalen Einsatz gehört haben.

Es war neunzehn Uhr dreiundvierzig, als er die Haustür aufschloss. Er hatte nicht einmal darauf geachtet, ob bei der schönen Dramaturgin Licht brannte.

Doch da saß sie auf der Fußmatte vor seiner Tür. Ihr gelber Pullover leuchtete im dunklen Treppenhaus. Vor Verwunderung brachte er kein Wort heraus. Sie regte sich auch nicht, als er sich näherte. Vorsichtig berührte er sie an der Schulter, und da spürte er, wie ihr Körper bebte. Sie schluchzte leise auf.

»Hallo, mein Polizist.« Ihre Stimme klang dumpf, weil sie den Kopf nicht von den Knien hob.

Er langte nach dem Lichtschalter für das Treppenhaus.

»Nicht«, sagte sie. »Darf ich mit in deine Wohnung kommen?«

Er nickte, dann schob er den Schlüssel ins Türschloss und stieg über sie hinweg. Adrenalin flutete durch seinen Körper. Er spürte, wie er wieder wach wurde. Was war mit ihr geschehen? Für eine Sekunde kam ihm der absurde Gedanke, dass sie etwas mit Mischke zu tun gehabt hatte, dass sie um ihn trauerte.

Er ging in die Küche, ohne eine Lampe anzuschalten. Sie kam ihm nach, eine gebeugte Schattengestalt, und in dem wenigen Licht, das vom Hof hereinfiel, sah er es – ihr Gesicht. Sie war geschlagen worden, ihre Lippe war aufgeplatzt und die linke Wange geschwollen.

»Wer hat dich geschlagen?«, hauchte er.

Sie sank auf den zweiten Stuhl, schaute ihn an und richtete sich langsam auf.

»Joachim ist jähzornig«, sagte sie. »Ich wollte eine Pause, Bedenkzeit für ihn und mich. Ich weiß, dass er mich betrügt, wenn er zurück in Wien ist, dass er Dinge nicht so genau nimmt.«

Schiller streckte seine Hand aus, und Nadine griff danach und drückte sie. Es war eine warme, sanfte Bewegung, die ihn durchfuhr.

»Willst du ihn anzeigen?«, fragte er leise.

Sie schüttelte den Kopf. »Du bist mein Polizist«, sagte sie.

Der Satz gefiel ihm. Dann musste er lächeln.

»Ich habe heute meine Kündigung geschrieben«, sagte er. »Habe sie ausgedruckt und in die oberste Schublade gelegt.«

Sie reagierte gar nicht darauf, ließ jedoch seine Hand nicht los.

»Ich bin manchmal so schwach ...« Sie verstummte. Ihr Blick glitt zum Fenster, er sah ihre Augen, sie starrte in die Dunkelheit hinaus. »... und so unentschlossen. Mit Joachim und mir ... das ist nur noch Kampf.«

Schiller wollte etwas sagen, er hatte den Namen Carla schon auf den Lippen, sprach ihn dann jedoch nicht aus. Man musste nicht jeder Erfahrung, jeder Empfindung eines anderen gleich mit einer eigenen begegnen.

Zwei Minuten lang sagten sie beide nichts. Stille hüllte sie ein, lediglich das ferne Martinshorn eines Polizeiwagens war zu hören. Der Gedanke an den toten Mischke, an seine Schuld an dessen Tod kam und ging wieder.

»Darf ich heute Nacht hierbleiben?«, fragte Nadine flüsternd. »Ich will nur so daliegen ...«

»Ja«, sagte er, ein wenig zu schnell. »Klar.«

Zehn Minuten später lag er in seinem schmalen Bett neben ihr. Sie hatte sich an ihn geschmiegt und einen Arm unter ihn geschoben. Ihr Atmen verriet, dass sie sofort eingeschlafen war.

Für einen langen Moment riss Schiller die Augen auf und starrte in die Dunkelheit. Träumte er? Spielten ihm seine Sinne einen Streich, weil er völlig übermüdet war? Oder lag er tatsächlich in seiner kalten, ungemütlichen Wohnung neben der wahrscheinlich schönsten Frau, der er je begegnet war?

23

Als sie zurück in ihre Wohnung kam, war Max nicht da. Sie spürte ihre Erleichterung, doch dann bemerkte sie, dass er auf dem Esstisch alles für ein Dinner zu zweit eingedeckt hatte. Sogar drei rote Kerzen standen schon in Haltern, und mitten auf dem Tisch lag ein kleines schwarzes Etui.

Die Ringe, durchfuhr es sie. Sie hatte recht gehabt. Die Ringe waren das Geschenk.

Erschöpft legte sie sich auf das Sofa. Nach einem solchen Tag, einem der schwärzesten der Kölner Polizei, würde sie mit Max schwerlich über eine Hochzeit sprechen können.

In der Dunkelheit lag sie da, ruhig atmend und von einer Erschöpfung erfasst wie selten in ihrem Leben.

Jan hatte heute einen entscheidenden Fehler gemacht – der Einsatz war ein einziger Fehlschlag gewesen. Rolf Mischke war erschossen worden. Birte hatte lediglich einen flüchtigen Blick auf ihn geworfen, als sein Leichnam aus der Boxhalle getragen worden war; sein Gesicht war furchtbar entstellt gewesen.

Im Halbschlaf hörte sie plötzlich die Stimme von Martin, schon schwach und zittrig von seiner Krankheit: »Alles wird gut, Birte, und alles ist zu etwas gut.«

Nein, sie wusste es sogar, während sie in einen sanften Schlaf dahinglitt, es wurde nicht alles gut; man musste sich viel Mühe geben, viel Anstrengung aufwenden, damit alles gut wurde, und auch dann mochten die eigenen Kräfte nicht genug sein.

Als sie Schritte hörte, schreckte sie auf. Licht fiel vom Treppenhaus herein. Max war zurückgekehrt. Es war neunzehn Uhr zehn, und ihr Smartphone summte.

Jan, dachte sie, er fragt, warum ich aus dem Präsidium geflohen bin, doch sie irrte sich. »Anonymer Anruf« leuchtete auf dem Display auf.

Max rief leise nach ihr, während sie das Gespräch annahm.

»Spreche ich mit der Polizistin?«, fragte eine energische Männerstimme. »Der Frau aus der Tiefgarage?«

Sie fuhr förmlich in die Höhe. Seeberger war am Apparat.

»Ja«, erwiderte sie hastig. »Sie sind Richard Seeberger, nicht wahr?«

»Ganz recht«, sagte der Mann. »Ich bin Richard Seeberger. Sie suchen mich – wegen Lenau, aber ich werde mich nicht stellen. Ich bin einmal hereingelegt worden. Ein zweites Mal wird das niemandem gelingen.«

»Hören Sie zu.« Birte war aufgesprungen und ging mit dem Smartphone am Ohr zum Fenster. Max war in der Küche verschwunden. »Wir können uns treffen – nicht im Präsidium, sondern irgendwo ...«

»Nein«, unterbrach Seeberger sie. »Ich werde mich erst stellen, wenn ich weiß, wer Lenau getötet hat. Ich war es nicht, aber es soll so aussehen. Das weiß ich genau.«

»Sie wollen den Mörder selbst finden?«

Seeberger lachte auf. »Ganz recht. Ich vertraue keinem Gericht, keiner Polizei mehr.«

»Wer könnte ein Interesse daran haben, dass Sie als Mörder vor Gericht kommen?«

»Liebe Frau Hauptkommissarin, machen Sie Witze? Ich habe Dopingsünder gejagt. Ich habe Sportkarrieren ruiniert. Was glauben Sie, wie viele Feinde ich hatte?«

»Aber heute?«, wandte Birte ein. »Sie sind nicht mehr an der Sporthochschule – Sie verkaufen Sportlern irgendwelche Pillen, Nahrungsergänzungsmittel, Sie ...«

»Ich lege jetzt auf, Frau Jessen«, erklärte Seeberger mit stahlharter Stimme. »Besser, Sie suchen mich nicht mehr – Sie werden mich ohnehin nicht finden.«

Ein Klicken verriet, dass er die Verbindung unterbrochen hatte.

Birte setzte sich auf einen Stuhl am Esstisch. Was sollte sie nun tun? Den Anruf würde man kaum zurückverfolgen können. Max stand als Schatten in der Tür zur Küche.

»Ich dachte, du würdest erst später nach Hause kommen«,

sagte er mit einem entschuldigenden Unterton. »Was ist bei eurem Einsatz passiert? Es gab eine Schießerei, nicht wahr?«

Sie hob kraftlos die Arme. Ja, sollte diese Geste heißen, ja, aber müssen wir nun darüber sprechen?

»Es ist alles schiefgelaufen«, sagte sie. »Und eben hat mich ein Mann angerufen, den wir verdächtigen – Richard Seeberger.«

»Ich weiß«, sagte Max. Er rührte sich nicht. »Ich habe ihm deine Mobilnummer gegeben.«

Es dauerte ein paar Sekunden, bis seine Worte sie erreichten. »Wie gut kennst du Seeberger?«

»Er hat hier auf dem Festnetz angerufen. Deinen Namen hatte er aus der Zeitung, glaube ich. Er war dann überrascht, dass ich am Apparat war. Na, eigentlich kenne ich ihn nicht, aber Kate … sie kannte ihn ziemlich …« Er zögerte. »… recht gut.«

Was sollte das bedeuten? War da ein Unterton in seiner Stimme? Birte erinnerte sich an die Worte von Seebergers Ex-Frau. Er war ihr offenbar notorisch untreu gewesen, hatte Affären gehabt.

»Was ist zwischen Kate und Seeberger passiert?«, fragte sie.

Max seufzte. »Ich weiß es nicht genau. Kate hat es abgestritten, aber ich weiß, dass sie sich damals häufiger mit ihm getroffen hat – wegen meiner Trainingspläne, hat sie gesagt, aber …« Er wischte sich durch sein langes Haar. Am liebsten wäre sie aufgestanden und hätte ihn umarmt. »Nachdem Seeberger wegen der Sache mit den beiden Biathleten die Sporthochschule verlassen musste, haben wir uns einmal zu dritt getroffen. Richard meinte, er sei hereingelegt worden, und er bat mich um Hilfe. Ich sollte mich bei zwei undurchsichtigen Leuten um Epo bemühen – Blutdoping, nur zum Schein, damit er Beweise hatte, aber dann …« Max stockte der Atem. »Dann kam mein Unfall dazwischen … Von einer Sekunde auf die nächste war ich kein Athlet mehr.« Er wandte sich um. »Ich habe etwas gekocht«, sagte er mit anderer, festerer Stimme und verschwand abermals in der Küche.

Birte wusste, dass sie ihm hätte nachgehen müssen. Was redete er da? Wieso gestand er ihr erst jetzt, wie gut er Seeberger kannte? Aber hinter seinen Worten hatte ein Schmerz gelegen, der ihr die Tränen in die Augen trieb – den Unfall, den Verlust seines Beines hatte er nicht verwunden, auch wenn es mitunter so ausgesehen hatte. Das wurde ihr nun schlagartig klar.

Sie setzte sich an den Tisch und zündete die Kerzen an.

Nach zehn Minuten kam er mit einem Fischauflauf und einem Salat. Er lächelte, und sie küssten sich.

»Verzeih«, sagte er.

Dann prosteten sie sich mit einem Bordeaux zu und aßen. Die kleine Schachtel mit den Ringen rührte Max nicht an.

»Ich war in meiner Wohnung«, sagte er dann. »Ich habe zwei Fotoalben geholt, damit du siehst, wer ich einmal war. Ich war ein guter Sportler, keiner, der gedopt hat. Das war ein Ausrutscher, ein Fehler, aber …«

»Hör zu«, sagte sie. »Niemand hat dir einen Vorwurf gemacht – ich schon gar nicht.«

Max lächelte. »Es geht nicht um Vorwürfe, es geht um mich. Ich muss für mich noch ein paar Dinge begreifen, meine Zeit mit Kate, meine Pläne, den Hawaii-Triathlon zu gewinnen, und … der Unfall und alles, was danach kam.«

Als sie gegessen hatten, holte er die Fotoalben hervor. Es war wie eine Zeitreise. Er zeigte ihr bereitwillig Fotos seiner Eltern, Bilder von dem liebenswerten, chaotischen Pfarrerehepaar und von seinen drei Geschwistern, dann Max mit Kate und er allein auf einem Siegerpodest.

Das letzte Foto war im Krankenhaus aufgenommen worden, Max lag in einem Bett, er streckte eine Hand vor, machte ein Victory-Zeichen, doch ihm war anzusehen, dass er sich vollkommen anders fühlte – geschlagen, verletzt, aus seinem Leben geschleudert.

Später liebten sie sich. Birte hatte das Gefühl, dass Max wieder ganz bei ihr war – alle Schatten der letzten Tage waren weggeweht worden.

»Ich frage dich nicht, ob du mich heiraten willst«, flüsterte er ihr zu, als sie nebeneinander in der Dunkelheit lagen. »Noch nicht.«

Sie küsste ihn als stumme Antwort. Morgen würde sie ihn nach Seeberger befragen müssen, aber diese Nacht gehörte ihnen. Sie hatte, fiel ihr auf, seit drei Stunden keinen Blick mehr auf ihr Smartphone geworfen.

24

Als Schiller erwachte, war das Bett neben ihm leer. Er richtete sich auf und rief fragend: »Nadine?« Im nächsten Moment kam es ihm merkwürdig vor, ihren Namen laut auszusprechen, als wären sie einander vertraut.

Niemand antwortete.

Es war zwei Minuten nach sieben. Er musste über zehn Stunden geschlafen haben.

Einmal in der Nacht war er aufgewacht. Die Dramaturgin hatte eng an ihn gedrückt dagelegen. In der Dunkelheit hatte er die Konturen ihres Gesichts lediglich erahnen können. Ein Gefühl von Liebe und Zufriedenheit hatte ihn beschlichen.

Sollte er zu ihr hinuntergehen und sich nach ihr erkundigen?

Er ging ins Bad und kochte sich danach einen Kaffee. Als er auf sein Smartphone blickte, sah er, dass Almut Schwäbe ihm eine SMS geschickt hatte. »Er hat sich selbst erschossen«, stand da. Ohne Gruß und Anrede.

Die Kurznachricht hatte sie um dreiundzwanzig Uhr neun abgeschickt.

Mit »er« konnte nur Mischke gemeint sein. Hatte der Boxtrainer, völlig in die Enge getrieben, sich die letzte Kugel in den Kopf gejagt? Doch wenn es so gewesen war, was änderte das?, fragte Schiller sich. Wurde seine Schuld dadurch geringer? War der Einsatz deshalb kein Desaster mehr?

Er ertappte sich dabei, dass er das zweite Kissen aus seinem Bett nahm und daran roch. Ja, ihr Geruch haftete noch an dem Stoff, und dann fand er auch ein längeres blondes Haar.

Nachdem er sich angezogen hatte, entdeckte er die Visitenkarte auf dem Tisch. Dr. Nadine Linder, Dramaturgin – Schauspiel Köln. Auf der Rückseite waren in einer kurvigen Schrift die Worte »Danke, mein Polizist!« geschrieben worden. Er nahm die Karte und steckte sie ein.

Auf dem Weg ins Präsidium las er an einem Kiosk die Schlagzeile vom Express: »Razzia im Boxcamp! Ein Toter!« Offenbar hatte man keinen anderen Ausdruck als »Razzia« für diesen Einsatz.

Als er in der Straßenbahn über die Deutzer Brücke fuhr, schrieb er Therese eine Nachricht, um sie zu beruhigen, dann rief er Nele an, die bereits an ihrem Schreibtisch saß. Sie mussten das Gespräch mit Bornscheid vorbereiten, der für den Nachmittag einbestellt war.

»Die Dinge beginnen sich zu drehen«, sagte Nele. »Mischke hat sich der Festnahme durch Selbstmord entzogen, vorher hat er fünf Schüsse auf unsere Leute abgegeben, und Schultke war so klug, einen Drogenhund anzufordern. Das Tier haben sie vom Flughafen geholt, es hat im Lager in der Boxhalle angeschlagen, aber gefunden haben sie nichts. Wahrscheinlich hat Mischke die Drogen vorher beiseitegeschafft.«

»Er war auch noch ein Drogendealer?«, fragte Schiller erstaunt.

»Sieht so aus. Zumindest könnte er in dem Lager Drogen gebunkert haben«, erwiderte Nele. »Wann kommst du ins Präsidium? Fitschen ist schon da. Um zwölf steht schon die nächste Pressekonferenz an. Wieder mit Bert – dich will Fitschen offenbar aus der Schusslinie halten.«

Schiller zögerte einen Moment. »Ich bin auf dem Weg«, sagte er dann. »In zehn Minuten – brauche dann erst einmal unbedingt einen Kaffee.«

Nele lachte und legte auf.

Als er auf das Präsidium zuschritt, summte sein Smartphone erneut. Er hörte ein lautes Atmen, dann fragte eine hysterisch klingende Stimme: »Was, verdammt, haben Sie mit meinem Bruder gemacht?«

Er traf Susanna Mischke in einem Café in der Berrenrather Straße. Er war in seinen alten Golf gestiegen und hatte Nele lediglich kurz eine SMS geschrieben. Es würde nichts zur Aufklärung ihres Falles beitragen, aber er fühlte sich verantwortlich, Susanna Mischke ein paar Dinge zum Tod ihres Bruders mitzuteilen.

Als er ankam, stand sie vor der Tür und rauchte. Sie trug einen langen schwarzen Mantel und eine Sonnenbrille. Fröstelnd hatte sie die Schultern hochgezogen. Während er sich näherte, wandte sie sich ab und warf dann die Zigarette in den Rinnstein.

»Ich weiß, wie Sie sich fühlen«, begann er und erkannte an ihrer Miene, dass er die falschen Worte zur Eröffnung gewählt hatte.

»Nein«, sagte sie hart, »das wissen Sie nicht. Er war mein Bruder, auch wenn wir nicht besonders eng …« Sie ging in das Café voraus und setzte sich an den Tisch in der hintersten Ecke, auf dem eine unberührte Tasse Kaffee stand.

»Ihr Bruder war dringend verdächtig, Daniel Bronski erschossen zu haben«, erklärte Schiller. »Wir haben eine Polizeiaktion durchgeführt. Er hat das Feuer auf Beamte eröffnet und …« Schiller spürte den eiskalten Blick der Frau vor sich, auch wenn sie ihre Sonnenbrille nicht abgenommen hatte. »… und sich dann selbst gerichtet.« Seine Worte waren ebenfalls kalt und förmlich, und doch trat eine Veränderung auf dem Gesicht von Susanna Mischke ein.

Sie verharrte einen Moment mit regloser Miene, dann nahm sie in einer langsamen Bewegung die Sonnenbrille ab. Ihre Lider waren gerötet, als hätte sie geweint.

»Er hat sich erschossen?«, hauchte sie.

Schiller nickte. »Das hat die Obduktion zweifelsfrei ergeben.«

Er wartete. Susanna Mischke starrte an ihm vorbei zur Tür. »Er war mir immer fremd. Sein Vater hatte eine Kneipe in Kalk, nachdem er aufgehört hatte zu boxen, und er war ein leidenschaftlicher Kartenspieler. Meinen Vater hat meine Mutter geliebt, obschon er nichts von ihr wissen wollte, doch Rolfs Vater hat sie vergöttert. Er hätte alles für sie getan, aber sie wollte nicht. Rolf war später meistens bei ihm, er ist sieben Jahre älter als ich. Einmal habe ich ihn im Ring gesehen. Er hat gewonnen, trotzdem war es widerlich – dieses Prusten und Prügeln. Und nun ist er tot.«

Eine Kellnerin näherte sich, um eine Bestellung aufzunehmen, doch als hätte sie erkannt, dass sie nun nicht stören durfte, zog sie sich wieder zurück.

»Woher haben Sie vom Tod Ihres Bruders erfahren?«, fragte Schiller. Von den Drogen, mit denen Mischke anscheinend gehandelt hatte, wollte er lieber nicht sprechen.

Susanna Mischke sah ihn mit einem fragenden Ausdruck in den Augen an, als könne sie sich nicht erinnern. »Richard hat es gewusst«, sagte sie leise. »Er war heute Nacht bei mir.«

Sie taxierte ihn, wartete darauf, wie er reagieren würde. Sein Erstaunen wich Entrüstung.

»Sie wissen, dass wir Ihren Ex-Mann suchen, dass er uns wahrscheinlich weiterhelfen könnte. Warum haben Sie uns nicht alarmiert?«

»Vielleicht weil ich ihn immer noch liebe«, sagte sie hilflos. »Richard wird erst zur Polizei gehen, wenn er weiß, was vor sich geht.«

»Er war in der Tiefgarage am Dom, er spielt Detektiv«, sagte Schiller. »Wo hält er sich jetzt auf?«

Sie zuckte mit den Schultern. »Richard ist der klügste und ungewöhnlichste Mensch, den ich kenne. Er wird bei einer Frau sein – er hat immer jemanden gefunden, bei dem er unterkriechen kann.«

»Haben Sie eine Mobilnummer, unter der ich ihn erreiche?«

»Bedaure. Er wird Sie anrufen, ganz bestimmt.«

Plötzlich begriff Schiller, dass diese Frau vor ihm im Mittelpunkt ihres Falles stand – sie war Mischkes Halbschwester, sie hatte Daniel Bronski wahrscheinlich gekannt, und sie war Seebergers Ex-Frau. Vielleicht lohnte es sich, sich ihre finanzielle Situation anzuschauen – und eine Telefonüberprüfung könnte sie möglicherweise zu Seeberger führen.

»Haben Sie eigentlich einen Partner?«, fragte Schiller. »Gibt es da jemanden?«

Sie runzelte die Stirn, nicht unfreundlich, eher neugierig. »Was geht die Polizei das an?«, fragte sie.

»Wir suchen eine Querverbindung – drei Morde, und Sie stecken irgendwie mittendrin.«

»Nein, bedaure. Keinen Partner, und auch wenn da und dort die Sehnsucht auftaucht – ist es wahrscheinlich besser so.« Sie setzte ihre Sonnenbrille wieder auf. »Wann kann ich meinen Bruder sehen? Ich muss mich von ihm verabschieden.«

»Ich fahre Sie zur Rechtsmedizin, und Sie erzählen mir, was Ihr Ex-Mann vorhat«, erwiderte Schiller.

Sie nickte und legte einen Geldschein auf den Tisch. »Ich weiß nicht, was er vorhat«, sagte sie.

»Wer könnte ihn hereingelegt haben?«

Einen Moment lang dachte Schiller daran, ein Taxi zu rufen. Sein Golf war eine einzige Müllhalde. Im Fußraum lagen leere Pizzaschachteln, eine Plastiktüte mit Schrauben und ein Karton mit Laufschuhen. Hastig warf er alles hinter sich. Auf der Rückbank fuhr er noch alte Kleider und Bücher spazieren, in die er nie mehr hineinsehen würde. Susanna Mischke achtete gar nicht darauf, jedenfalls gab sie keinen Kommentar ab.

»Ich weiß es nicht«, sagte sie. »Wir waren ja schon getrennt, als er die Hochschule verließ. Vielleicht hat er sich in seinem Institut mit der falschen Frau eingelassen. Einmal hat ihn eine Frau mit E-Mails verfolgt. Er war gelegentlich auch in irgendwelchen Chatrooms unterwegs. Ich kenne mich damit nicht so aus.« Sie seufzte. Ohne ihn zu fragen, steckte sie sich auch im Auto eine Zigarette an. Schiller ließ es ihr durchgehen.

»Wer ist denn sein Nachfolger?«, fragte er. »Es muss jemand von seinem Weggang profitiert haben, oder nicht?«

»Markus Then wurde danach der Chef von allem, aber die beiden waren befreundet, und Markus hat auch alles getan, um Richard zu halten, doch natürlich haben ein paar Leute profitiert. Ich kenne allerdings nur einen Namen: Manuel Segschneider. Er war Richards engster Mitarbeiter. Er ist jetzt auch Professor. Richard hatte ihn wohl in Verdacht, die Dopingproben manipuliert zu haben, doch Segschneider konnte nachweisen, dass er in der Zeit, um die es damals ging, gar nicht in der Stadt gewesen war. Er war bei seinen Schwiegereltern im Bergischen Land, weil seine Frau krank war und jemand nach seinem kleinen Sohn sehen musste.«

Vom Bergischen Land konnte man in knapp einer Stunde in Köln sein, dachte Schiller. Er bog auf den Parkplatz am Rechtsmedizinischen Institut ein. Unwillkürlich hielt er nach einem gelben Fahrrad Ausschau. Zum Glück entdeckte er es nirgends.

»Tote«, sagte er, »sehen meistens nicht sehr freundlich aus, und Ihr Bruder hat eine Schusswunde im Gesicht …«

»Es reicht mir, wenn ich seine rechte Hand ein paar Minuten halten kann«, erwiderte Susanna Mischke mit tonloser Stimme, bevor sie aus dem Wagen stieg.

25

Sie erwachte, weil sie spürte, dass Max sie ansah. So kam es ihr zumindest vor, nachdem sie die Augen geöffnet hatte.

»Es ist Sonntag. Wie wäre es, wenn du dir einen freien Tag nimmst, und wir frühstücken ausführlich? Oder wir gehen auf ein Schiff und fahren den Rhein hinauf.« Er lächelte sie an.

Es war acht Uhr drei, erkannte sie mit einem Blick auf ihr Smartphone, das neben dem Bett lag. Außerdem hatte ihr jemand eine Nachricht geschickt.

Die SMS war von Jan gekommen. »Mischke hat sich erschossen«, las sie.

»Nein«, sagte Max in ihre Gedanken hinein, »du bist eine Polizistin. Du könntest niemals einfach so freinehmen. Nicht einmal an einem Sonntag.« Er stieg aus dem Bett und ging ins Bad.

Seeberger, fiel ihr ein, sie musste mit ihm über Seeberger sprechen, aber Kate noch einmal zu begegnen – dazu verspürte sie wenig Lust. Diese Frau schüchterte sie ein.

Birte zog sich an, sie fühlte sich besser. Es hatte ihr gutgetan, neben Max zu liegen und die Schatten, die zwischen ihnen gewesen waren, zu vertreiben.

»Doch«, sagte sie, als Max aus dem Bad kam, »lass uns frühstücken, und dann erst fahre ich ins Präsidium.«

Max schaute sie an. Was genau hast du vor?, fragte sein Blick. Er kannte sie mittlerweile ziemlich gut.

»Ich schlage vor, wir fahren ein wenig aufs Land. Was hältst du von Nideggen? Da gibt es doch eine Burg. Ich stelle mir vor, dass man in so einem Ort ganz in Ruhe frühstücken kann.«

Sie überließ Max das Steuer und setzte sich auf den Beifahrersitz. Er fuhr vorsichtig und konzentriert. Sie hatte ihn nie gefragt, was er für einen Wagen gefahren hatte, bevor er seinen Unfall gehabt hatte. Wahrscheinlich einen BMW oder vielleicht sogar einen Porsche, auf jeden Fall keinen Wagen mit Automatik.

»Was willst du in Nideggen herausfinden?«, fragte er, als sie auf die Autobahn bogen.

»Ich will sehen, wie Seeberger wohnt. Vielleicht treffen wir ja jemanden, der ihn zuletzt gesehen hat.« Sie schloss für einen Moment die Augen.

Max fuhr sicher und ruhig. Wie war es, wenn man ein Bein verlor?, fragte sie sich plötzlich. Wenn man an sich herunterschaute, und da fehlte ein Stück? Und wie war das mit dem Phantomschmerz? Max hatte davon nie gesprochen.

»Ich glaube, dass es stimmt«, sagte er. »Seeberger ist hereingelegt worden. Er hätte niemals jemanden gedopt, und dann ausgerechnet Biathleten … Klar, die verdienen mittlerweile wahrscheinlich auch gutes Geld, aber nicht so viel, dass sie einen Professor so bezahlen können, dass er seine Karriere aufs Spiel setzt.«

»Vielleicht ist er ein Spieler. Solche Menschen gibt es doch … sie glauben, alles im Griff zu haben, und gehen ein Risiko ein und verspekulieren sich«, erwiderte Birte.

»Nein, so ein Mensch ist Seeberger nicht.«

»Aber er ist ein Frauentyp, nicht wahr? Jeder hat es uns gesagt – auch seine Ex-Frau. Er hatte viele Affären. Möglicherweise hat sich jemand deshalb an ihm gerächt.« Birte schaute Max an. Sein Kiefer bewegte sich, während er auf die Straße vor sich starrte, als würde er an unsagbaren Worten kauen.

»Ich konnte Seeberger nicht leiden«, erklärte er zögernd. »Seine Selbstsicherheit … diese Lässigkeit … Er wusste, dass er attraktiv war, und … ja, er war immer von Frauen umgeben, und ich bin sicher, dass Kate mit ihm geschlafen hat … mindestens einmal.«

Birte sagte nichts darauf. Sie sah den Schmerz auf seinem Gesicht.

»Wir hatten uns gestritten«, sprach er weiter. »Kate war erst gegen vier Uhr morgens nach Hause gekommen. Und was hat sie als Erstes getan? Sie hat geduscht, als müsste sie den Geruch eines anderen Mannes abwaschen. Ja, genau das habe ich gedacht. Stumm habe ich neben ihr gelegen. Ich habe kein Wort sagen wollen, doch dann ist es aus mir herausgeplatzt. ›Wo bist du gewesen?‹, habe ich sie gefragt. ›Wir haben über unseren Trainingsplänen die Zeit vergessen‹, hat sie gesagt. ›Richard und ich.‹ Eine Lüge – ich habe es sofort gespürt, doch sie hat so getan, als wäre sie sofort eingeschlafen. Gegen Morgen bin ich dann auf mein Fahrrad gestiegen. Sie hat mir einen Kuss gegeben und mir noch ein paar Vorgaben gemacht. Strecke, Tempo, solche Dinge, aber ich bin unkonzentriert und voller Wut gewesen. Vielleicht wäre der Unfall dann nicht passiert.«

Atemlos hatte sie zugehört. Max hatte einen Unfall gehabt, weil er meinte, Kate habe ihn mit Seeberger betrogen?

»Habt ihr die Sache hinterher geklärt?«, fragte sie.

Er sah sie kurz an – mit bleicher, leerer Miene. »Kate ist dabei geblieben – kein Betrug, keine Affäre, doch ich glaube ihr bis heute nicht.«

»Dann hättest du ja ein Motiv gehabt, Seeberger hereinzulegen«, sagte Birte. Es sollte spöttisch klingen, doch Max nickte.

»Ja«, sagte er. »Ich hätte ein Motiv gehabt.«

Sie schwiegen, bis sie Nideggen erreicht hatten, einen kleinen, beschaulichen Ort in der Voreifel, der bei schönem Wetter ganz hübsch gewirkt hätte, doch im kalten Märzwetter sahen selbst die schmucken Fassaden öde aus.

Viele Häuser waren aus rotem Stein errichtet worden, der hier aus der Gegend stammen mochte.

Max parkte den Alfa seitlich eines Stadttores, dann gingen sie zur Burg hinauf. Für einen Moment steckte Birte ihre Hand in seine. Er drückte sie dankbar.

Birte hatte sich Seebergers Adresse von Nele geben lassen. Kirchgasse, Nummer 2. Nach drei Minuten über Kopfsteinpflaster standen sie vor einem zweistöckigen Haus aus Bruchsteinen. An der Tür hing statt eines Namensschilds das Logo von Sunshine Power.

Birte nickte Max zu. »Hier ist es.«

Sie drückte auf den Klingelknopf. Eine schrille Glocke war zu hören, deren Klang durch das ganze Haus hallte. Doch niemand öffnete die Tür, was Birte auch nicht erwartet hatte. Sie ging weiter die Einfahrt hinauf. Eine Garage lag da, ein wenig versetzt, rechts vor ihr befand sich eine schmale Eisenpforte. Offenbar gab es einen Garten.

Sie blickte über die Pforte. Linker Hand eine Rasenfläche, die sich bis zu einem verwilderten Beet hinzog, rechter Hand eine Terrasse mit einem alten Strandkorb und einem Holztisch davor.

Max stand hinter ihr. »Seeberger hat es sich richtig gemütlich gemacht«, meinte er spöttisch.

Birte öffnete die Pforte. Mit einem Quietschen sprang sie auf.

Zwei Fenster wiesen auf die Terrasse hinaus, daneben lag eine grün gestrichene Tür, in die ein winziges Fenster eingelassen war. Birte blickte durch das Fenster hinein. Dahinter befand sich die Küche des Hauses. Sie meinte, eine Spüle mit einem altmodischen Wasserhahn zu erkennen, davor ein weißer Plastikstuhl, der offenbar vor einem Tisch stand.

Aus einem Impuls heraus drückte sie die Klinke herunter, und die Tür sprang auf.

Verblüfft schaute sie Max an.

»Vielleicht ist Seeberger ja doch zu Hause«, sagte er.

Birte trat ein. Laut rief sie nach Seeberger, doch nur Stille antwortete ihr. Nein, in diesem Haus hielt sich niemand auf. Aber warum war die Tür dann nicht abgeschlossen? Kam es in diesen Dörfern noch vor, dass die Bewohner einfach aus dem Haus gingen und nicht absperrten? Oder gab es einen anderen Grund? Eine überstürzte Flucht oder gar ein Einbruch? Doch an der Tür waren keine Spuren von Gewaltanwendung zu sehen gewesen.

Die Küche war schlicht eingerichtet. Eine Küchenzeile mit Herd, Kühlschrank und einem Geschirrspüler, alles in einem schmucklosen Weiß gehalten und sicherlich mehr als zwanzig Jahre alt. Vor den beiden Fenstern standen eine Holzbank, ein

Tisch und vier Stühle, alles ebenfalls äußerst schmucklos und Marke IKEA. Auf dem Tisch lag eine Süddeutsche Zeitung, die allerdings eine Woche alt war. Auf der Fensterbank stapelten sich drei Bücher, offenbar Fachbücher, alle in Englisch abgefasst.

Max war an der Tür stehen geblieben. »Das sieht ziemlich provisorisch aus, nicht so stylish, wie Seeberger sich sonst gab. Als würde hier keiner richtig wohnen.«

Ja, diesen Eindruck konnte man haben. Auf dem Kühlschrank stand ein Radiowecker, der eine falsche Zeit anzeigte, und darunter … Birte erstarrte für einen Moment, als sie die Fotos sah, die mit gelbem Klebeband an der Tür des Kühlschranks befestigt waren. Drei Porträts immer desselben Mannes: Raimund Lenau, wie er sein Haus verließ, wie er zu einem schwarzen Wagen lief und schließlich einstieg.

Sie nahm ihr Smartphone hervor und wählte Neles Nummer. »Wir benötigen einen Durchsuchungsbeschluss«, sagte sie. »Für Seebergers Haus in der Eifel. Dringend.«

»Es ist zu einfach«, sagte Jan. Es war kurz vor sieben Uhr am Abend. Nach der Befragung von Bornscheid war er auch noch nach Nideggen hinausgefahren. »Findet ihr nicht?« Er blickte Birte und Max an. Sie saßen in Seebergers Küche. Das Team, das Schultke geschickt hatte, zwei Männer und zwei Frauen, keiner über dreißig, war eben abgezogen. Innerhalb einer Stunde hatte Nele, obwohl es Sonntag war, einen Durchsuchungsbeschluss beschafft. »Die Tür zum Haus steht auf, die Fotos von Lenau offen am Kühlschrank, und dann finden wir auch noch eine Waffe.«

Birte spürte ihre Müdigkeit. Ihr Ausflug nach Nideggen hatte sie mitgenommen; fast neun Stunden hielt sie sich nun schon in diesem Haus auf. Zwischendurch hatte sie im Ort in einem Imbiss eine Suppe gegessen und ihrer Mutter eine Kurznachricht geschrieben.

»Du meinst, jemand hat die Waffe hier platziert?«, fragte Max. Er hatte sich für ein paar Stunden in den Ort zurückgezogen, aber zum Glück war er nicht allein nach Köln zurückgefahren.

Jan selbst hatte die Pistole gefunden – in der Garage in einem dunklen Plastikbehälter, der zunächst wie ein Reservekanister ausgesehen, jedoch eine andere Öffnung gehabt hatte.

Die Kriminaltechnik würde sich um die Pistole kümmern – eine blitzsaubere SIG Sauer. Birte war sicher, dass mit dieser Waffe Lenau getötet worden war.

»Niemand konnte wissen, dass ich heute hier vorbeikomme«, sagte sie. »Es war eine Laune … aus einer gewissen Stimmung heraus …« Sie bedachte Max mit einem Lächeln, das er dankbar erwiderte.

»Nein, niemand konnte wissen, dass du heute Morgen hierherkommst, aber es war nur eine Frage der Zeit, wann wir uns hier umsehen würden«, entgegnete Jan. Verstohlen schaute er auf sein Smartphone, als würde er dringend eine bestimmte Nachricht erwarten.

»Ich gehe auch jede Wette ein, dass Seeberger in Köln noch eine Wohnung hat, von der wir nichts wissen. Was gibt es in diesem Haus? Ein Arbeitszimmer, ein Schlafzimmer, einen Raum für Wäsche und alte Kartons, dann im Erdgeschoss diese Küche und ein fast leeres Wohnzimmer. In der Garage Kartons mit Seebergers Pillen und Proteinriegeln. Sonst nichts.«

»Es ist nur die Firmenadresse – eindeutig«, pflichtete Max ihm bei.

Jan erhob sich. »Ich muss mir Lenaus Wohnung ansehen, und dann sollten wir uns überlegen, wie wir Seeberger finden.«

Als er zur Tür gehen wollte, klingelte das Telefon im Wohnzimmer – der Festnetzanschluss. Vier eingehende Telefonate waren darauf verzeichnet gewesen, keine ausgehenden. Zweimal hatte Susanna Mischke hier angerufen – das letzte Mal in der letzten Nacht um kurz vor ein Uhr.

Birte folgte Jan ins Wohnzimmer. Das Telefon stand in einer Halterung auf dem Fensterbrett. Jan blickte auf das Display, als das Telefon zum dritten Mal klingelte.

»Eine Nummer – kein unbekannter Teilnehmer«, sagte er.

Dann nahm er das Gespräch an. »Ja«, sagte er mit tonloser Stimme.

Birte schob sich neben ihn, um mithören zu können.

»Bist du doch mal in deinem Haus«, sagte eine Männerstimme leicht vorwurfsvoll. »Es ist schwerer als gedacht, dir eine Waffe zu besorgen, aber ich glaube, ich kann dir weiterhelfen. Es gibt eine Bar in der Antwerpener Straße, da …« Plötzlich verstummte der Mann. »Mit wem spreche ich? Bist du wirklich Richard?«

»Nein«, sagte Jan. »Mein Name ist Schiller. Ich arbeite für die Kriminalpolizei Köln. Wir haben hier soeben eine Hausdurchsuchung durchgeführt. Wer sind Sie? Und was genau wollten Sie von Richard Seeberger?«

Der Mann zögerte. Für einen Moment war Birte sich sicher, dass er auflegen würde. »Ich bin ein Freund … nein, eigentlich ein ehemaliger Kollege. Ich heiße Manuel Segschneider. Richard hatte angerufen und mich … um einen Gefallen gebeten.«

26

Schiller saß allein vor dem Whiteboard in seinem Büro. Es war zwei Minuten vor zwanzig Uhr. Birte war mit Max in ihre Wohnung gefahren. Die Erschöpfung hatte ihren Blick glasig und ihre Bewegungen fahrig werden lassen. Diese drei Mordfälle, die sich so mysteriös aneinanderreihten, gingen über ihre Kräfte. Er selbst hätte seine Sachen packen und laufen sollen, eine Runde durch den Grüngürtel, um seine Gedanken zu sortieren. Oder er hätte mit Nadine irgendwo in einem Café sitzen sollen und sich erkundigen, wie sie den Tag verbracht hatte. Er hatte jedoch keine Mobilnummer von ihr, und im Theater anzurufen hatte er sich nicht getraut. Was hätte er sagen sollen? Ich möchte die schönste Frau der Welt sprechen, die gestern von ihrem Freund verprügelt worden ist?

Ständig blickte er auf sein Smartphone, aber nichts, keine Nachricht von ihr. Gegen zweiundzwanzig Uhr wollte er in seiner Wohnung sein, dann hätte er möglicherweise die Gelegenheit, sie zu sprechen. Oder vielleicht würde sie buchstäblich wieder auf seiner Matte sitzen. Er hatte zwischendurch versucht herauszufinden, wer dieser Schauspieler war, mit dem sie liiert war, hatte es aber nicht geschafft. Irgendein verdammter Joachim …

Allein war er aus Nideggen zurück nach Köln gefahren. Bornscheid hatte eine vollumfängliche Aussage zu seiner Zusammenarbeit mit Daniel Bronski gemacht; er hatte auch zugegeben, ihn in seinem Porsche aus der Tiefgarage geschleust zu haben. Sein Mandant habe unter Schock gestanden, hatte sein Anwalt erklärt. Nach zwei Stunden war die Vernehmung beendet gewesen. Bornscheid würde mit einer Anklage rechnen müssen. Beihilfe zur Flucht oder gar zum Mord, wenn es ganz hart für ihn kam. Da keine Fluchtgefahr bestand, hatte man ihn gehen lassen.

Statt sich in Lenaus Wohnung umzusehen, war er in die Eifel gefahren. Die Neugier hatte ihn angetrieben. Birte hatte einen Alleingang gestartet, was ihr überhaupt nicht ähnlichsah. Warum war sie, ohne etwas zu sagen, zu Seeberger gefahren? Aber sie hatte recht gehabt. Wenn sie Seeberger nicht fanden, würden sie diesen Fall nicht lösen können. Nele hatte versucht, Daten über den ehemaligen Professor zu sammeln. Führerschein, Kreditkarten, Telefongesellschaft. Bisher waren sie noch nicht viel weitergekommen. Keine Zweitwohnung, keine auffälligen finanziellen Transaktionen.

Mitten auf das Whiteboard hatte er »Seeberger« geschrieben. Wo hielt der Mann sich auf? Und warum hatten sie in dessen Garage diese Pistole gefunden?

Zwei Dinge müssen wir tun, dachte Schiller, wir müssen jeden finden, mit dem der ehemalige Professor zuletzt Kontakt hatte – und wir müssen ihn herauslocken. Aber wie? Und welches Spiel trieb Seeberger? Wenn er nicht der Mörder von Lenau war, musste er eine Ahnung haben, wer dahinterstecken konnte.

Schiller rief Susanna Mischke an, die einzige Verbindung, die sie zu Seeberger hatten, aber sie ging nicht an ihr Telefon. Sollten sie die Frau beschatten lassen? Er schrieb ihren Namen unter Seebergers und setzte »beschatten?« hinzu.

Neben »Seeberger« notierte er »Segschneider«. Er war Seebergers Nachfolger an der Sporthochschule, doch waren sie in Kontakt geblieben. Freundlich, wie Segschneider erklärt hatte, aber nicht so intensiv, dass er eine Ahnung hatte, wo sein ehemaliger Vorgesetzter sich aufhalten mochte. Dass er eine Waffe benötige, habe Seeberger mit einer Drohung erklärt, die er telefonisch erhalten habe.

Auch die Namen »Then« und »Lenau« schrieb Schiller auf. Der eine war Seebergers bester Freund, offenbar immer noch, obwohl der Kontakt sich gelockert hatte; der andere … Nein, sie hatten keine Ahnung, warum Raimund Lenau getötet worden war und wie dieser Mord in Verbindung zu dem an Bronski stehen mochte.

Wer konnte es fertigbringen, Seeberger aus seinem Versteck zu locken?

Kate, fiel ihm ein, die Ex-Freundin von Max, sie hatte Kontakt zu Seeberger gehabt. Birte würde so eine Idee überhaupt nicht gefallen, und er hatte auch noch keinen Plan, wie er Kate an Seeberger heranbringen sollte.

Irgendetwas an dem Bild stimmte nicht – oder sie hatten einige Dinge noch nicht im Blick. Das Motiv? Wo war das Motiv, einen ehemaligen Professor zu töten, der von der Hochschule gegangen war und nun in einem Eifelort offensichtlich eine Ein-Mann-Firma mit Nahrungsergänzungsmitteln betrieb?

Schiller hatte sich den Schlüssel zu Lenaus Wohnung besorgt. Er stand auf, löschte das Licht und ging zu seinem Golf.

Sein Smartphone summte, als er den Motor starten wollte.

Ihre Stimme schickte ihm einen Schauer über den Rücken, sein Herz schlug mehrere Takte schneller. Wann war ihm das zum letzten Mal passiert?

»Es tut mir leid«, sagte Nadine. »Ich wollte nicht aufdringlich sein, aber ich war gestern Abend total neben der Spur. Noch nie hat mir jemand ins Gesicht geschlagen. Ich war …« Sie verstummte. »Ich habe mich so klein und erniedrigt gefühlt. Tut mir leid.«

»Es ist alles gut«, sagte Schiller. »Ich …« Er brach ab. Ich war glücklich, dass du da warst … Nein, das konnte er nicht sagen. »Wie geht es dir jetzt?«, fragte er stattdessen.

»Besser«, sagte sie. »Ich bin noch im Theater. Joachim hat sich entschuldigt. Er hat mich angerufen, und wir …« Sie räusperte sich und sprach dann nicht weiter.

Ihr habt euch versöhnt!, wollte Schiller ausrufen. Das kann doch wohl nicht wahr sein!

Da Nadine schwieg, sagte er: »Ich würde dich gerne sehen. Ich bin noch unterwegs. Wollen wir uns gegen zehn irgendwo treffen?«

Sie antwortete fünf lange Sekunden nicht. »Gerne«, sagte sie dann. »Ich bin noch im Theater. Magst du mich abholen?«

Er fuhr zur Wohnung von Raimund Lenau, die am Eigelstein über einer Buchhandlung lag, mit Blick auf das Stadttor. Er musste nachdenken, welcher Tag war – es war Sonntag. Ja, seit fast einer Woche hielt sie diese Mordserie in Atem. Die letzten Tage waren voller Aktivität vorbeigetrieben. Die Wohnung, in der Lenau seit zehn Jahren lebte, hatte er bisher noch nicht betreten. Bert Cremer hatte sie sich mit einem Assistenten angeschaut, aber sie hatten nichts von Bedeutung gefunden.

Das Siegel an der Tür war aufgebrochen, erkannte er und machte mit seinem Smartphone ein Foto. Waren noch einmal Kollegen von der Kriminaltechnik da gewesen und hatten leichtfertig die Tür nicht mehr versiegelt? Die Tür wies keine Spuren eines gewaltsamen Eindringens auf, aber der Einsatz eines groben Werkzeugs wäre bei diesem Schloss auch gar nicht notwendig gewesen. Wahrscheinlich hätte eine Scheckkarte gereicht, um es zu öffnen. Sicherte so ein renommierter Journalist, der gelegentlich mit brisantem Material zu tun haben mochte, seine Wohnung?

Als Schiller die Tür geöffnet hatte, bemerkte er im Innern ein Vorhängeschloss sowie einen schweren Eisenriegel. Mit beidem war die Tür nicht abgesperrt worden.

Die Wohnung war überaus karg eingerichtet. Drei Räume inklusive Küche, die nicht sonderlich benutzt aussah. Ein Schlafzimmer mit einem Doppelbett und einem Bauernschrank, möglicherweise ein Erbstück. Das Wohnzimmer diente, wenn man von einem schmalen Sofa und einem Flachbildschirm absah, eindeutig zum Arbeiten, drei Wände voller Bücherregale, dazu ein wuchtiger Schreibtisch, der schon als antik gelten mochte, mit einem Lederstuhl mit hoher Lehne. Unterlagen, Zeitungsausschnitte, Notizbücher verstreut auf dem Tisch, alle hatten irgendwie mit Sport zu tun.

Die Wohnung eines Einsiedlers – keine Spur von einer Frau, von einem Hobby oder persönlichen Dingen. Lediglich auf dem Kühlschrank in der Küche ein Bild, das Lenau mit Frau und Kind zeigte. Es mochte zwanzig Jahre her sein.

Wie viele einsame alleinstehende Männer gab es in dieser

Stadt?, dachte Schiller unvermittelt. Er war auch auf dieser Straße unterwegs gewesen, diesem Schicksal entgegen. Er blickte auf sein Smartphone. Gleich einundzwanzig Uhr. In einer Stunde würde er Nadine abholen.

Für ein paar Minuten setzte er sich in den Lederstuhl und ließ das Zimmer auf sich wirken. Lenau war auch einer dieser Eiferer gewesen, ein Mann mit einer Mission gegen Doping. Da mochte es in ganz Deutschland keinen zweiten geben, der sich so gut in diesem Metier auskannte. Aber welchen Preis hatte er dafür bezahlt?

Es gab noch ein altes Telefon mit einem Kabel, daneben ein Telefonbüchlein, Relikte aus einer analogen Welt.

Schiller nahm es zur Hand und blätterte darin. Etliche Namen waren ihm bekannt, Fußballer, Leichtathleten, die längst ihre Karriere beendet hatten, ein Tennisspieler; der Name »Mischke« tauchte ebenso auf wie »Seeberger« und »Then«, dessen Name war zweimal notiert, einmal rot unterstrichen. Zu seiner Überraschung war sogar der Name »Kate Stone« verzeichnet. Als er die aufgezeichnete Mobilnummer wählte, klingelte es lediglich dreimal, dann war sie am Apparat. Er legte sofort auf, und sie rief auch nicht zurück, obwohl sie seine Nummer hatte sehen können.

Warum war Lenau getötet worden? Und warum in der Halle von Seeberger?

So dumm konnte Seeberger nicht sein, dass er seinen alten Widersacher dort tötete. Oder war das genau der Trick? Ein Mörder legte die Spuren zu sich selbst, um als unschuldig zu gelten. Darum auch die Pistole in einem dürftigen Versteck in der Garage?

Dann, als er schon wieder gehen wollte, fiel es ihm auf. Wo war der Computer? Lenau musste einen Computer haben, mit dem er gearbeitet hatte, doch nichts – kein PC, kein Laptop.

Plötzlich war Schiller sicher, dass es nicht irgendwelche achtlosen Kollegen gewesen waren, die das Siegel aufgebrochen hatten. Jemand war in der Wohnung gewesen, nein, nicht jemand – Richard Seeberger.

Er rief Nele auf ihrem Mobiltelefon an.

»Sorry.« Atemlos meldete sie sich. »Ich bin beim Sport. Was gibt es?«

So weit war es nun gekommen, dass sie nicht einmal beim Sport ihr Smartphone abschaltete.

»Ich bin in Lenaus Wohnung«, sagte Schiller. »Das Siegel ist aufgebrochen, und hier steht kein Laptop. Waren die Kollegen von der Kriminaltechnik hier und haben ihn mitgenommen?«

»Nein«, sagte Nele. »Nur Bert war in der Wohnung - und auch nicht lange. Und mitgenommen hat er nichts, soviel ich weiß.«

Schiller bog um fünf Minuten vor zweiundzwanzig Uhr auf den Parkplatz vor dem Theater ein. Als er die Tür zum Restaurant öffnete, sah er sie sofort. Allein saß sie an einem hinteren Tisch – in einem blauen Kleid und mit einer Sonnenbrille. Freudig, so kam es ihm zumindest vor, hob sie die Hand.

Sollte er sie umarmen, sie auf die Wange küssen? Wieder spürte er seine Unsicherheit. Sie sprang auf und kam ihm entgegen.

»Können wir ein wenig spazieren gehen?«, fragte sie. »Unten am Rhein?«

Er nickte. Die heftige Schwellung in ihrem Gesicht ließ sich auch mit einer Sonnenbrille nicht verdecken.

»Ich weiß«, sagte sie, »ich sehe schlimm aus.« Und dann hakte sie sich bei ihm ein.

Schiller fuhr zum Hyatt nach Deutz. Nadine wollte auf den Dom blicken, und sie wollte nicht über ihren Schauspieler und ihre Verletzung sprechen.

»Erzähl mir von deinem Tag und deinem Fall«, sagte sie.

Wann hatte Carla einmal so etwas zu ihm gesagt? Er konnte sich nicht erinnern. Aus dem Hyatt besorgte er zwei Gläser Rotwein, und dann saßen sie auf der Treppe vor dem Fluss. Es war nicht sonderlich warm, der Schein der Laternen spiegelte sich auf dem Wasser. Nadine lehnte sich an ihn.

Schiller erzählte von dem verunglückten Polizeieinsatz in der Boxhalle, von dem toten Lenau und dem verschwundenen Seeberger.

»Wir im Theater spielen den Menschen Tragödien vor«, sagte Nadine. »Wir versuchen, Linien zu ziehen, Muster klarzumachen, doch ihr Polizisten habt mit echten Schicksalen zu tun. Dieser Boxer, der einfach so schießt … Oder der Mann aus der Tiefgarage, der uns sein Stück angeboten hat.«

Schiller nickte.

Nadine beugte sich vor. Sie nahm die Sonnenbrille ab. Ihr rechtes Auge war fast komplett zugeschwollen. Er erschrak und hätte sie gleichzeitig am liebsten geküsst.

»Aber kann es sein, dass in diesen Mordfällen auch eine Dramaturgie steckt? Dass der eine Mord nicht ohne den anderen möglich wäre? Hätte der Boxer diesen Mann in der Tiefgarage nicht erschossen, wäre er auch nicht getötet worden. Und hätte es diesen zweiten Mord nicht gegeben, hätte man auch diesen Journalisten nicht ermordet.«

Schiller nippte an seinem Wein. Nadines Blick ruhte auf ihm. So hatte er die Sache noch nicht gesehen. »Du meinst, es gibt eine Art Spirale … der eine Mord folgt auf den nächsten und der …«

»Es war nur so ein Gedanke«, sagte Nadine. Sie trank ihr Glas aus und wich ein Stück zurück. »Mir ist kalt. Ich glaube, wir sollten fahren.«

Während er nach Hause fuhr, hatte er die Hoffnung, dass sie, als wäre es das Normalste von der Welt, mit zu ihm gehen würde, doch vor ihrer Wohnungstür hauchte sie ihm einen flüchtigen Kuss auf die Wange.

»Ich bin sehr müde«, sagte sie. Dann verschwand sie in ihrer Wohnung.

Der dritte Mord folgt auf den zweiten, dachte er, nachdem er seine Enttäuschung über ihren raschen Abschied verwunden hatte, doch warum? Wo lag der Grund dafür?

Er wusste, dass er nicht würde schlafen können. Eine Etage unter ihm lag nun Nadine. Hatte sich ihre Nähe schon wieder aufgelöst? War ihre gemeinsame unschuldige Nacht gestern nur ein Intermezzo?

Schiller kochte sich einen Kaffee und schaltete seinen Laptop an. Im Netz suchte er nach Fotos von Seeberger. Er war in der Tat ein Star der Sportszene gewesen. Fotos mit einem Fußballnationalspieler, von Kongressen in London und Moskau, Aufnahmen mit Biathleten, sogar mit dem Innenminister. Als Seeberger die Hochschule verließ, gab es in fast jeder größeren Zeitung eine Meldung darüber. Auch ein paar private Aufnahmen fanden sich. Beim Ball des Sports war er an der Seite von Andrea Renk, einer bekannten ehemaligen Hochspringerin, auf dem Fest gewesen, und auf dem fünfzigsten Geburtstag von Markus Then war er mit Then und einer schönen, nicht mehr ganz jungen schwarzhaarigen Frau fotografiert worden – alle drei lachten ausgelassen und hielten ein Glas in der Hand. Keine Aufnahmen mit Susanna Mischke oder ihrem Halbbruder.

Schiller lud sich einige dieser Fotos herunter und schickte sie Nele. Vielleicht würde es helfen, die Hochspringerin zu befragen oder herauszufinden, wen Seeberger auf Thens Fest begleitet hatte.

Als er dann endlich ins Bett ging, war es ein Uhr in der Nacht. Sein Blick fiel auf die Bassgitarre, die in dem wenigen Licht, das hereinfiel, funkelte, als würde sie ihn anschauen.

Du musst etwas Besonderes für sie tun, sagte der Bass zu ihm, spiel ihr ein Lied vor, lade sie zu einem Konzert ein, aber überlass sie bitte nicht diesem furchtbaren Joachim.

27

»Kate«, sagte Max, »sie möchte mit dir sprechen.« Er saß bereits an seinem Laptop und arbeitete offensichtlich an seinem Roman, als sie aus dem Bad kam. Sie hatte bis halb acht geschlafen. »Gestern hat Schiller sie angerufen. Er hat aber sofort wieder aufgelegt.«

»Was will sie?«, fragte Birte in einem unfreundlichen Tonfall, wie sie selbst registrierte.

»Es geht um Seeberger, natürlich.« Max sah sie an – mit trüben Augen, als hätte er schlecht oder fast gar nicht geschlafen. »Ich glaube, sie weiß noch ein paar Dinge, die euch vielleicht weiterhelfen könnten.«

Birte nickte.

»War übrigens nett – unser gemütlicher Ausflug in die Eifel.« Max lächelte nun. »So voller Überraschungen.«

Bevor sie etwas erwidern konnte, das genauso versöhnlich klang wie seine Worte, summte ihr Smartphone. Nele war am Apparat.

»Es ist etwas vorgefallen«, sagte sie. »Die Kollegen vom Einbruch haben mich gerade informiert, dass heute Nacht im Institut für Sportmedizin eingebrochen worden ist. Jan holt dich in einer halben Stunde ab.«

Es blieb lediglich Zeit für einen Kaffee. Max küsste sie. Sie hatten ihre kleine Krise überstanden – so kam es ihr vor.

»Ich rufe Kate an«, sagte Birte, »aber ehrlich gesagt möchte ich sie ohne dich treffen, nur mit Jan – ganz professionell.«

»Ja, verstehe«, sagte Max. »Ich hoffe, dass ihr diesen Fall bald gelöst habt. Diese alten Dinge … mein Doping, Kates Affäre mit Seeberger … ich will mich auf mein Buch konzentrieren und endlich damit abschließen.«

Auf dem Weg durchs Treppenhaus zur Straße rief sie ihre Mutter an. Es klingelte dreimal, dann meldete sich eine heisere Männerstimme: ihr Vater.

Birte spürte, wie sich ihr der Hals zuschnürte. »Papa«, sagte sie, ein Wort, das ihr seit vielen Jahren nicht mehr über die Lippen gekommen war.

»Meine Kleine«, keuchte er, »es tut gut, deine Stimme zu hören. Ich wäre fast gestorben. Meine Brust … Es war, als wäre etwas in mir explodiert.«

Tränen traten ihr in die Augen. Sie konnte nicht sofort antworten und sah, dass Jan schon in seinem alten Golf auf sie wartete. Abrupt musste sie sich abwenden. Eine Kerze, dachte sie dann, ich muss im Dom eine Kerze für meinen Vater aufstellen.

»Ich komme bald, versprochen.« Endlich fand sie die Sprache wieder. »Ich bin so froh, dass es dir besser geht.«

»Birte …« Die Stimme ihres Vaters klang nun fester. »Ich bin über den Berg, aber ein paar Tage werde ich wohl noch bleiben müssen. Ich laufe dir also nicht weg. Außerdem kriege ich noch den Bypass – eine Operation ist nötig, wie die Ärzte meinen.«

»Ich bringe Max mit«, sagte sie schnell. »Max … meinen … neuen Freund. Du wirst ihn mögen.« Mit einem kurzen Gruß verabschiedete sie sich.

Jan schaute von seinem Smartphone auf, als sie einstieg. »Seeberger«, sagte er, »ich wette, der Einbruch geht auf sein Konto.«

Nun hatten sie es auch noch mit einem Phantom zu tun. Richard Seeberger, der ihnen anscheinend stets einen Schritt voraus war. An der Sporthochschule hatte jemand im Hintereingang eine Scheibe eingeschlagen und war dann ins Institut vorgedrungen. Der Einbrecher hatte sich im Büro und im Arbeitszimmer von Professor Then umgesehen. Schränke und Schubladen waren geöffnet und nicht wieder geschlossen worden.

Als Birte mit Jan eintraf, sah alles wieder völlig unversehrt aus. Eine ältliche Frau mit toupierten Haaren, in denen ein leichter Orangeton flimmerte, saß an einem Schreibtisch und tippte auf einer Tastatur.

»Kommt noch einmal Polizei?«, fragte sie erstaunt, nachdem Jan ihr seine Dienstmarke gezeigt hatte. »Ihre Kollegen waren schon da, aber richtige Spuren haben sie wohl nicht entdeckt.«

Jan lächelte die Frau freundlich an. »Wir wollen nur genau wissen, ob etwas fehlt. Hat der Einbrecher etwas mitgenommen?«

Die Frau erhob sich und schüttelte den Kopf. »Nichts, glaube ich. Nur unsere Blumenkasse. Da waren achtzig Euro drin.« Sie setzte sich wieder. »Wahrscheinlich ein Junkie, oder nicht?«

Birte blickte in Richtung des Zimmers, in dem sie mit Then gesprochen hatten. »Und im Büro des Professors? Fehlt da etwas?«

»Ich glaube nicht«, erklärte die Sekretärin. »Der Schrank ist allerdings aufgebrochen worden.«

»Dürfen wir einen kurzen Blick in den Raum werfen?«, fragte Jan. »Kommt der Professor heute nicht ins Büro?«

Die Frau sah ihn mit trauriger Miene an. »Heute ist der Jahrestag«, sagte sie. »Der Tag, an dem seine Schwester gestorben ist. Vor drei Jahren ist es passiert. Sie hat …« Die Sekretärin verstummte.

Jan machte einen Schritt auf sie zu und hielt ihr sein Smartphone hin. »Dieses Foto ist beim fünfzigsten Geburtstag des Professors aufgenommen worden. Können Sie mir sagen, wer die Frau zwischen Professor Then und Richard Seeberger ist?«

Die Frau sah sich das Foto an. Ihre Augen verengten sich, als hätte sie Mühe, die drei Personen zu erkennen, dann seufzte sie.

»Das ist sie«, erklärte sie dann, »das ist Mari Then, die Schwester des Professors. Vor genau drei Jahren hat sie sich vor einen Zug geworfen. Es war eine furchtbare Tragödie.«

»Warum hast du Kate angerufen?«, fragte Birte, als sie wieder im Wagen saßen. »Und dann hast du nicht einmal mit ihr gesprochen.«

Jan hatte beschlossen, zu Professor Then zu fahren, der nur einen knappen Kilometer entfernt in Junkersdorf wohnte.

»Ihre Telefonnummer stand in einem Notizbuch bei Lenau. Ich wollte nur wissen, ob die Nummer noch stimmt, aber du hast recht: Hätte man geschickter anstellen können.«

Sie überlegte, ihm zu sagen, dass Kate sie sprechen wollte, unterließ es dann jedoch.

Markus Then wohnte in einem schneeweißen Einfamilienhaus, etwa fünfzig Meter neben einer aus Backsteinen gemauerten Kirche.

»Er wird nicht begeistert sein, uns zu sehen«, erklärte Birte, während sie auf die Haustür zugingen.

»Nein, wahrscheinlich nicht«, erwiderte Jan lakonisch.

Sie hatte erwartet, eines dieser üblichen selbst getöpferten Klingelschilder vorzufinden. Hier wohnen Markus Then, dann ein wohlklingender Frauennamen wie Marie oder Julia und mindestens drei ungewöhnliche Vornamen von Kindern. Doch auf einer Emailletafel stand nur: »H. und M. Then«.

Jan drückte auf den Klingelknopf. Erst nach einer halben Minute wurde ihnen geöffnet.

Then war ganz in Schwarz gekleidet, er trug sogar eine schwarze Krawatte. Ohne jede Regung sah er sie an. »Kommen Sie wegen des Einbruchs?«, fragte er. »Ich habe schon alles gesagt ...«

»Nein«, erwiderte Jan rasch. »Wir brauchen einige Auskünfte zu Richard Seeberger. Dürfen wir eintreten?«

Mit einer müden Geste zog der Professor die Tür weiter auf. Birtes Blick fiel auf einen kleinen roten Plastikkoffer, der in der Diele stand und sich beinahe wie in einem Stillleben von den weißen Kacheln abhob.

Eine dunkelhaarige Frau schritt auf sie zu. »Meine Frau Hanna«, sagte Then. »Sie ist eben aus New York gekommen. Sie kuratiert dort eine Ausstellung.«

Hanna reichte ihnen die Hand. »Meine erste Ausstellung in Übersee – deutsche Expressionisten, sehr aufregend.«

Jan wusste darauf nichts zu sagen und nickte lediglich. Then führte sie in ein minimalistisch aussehendes Wohnzimmer – vier schmale Stühle aus Metallröhren um einen Glastisch, im Hintergrund ein weißes Ledersofa, an der Wand drei abstrakte Bilder, die wie Originale aussahen. Den Eindruck hatte Birte jedenfalls.

»Seeberger ist verschwunden«, begann Jan ohne Einleitung ihr Gespräch, nachdem sie sich gesetzt hatten. »Wir würden gerne mit ihm sprechen.«

Then sah auf seine Hände – seine Fingernägel waren so gepflegt, als würde er jede Woche zur Maniküre laufen. »Ich fürchte, ich kann Ihnen da nicht helfen. Wir hatten nur noch selten telefonisch Kontakt. Er hat dieses Haus in der Eifel …«

»Da ist er nicht«, unterbrach ihn Jan. Dann nahm er sein Smartphone hervor. Er klickte auf das Bild von Thens fünfzigstem Geburtstag. »Ich würde sehr gerne wissen, wer diese Frau ist«, sagte er, als wüsste er es nicht längst.

Then blickte auf das Display, ohne eine Miene zu verziehen. Seine Frau kam mit einem Tablett mit Kaffee, Tassen, Untertassen und einer Schale mit Keksen herein, ganz wie eine gastfreundliche Hausfrau.

Den Professor schien diese Unterbrechung nicht zu stören, im Gegenteil, er verteilte die Tassen auf dem Tisch. »Warum genau suchen Sie Richard?«, fragte er, doch Jan ließ sich nicht ablenken.

»Die Aufnahme ist an Ihrem fünfzigsten Geburtstag entstanden«, sagte er. »Sie werden doch wissen, wer diese Frau ist, oder nicht?«

Hanna Then blickte auch flüchtig auf das Bild, ohne jedoch etwas zu sagen.

Then schenkte Kaffee ein. »Richard war mein bester Freund«, sagte er. »Wir haben uns im Studium kennengelernt. Er kam aus Kevelaer am Niederrhein, total katholische Gegend, aber seine religiöse Erziehung hatte er bereits abgelegt, als er zum Studium nach Köln zog. Ich hingegen … ich stamme aus Gummersbach. Da gab es nichts außer Handball, wahrscheinlich habe ich mich deshalb für Hockey entschieden.

Meine Eltern waren Lehrer, total angepasst. Richard hat mir die Augen geöffnet, er hat immer gemacht, was er wollte. Ein halbes Jahr waren wir zusammen in den USA, Mittlerer Westen, eigentlich eine sehr langweilige Gegend, aber nicht mit Richard ... Er hat fast alle Frauen bekommen, die er haben wollte. Ich konnte das nicht ... Mich nannten sie ›The Brain‹, dabei hatte Richard immer die besseren Noten.« Then verstummte abrupt und nahm einen Schluck Kaffee. Jan hatte auch schon an seinem genippt und genussvoll den Mund verzogen. »Die Frau auf dem Bild ist ... war meine Schwester Marianne. Sie war sechs Jahre jünger als ich, eine gute Handballspielerin übrigens. Sie war Architektin, dann ist eine Beziehung schiefgegangen, und sie hat sich auf IT-Anlagen und bestimmte Computerprogramme spezialisiert. Sie war ... die klügste Frau, die ich jemals getroffen habe.« Then blickte Birte an, sein Blick war düster und voller Schmerz.

»Könnte Ihre Schwester Kontakt zu Seeberger haben?«, fragte Jan tonlos.

Thens Blick glitt zu ihm. »Meine Schwester ist tot«, sagte er. »Genau heute vor drei Jahren ist sie gestorben.«

»Oh!« Jan schaffte es, überzeugend Überraschung zu mimen. »Das tut mir leid. Aber sagen Sie mir bitte: In welchem Verhältnis standen Seeberger und Ihre Schwester? War Ihre Schwester verheiratet? Waren die beiden möglicherweise ein Paar?«

Then schnaubte. Er warf seiner Frau, die sich ebenfalls gesetzt hatte, aber vorsichtig und so, als würde sie jederzeit wieder aufstehen wollen, einen empörten Blick zu. »Großer Gott, nein! Mari war geschieden, aber die beiden waren kein Paar. Und wenn Mari solche Anwandlungen gehabt hätte, hätte ich sie bestimmt gewarnt – Richard war ein guter Freund, doch als Liebhaber war er notorisch untreu und unzuverlässig.«

Jan schaute Hanna Then an. »Wissen Sie vielleicht etwas von einem heimlichen Verhältnis? Eine Frau sieht manchmal mehr ...«

»Da fragen Sie die falsche Person«, erklärte Hanna Then

hastig. »Ich habe Seeberger nicht gut gekannt, aber ein Verhältnis mit Mari … Nein, davon weiß ich nichts.«

Jan lehnte sich zurück. Ein klares Zeichen, dass Birte übernehmen sollte. Von dem Pistolenfund in Seebergers Garage würde sie nichts mitteilen; auch nicht, dass sie ihn verdächtigten, den Einbruch im Institut begangen zu haben.

»Wer könnte wissen, wo Seeberger steckt? Gibt es noch andere Freunde, ehemalige Kollegen?«

»Fragen Sie Andrea Renk«, sagte Then. »Die Hochspringerin. Mit ihr hatte Richard ein Verhältnis – ganz sicher. Und nun entschuldigen Sie uns bitte. Es war ein schwerer Tag für uns.«

Noch vom Auto aus rief Birte im Präsidium an und bat Nele, Einzelheiten über den Selbstmord von Marianne Then herauszufinden. Dann ließ sie sich mit Andrea Renk verbinden. Sie arbeitete nun als Redakteurin beim Deutschlandfunk. Nele schaffte es sogar, sie durchzustellen, doch die ehemalige Hochspringerin war äußerst wortkarg. Seeberger sei ein Freund gewesen, nicht mehr. Sie wisse nicht, wo er sich aufhalte, und außerdem habe es keine Affäre gegeben. Ihr Mann würde durchdrehen, wenn auch nur ein Wörtchen darüber in der Zeitung stehen würde.

»Wer ist Ihr Mann?«, fragte Birte.

»Hören Sie«, sagte Andrea Renk unfreundlich, »mein Mann ist Georg Jäger, er ist im Vorstand der Verkehrsbetriebe, und wenn er eines nicht gebrauchen kann, dann schlimme Gerüchte.« Im nächsten Moment legte sie auf.

»Volltreffer!«, sagte Jan. »Sie hatte eine Affäre mit Seeberger, ganz klar, aber es muss noch viel mehr Frauen geben. Nele hat eine Sekretärin aufgetan, die Seeberger in der Eifel das Büro geführt hat. Hat sie mir eben geschrieben. Vor einer Woche hat er ihr gekündigt. Er brauche sie nicht mehr. Mit ihr müssen wir auch sprechen.«

»Der verschwundene Herr Seeberger«, sprach Birte vor sich hin. »Ich glaube aber, Kate weiß, wo er sein könnte.«

28

Kate Stone wollte sich in einem veganen Restaurant an der Brüsseler Straße mit ihnen treffen. Auf Schillers Anruf reagierte sie spöttisch. »Schön, dass Sie sich nun mit Namen melden, Herr Hauptkommissar«, sagte sie. »Vierzehn Uhr im Well Being, wenn Sie mögen.«

Schiller stimmte zu. Er hatte immer noch keine Mobilnummer der Dramaturgin, fiel ihm ein. Der letzte Anruf war vom Festnetz im Theater gekommen. In der Nacht hatte er sogar bei Facebook nach ihr gesucht, aber da war sie nicht verzeichnet.

»Wie lange war Max mit dieser Trainerin zusammen?«, fragte er Birte.

Sie schaute von ihrem Smartphone auf. »Ich weiß nicht. Sechs, sieben Jahre, glaube ich. Sie hat ihn zu einem Topsportler gemacht, und dann kam der Unfall, und die beiden …« Birte verstummte. Das Thema war ihr unangenehm.

Schiller fuhr ins Präsidium. Fitschen hatte eine Sitzung anberaumt. Wieder ging es um eine Pressemeldung und um die weiteren Maßnahmen, um Seeberger zu finden. Die Fahndung hatte nichts erbracht. Möglicherweise mussten sie nun an die Öffentlichkeit gehen. Auch die Sekretärin aus der Eifel, mit der Birte sprach, konnte nicht viel beitragen. Ja, gewiss habe der Professor noch eine Wohnung in Köln, vielleicht auch in Bonn. Er habe Bonn mehrmals erwähnt. Seinen Proteinriegel, den er selbst kreiert habe, lasse er in Chemnitz herstellen. Über Chemnitz liefen auch die meisten Bestellungen. Das Lager in Köln sei nur ein Nebensitz der Firma, sie habe es noch nie besucht. Immerhin fand Birte heraus, dass es noch mehrere Firmen geben musste, die Seeberger gegründet hatte. Von einer aktuellen Freundin des Professors wisse sie nichts, erklärte die Sekretärin, bevor Birte das Gespräch beendete.

Wo war dieser verdammte Professor abgeblieben?

Kate Stone saß bereits im Restaurant und aß einen Salat, als sie ankamen. Sie war äußerst attraktiv, fand Schiller erneut, und sie umgab tatsächlich ein gewisses kalifornisches Flair – ihre gebräunte Haut, die selbstsichere Art, wie sie einen anschaute, dieses Bewusstsein, einen schönen, gesunden Körper zu haben. Birte streifte sie nur mit einem gelangweilten Blick und wandte sich sofort Schiller zu.

»Woher hatten Sie diese Mobilnummer?«, fragte sie. »Die hat nicht einmal Max.«

»Sie stehen in Lenaus Notizbuch«, erwiderte Schiller. Er hatte sich rechts von Kate Stone gesetzt. Birte, die noch kein Wort geäußert hatte, hatte ihr gegenüber Platz genommen.

»Kann sein«, erwiderte Kate gleichmütig. »Ich bin zwar erst ein paar Monate wieder ganz nach Deutschland gezogen, aber wir hatten immer Kontakt. Das galt auch für Richard.«

»Erzählen Sie mir, was Sie genau tun.« Schiller erwiderte ihren herausfordernden Blick. »Sie sind Trainerin von Triathleten?«

Kate nickte. »Ja, ich betreue drei Triathleten, zwei Deutsche und einen Norweger, der in Köln lebt, alle drei haben internationale Klasse, aber damit allein kann ich mein Geld nicht verdienen. Ich kümmere mich auch noch um drei Kölner Läuferinnen, und ich gebe zwei Kurse an der Sporthochschule.«

Schiller bemerkte aus den Augenwinkeln Birtes argwöhnischen Blick.

»Und wie lange kennen Sie Seeberger und Then schon?«

Kate runzelte die Stirn. »Ein paar Jahre. Sie sind Koryphäen auf ihrem Gebiet. Ich habe den Kontakt für meine Trainingspläne gesucht. Hat sich ausgezahlt. Auch für Max.« Die letzte Bemerkung galt Birte, die sich plötzlich vorbeugte.

»Max hat gedopt«, sagte sie. »Das war wohl damals Ihre Idee.«

»Es war ein Experiment«, entgegnete Kate seelenruhig. »Ein Test, den wir beide wollten und rechtzeitig beendet haben.« Sie ließ sich nicht einschüchtern.

Für einen Moment breitete sich ein angespanntes Schweigen aus.

»Wo könnte Seeberger sein?«, fragte Schiller in diese bedrückende Stille hinein.

Kate zog ihr Smartphone hervor und klickte auf ein Icon. »Ich war nicht immer ganz aufrichtig«, sagte sie. »Seeberger und ich, wir standen uns auf eine gewisse Art nahe – keine richtige Affäre, das nicht, aber …« Sie hatte ein Adressbuch aufgerufen und schaute Schiller mit ihren grünen, kühlen Augen an. »Richard hat eine Wohnung im Rheinauhafen, in den Giebelhäusern. Damals hatte er schon eine eigene Firma. Über diese Firma läuft die Wohnung. Ich glaube, da können Sie ihn finden.«

»Ich mag sie nicht«, sagte Birte, als sie zurück zu ihrem Auto gingen. Dann seufzte sie.

»Sie ist eine Lügnerin«, sagte Schiller. »Und irgendetwas hat sie vor. Außerdem hat sie etwas mit Then zu tun. Auf dem Display, als Hintergrundbild, hat sie ein Foto von ihm.«

Birte blieb überrascht stehen. »Ein Foto von Markus Then?«

Schiller nickte. »Ich habe es nur ganz kurz gesehen, aber ich bin mir ganz sicher. Wir müssen an ihr Smartphone herankommen. Könnten wir Max …?«

»Nein«, unterbrach ihn Birte sofort. »Wir können Max nicht fragen …«

»Er müsste sein Smartphone mit ihrem vertauschen. Ein kleiner Irrtum …« Er schaute Birte durchdringend an. »Es könnte uns in diesem verdammten Fall weiterbringen.«

»Nein«, wiederholte Birte mit stählerner Stimme. »Wir sollten uns die Wohnung von Seeberger in den Giebelhäusern anschauen.«

Der Rheinauhafen gehörte zu Kölns besten Adressen. Fußballstars, gut bezahlte Schauspieler, Rechtsanwälte und Bänker wohnten hier mit Blick auf den Fluss.

Die Giebelhäuser waren ehemalige Getreidelager, die zu

exklusiven Wohnungen umgebaut worden waren. Seebergers Name stand nirgendwo auf einem Klingelschild, aber auf einem fanden sie immerhin die Abkürzung R. S., doch niemand öffnete ihnen. Anschließend gingen sie in die Tiefgarage und suchten nach Seebergers BMW mit Dürener Kennzeichen. Sie entdeckten den Wagen jedoch nirgends.

»Wir können Max fragen, ob er sich einmal mit Kate treffen will«, sagte Birte schließlich. »Und weißt du, welche Art von Smartphone sie benutzt?«

»Ein iPhone 6«, sagte Schiller, ohne nachzudenken. »Nele hat auch so ein Gerät.«

Sein Smartphone summte. Schultke von der Kriminaltechnik. »Also«, sagte Schultke, »wir sind uns ziemlich sicher, dass mit der SIG Sauer aus der Garage in der Eifel Raimund Lenau erschossen worden ist. Genau, wie ihr vermutet habt.«

»Danke.« Schiller schaute Birte an, nachdem er das Gespräch beendet hatte. »Nun steht Seeberger unter Mordverdacht. Bekommen wir genug Leute zusammen, um die Wohnung überwachen zu lassen?«

»Jetzt ja«, erwiderte Birte.

»Trotzdem brauchen wir dieses Smartphone.« Schiller ließ sich von seiner Idee nicht abbringen. »Nur für ein paar Stunden. Dann kann Max den Irrtum aufklären.«

»Ich werde ihn nicht fragen«, sagte Birte ernst. »Lass dir etwas anderes einfallen.«

Wo konnte ein Mann wie Seeberger sich in dieser Stadt verstecken? Die Antwort war einfach: überall. Es gab viele billige Hotels, Pensionen, in denen nicht sofort nach einem Pass gefragt wurde. Aber ohne Bargeld hielt es keiner lange aus. Eine Abhebung hatte Seeberger jedoch seit zehn Tagen nicht mehr getätigt. Auf diesem Stand waren sie mittlerweile. Aber möglicherweise irrten sie sich auch. Er hatte Lenau getötet – aus Rache – und war dann außer Landes geflogen. Vielleicht war er bereits in Costa Rica oder sonst wo, und sein Anruf war nur eine falsche Spur gewesen.

Schiller glaubte allerdings nicht daran. Irgendetwas an diesem Fall lief nicht rund. Vielleicht hatte die Dramaturgin recht – ein Mord zog den anderen nach sich. Im Präsidium schafften sie es, eine Observation von Seebergers Wohnung in den Giebelhäusern zu organisieren – zumindest für die nächsten achtundvierzig Stunden in der Zeit bis Mitternacht und ab sechs Uhr morgens. Die erste Frühschicht würde Schiller selbst übernehmen.

Dann fuhr er allein nochmals zu Lenaus Wohnung.

Das Siegel, das er angebracht hatte, war unversehrt.

Er setzte sich erneut in den Lederstuhl und sah sich um. Es gab kaum persönliche Dinge. Was hatte Tim Lenau über seinen Vater gesagt? Er habe keine Freunde gehabt. Ein Ritter auf dem Kreuzzug gegen Doping. Aber warum dieser Mord? Und warum hatte er im Präsidium die Hinweise auf Bronski abgegeben? War das ein Tipp, sich das Boxcamp vorzunehmen? Es musste Hinweise darauf geben, an was Lenau zuletzt gearbeitet hatte, auch wenn der Laptop fehlte und sie kein Smartphone gefunden hatten. Schiller ging wieder das Telefonbüchlein durch. Es enthielt zweihundert Adressen. Kaum möglich, sie alle durchzutelefonieren. Als er beim Eintrag zu Seeberger ankam, hielt er inne. Die Nummer in dem Büchlein war eine andere als die, mit der Seeberger ihn angerufen hatte. Er wählte die Nummer, ein Freizeichen ertönte, doch niemand hob ab. Sofort gab er die Nummer an Nele weiter, damit jemand im Präsidium sie überprüfte. Anscheinend hatten Lenau und Seeberger in letzter Zeit noch Kontakt gehabt.

Schiller öffnete die Schubladen, die nicht verschlossen waren. Die unterste war leer, was sofort seinen Verdacht erregte, die anderen beiden enthielten Mappen, zwei alte Notizbücher, Kugelschreiber, gelbe Klebezettel. Ein Sammelsurium an Dingen, doch nichts, das einem sofort ins Auge sprang.

Nele meldete sich zwanzig Minuten später. »Die Nummer gehört zu einem Prepaidhandy«, sagte sie. »Wir haben nun auch eine Vermögensaufstellung von Seeberger und ein Register seiner Firma. Sechs Firmen – Immobilien, ein Fitnessstudio, ein Shop für Nahrungsergänzungsmittel und irgendwelche Isomatten. Er war in den letzten drei Jahren ziemlich tätig.«

»Und was ist mit einer weiteren Wohnung?«, fragte Schiller.

»Das prüfen wir noch«, sagte Nele. »Ist alles sehr verworren.«

Ja, das war es wohl. Als Schiller das Handy noch einmal anwählte, war es abgeschaltet.

Sie hatten es nicht geschafft, sich in Seeberger hineinzudenken. Was genau hatte er vor, wenn er tatsächlich nicht der Mörder war, sondern den Mörder suchte? Warum könnte er ins Institut eingedrungen sein?

Erneut klickte er das Foto von Then, dessen Schwester und Seeberger an. Dann verließ er Lenaus Wohnung. Vielleicht, dachte er plötzlich, vielleicht kann die Dramaturgin mir helfen.

Nadine Linder öffnete ihm sofort. Sie war allein und trug sogar zu Hause ihre Sonnenbrille, die sie jedoch sofort abnahm, nachdem sie ihn aufgefordert hatte, einzutreten. Ihre Wohnung, erkannte er nun bei seinem zweiten Besuch, wies den gleichen Schnitt auf wie seine, doch welch ein Unterschied in der Einrichtung! Schwarz-Weiß-Fotos aus dem Theater an der Wand in der schmalen Diele und ein Teppich mit einem Bildmotiv. Die Küche war eine Mixtur aus Gegenständen in verschiedenen Farben, die aber alle irgendwie zusammenpassten: ein knallroter Kühlschrank neben einer braunen Geschirrspülmaschine, auf einem antiken Schränkchen eine supermoderne Kaffeemaschine. An den Wänden auch hier Fotos – drei Frauenporträts, ebenfalls in Schwarz-Weiß.

»Ich brauche einen Ratschlag«, sagte Schiller. »Deshalb bin ich hier.«

»Schade«, sagte sie mit einem Lächeln und einem scheinbar koketten Augenaufschlag. »Ich dachte, du wolltest wissen, wie es mir geht.«

»Ja«, sagte er, »natürlich, aber da ist noch etwas anderes.« Er nahm sein Smartphone hervor und klickte das Bild von

Seeberger mit Markus und Mari Then an. »Du bist eine Theaterfrau. Sag mir, was du hier siehst.«

Interessiert beugte sie sich vor. »Drei Menschen, ungefähr gleichaltrig, beide Männer sind sehr selbstbewusst, der eine ist sogar ein wenig gelangweilt, als würde er häufig fotografiert werden, dem anderen gefällt, wie die Frau ihn im Blick behält, obwohl sie in die Kamera schaut. Sie bewundert ihn, ja sie ist froh, seine Nähe zu spüren. Vielleicht ist sie sogar heimlich verliebt in ihn.« Nadine wandte sich ihm zu. »Wolltest du das wissen?«

Schiller nickte. »Ja«, sagte er. »Ja, genau das wollte ich wissen. Die Frau ist die Schwester des anderen Mannes – sie hieß Mari und hat sich wenig später umgebracht, und der Mann, den sie so bewundert hat, ist Seeberger, der Verdächtige, den wir suchen.«

29

Max hatte wieder gekocht. Eine dicke Kürbissuppe. In seiner Wohnung hielt er sich kaum mehr auf. Offenbar hatte er an seinem Buch gearbeitet. Als Fahrradkurier war er fast gar nicht mehr unterwegs.

Er hatte bereits den Tisch gedeckt und küsste sie, als sie hereinkam.

»Diese Frau war hier«, sagte er, und für einen Moment dachte Birte an Kate, aber nein, seine Ex-Freundin hätte Max beim Namen genannt oder ihre Anwesenheit verschwiegen. »Nesrin … sie ist verzweifelt, sie will unbedingt auf der Trauerfeier für diesen ehemaligen Lehrer sprechen … Ich habe sie weggeschickt. Du kommst erst spät in der Nacht zurück, habe ich ihr gesagt.«

Birte setzte sich. Sie tranken ein Glas Weißwein. Es war noch nicht spät, kurz vor halb acht. Sie hatten die Fahndung nach Seeberger noch einmal intensiviert. Morgen am Vormittag würde sie es übernehmen, die Wohnung in den Giebelhäusern zu observieren.

Die Suppe war heiß und köstlich.

»Ich habe heute Kate gesprochen«, sagte sie dann, doch sie konnte Max ansehen, dass er es schon wusste. »Wir sind sicher, dass sie mit Seeberger Kontakt hat. Und auch mit diesem anderen Professor …«

»Then«, sagte er. »Ja, ich weiß. Sie ist neuerdings in seinem Team – sie wollen drei Läuferinnen in die Weltklasse bringen – fünftausend und zehntausend Meter.«

Er war wirklich gut informiert.

»Wie gut kennst du Then?«, fragte sie.

»Ich kenne ihn gar nicht wirklich, habe ihn ein paarmal gesehen. Er stand immer im Schatten von Seeberger.«

»Angeblich waren sie beste Freunde«, wandte Birte ein.

»Ja, das stimmt wohl. Then hat damals, als Seeberger wegen dieser Dopinggeschichte in allen Zeitungen stand, einen offenen Brief für ihn geschrieben, aber es hat nichts genutzt.«

»Kennst du auch Thens Schwester?«, fragte Birte.

Max schüttelte den Kopf. »Wann ist diese Geschichte endlich zu Ende?«, fragte er. »Ich möchte mein Buch fertigstellen, und dann fahren wir in Urlaub, ganz weit weg. Australien, Südafrika, irgendwohin – ohne Handyempfang auf jeden Fall.«

Sie dachte an ihren Vater. In den nächsten Tagen musste sie zu ihm fahren und ihm Max vorstellen, wie sie es versprochen hatte.

»Du hast mir nie erzählt, wie du Kate kennengelernt hast«, sagte sie.

»Ich war an der Sporthochschule – Lehramt, ein mittelmäßiger, unbedeutender Student. Sie war bereits Dozentin. Ich habe ihr beim Training zugeschaut. Sie war eine Sprinterin und Weitspringerin, und dann habe ich sie einmal umgelaufen, aus Versehen. Sie hat sich fast das Bein gebrochen. So haben wir uns kennengelernt.«

»Hatte sie damals keinen Freund?« Birte aß den Rest ihrer Suppe auf. Ihre Frage sollte harmlos und beiläufig klingen.

»Nein, wohl nicht. Ich glaube, sie hatte eine heimliche Affäre, aber sie hat mir nie verraten, mit wem. Und es war dann auch nicht mehr wichtig. Wir sind schnell zusammen in das Haus in Junkersdorf gezogen. Dann begann auch unser gemeinsames Training.«

Seeberger oder Then, dachte Birte unvermittelt, mit einem von beiden hatte Kate Stone eine Affäre gehabt – nicht nur einen One-Night-Stand – und hatte sie womöglich immer noch oder wieder.

Sie zögerte. »Jan meinte, das Hintergrundfoto auf Kates Smartphone gesehen zu haben«, sagte sie leise. »Ein Porträt von Markus Then. Und er möchte, dass wir irgendwie an dieses Smartphone gelangen.«

»Ich soll Kates iPhone stehlen?«, fragte Max. Vor Überraschung keuchte er auf.

»Nein«, erwiderte Birte. »Ich habe es abgelehnt und Jan gesagt, er soll sich etwas anderes ausdenken.«

»Sie wohnt wieder in dem Haus in Junkersdorf.« Max schaute sie an – ernst und mit einer seltsamen Entschlossenheit. Ich will es wissen, sagte sein Blick, ich will wissen, welches Geheimnis meine ehemalige Freundin hat. »Kate hatte es nur für ein Jahr vermietet. Falls sie das Schloss nicht ausgetauscht hat, habe ich noch immer einen Schlüssel.«

Sie sprachen dann, während er ein Dessert aus der Küche holte – Hirsetörtchen, die er selbst gemacht hatte –, nicht mehr darüber, aber die Botschaft war eindeutig: Ich kann zu Kate gehen, sie ausspionieren oder ihr das Smartphone wegnehmen – und vielleicht macht es mir auch nichts aus.

»Ich fahre zu ihr«, sagte Max dann. »Ich frage sie nach ihrem Smartphone. Ja …« Er redete beinahe wie zu sich selbst. »Ich habe sie sehr geliebt, aber es war immer so, als wäre sie nie ganz bei mir, als wäre da ein Schatten …« Traurig sah er Birte an – und lächelte plötzlich. »Bei dir ist es anders. Du bist manchmal auch verschlossen und grüblerisch, vor allem, wenn dir ein Fall zu schaffen macht, aber du bist nie ganz weg von mir.«

Am liebsten wäre sie zu ihm gegangen, hätte ihn umarmt und danach ausgezogen und hätte gesagt: Nein, wir bleiben wir, wir duschen zusammen, waschen alles ab und gehen dann ins Bett.

Stattdessen sagte sie: »Ich fahre dich, aber ich bleibe im Auto. Mit Kate will ich nicht sprechen.«

Um halb neun parkte sie vor einem weißen, kastenförmigen Haus, das ein paar Straßen von Thens entfernt lag. Max hatte die ganze Zeit geschwiegen. Auch sie hatte nichts gesagt. Er küsste sie auf die Wange, bevor er ausstieg und auf den Eingang zuhielt.

Hier hat er gewohnt, dachte Birte, es ist noch gar nicht lange her, da ist er jeden Tag durch diese Tür gegangen, und wenn der Unfall nicht passiert wäre, würde er das vermutlich immer noch tun.

Die Gestalt auf der anderen Straßenseite erspähte sie lediglich aus den Augenwinkeln, eine jähe Bewegung, das Hochreißen eines Armes hatte ihre Aufmerksamkeit erregt.

Leise öffnete sie die Fahrertür ihres Alfas und schloss sie nicht, sondern lehnte sie nur an. Unter einem Baum, kaum dreißig Meter entfernt, stand die Gestalt – sie konnte die Konturen nur erahnen, war sich aber sicher, dass Seeberger dort stand. Bemerkte er sie? Er bewegte sich nicht, sein Blick war auf das Haus gerichtet. Nein, er hatte ein Telefon am Ohr und sprach leise hinein, ein sanftes, tonloses Flüstern. Max stand vor der Tür, das Licht einer Lampe am Eingang fiel auf ihn. Er redete mit Kate, sie war als Silhouette zu erkennen, doch offenbar ließ sie ihn nicht eintreten.

Birte versuchte, um ihren Wagen herumzugehen und sich dem Schattenmann hinter dem Baum zu nähern, doch plötzlich senkte er den Arm und wandte sich um, in ihre Richtung. Er hatte sie registriert und schwang sich auf ein Fahrrad, das an dem Baumstamm hinter ihm lehnte. Birte rannte los. Gleichzeitig nahm sie ihr Smartphone hoch und versuchte im Laufen, ein Foto zu schießen.

Seeberger geriet beim hastigen Aufsteigen auf seinem Rad ein wenig ins Trudeln, doch einen Moment später hatte er festen Tritt gewonnen. Birte lief weiter, knapp zwanzig Meter Entfernung waren es, näher war sie nicht herangekommen.

»Seeberger!«, rief sie. »Bleiben Sie stehen!«

Mittlerweile hatte er Geschwindigkeit aufgenommen und rollte geduckt und heftig in die Pedale tretend die Straße hinunter. Es war zwecklos geworden, ihm nachzulaufen.

Als sie keuchend zu ihrem Wagen zurückkehrte, stand Max bereits da. Irritiert sah er sie an. »Was ist passiert?«, fragte er.

»Seeberger«, keuchte Birte, »er hat vor dem Haus gestanden, aber er hatte ein Rennrad dabei. Ich konnte ihn nicht einholen.«

Sie beugte sich über die Motorhaube, um zu Atem zu kommen. Das Licht vor Kates Haustür war erloschen. Nur ein Fenster zur Straße war matt beleuchtet.

»Kate hat mich nicht hereingelassen«, sagte Max. »Sie hat Besuch. Männerschuhe standen in der Diele, und ich glaube, ich habe Thens Stimme gehört. Er hat mit jemandem telefoniert.«

Max machte ein hartes, steinernes Gesicht, als sie zurückfuhren. Birte kannte diesen Ausdruck noch nicht.

»Ich hatte eine Freundin, als ich Kate kennengelernt habe«, sagte er. »Eine Musikerin, nein, Bianca studierte noch an der Musikhochschule, Fagott, ein seltsames Instrument. Ich habe sie von einem Tag auf den anderen verlassen. Sie hat dann ihre Prüfung nicht geschafft, weil sie so am Boden zerstört war. Später ist sie Kinderkrankenschwester geworden.« Er verstummte für einen Moment und sah Birte an. Sie fuhr langsam und überlegte, einen Umweg zu machen, damit Max weitersprach. »Ich habe nie jemandem davon erzählt, nicht einmal meinen Brüdern. Aber ich habe mich immer schuldig gefühlt, dass ich ihr Leben ruiniert habe, und als der Unfall passierte, kam mein Kinderglaube hervor. Das ist die Strafe, dachte ich, nachdem ich im Krankenhaus aufgewacht war, dafür, was ich Bianca angetan habe. Und heute fühle ich mich zudem von Kate betrogen. Sie wollte unbedingt als Trainerin Erfolg haben, und da kam ich ihr gerade recht.«

»Du bist zu streng«, sagte Birte. Sie waren nun beinahe an ihrer Wohnung angekommen.

»Nein«, erwiderte Max, »nein, das bin ich nicht. Kate kannte immer ihre Ziele und setzte sie durch. Nur kenne ich sie heute nicht mehr. Ich weiß nicht, was sie vorhat und was das alles bedeutet.«

Birte parkte ein und stellte den Motor ab. »Gut, dass du nicht einfach so mit deinem Schlüssel ins Haus gegangen bist.«

Er nickte und beugte sich vor, um sie zu küssen. »Du bist ganz anders«, sagte er. »Mein Glück!«

Schweigend gingen sie zur Wohnung hinauf. Gleich, dachte Birte, gleich liegen wir nebeneinander, und das ist wirklich ein Glück.

Sie rief Jan auf seinem Smartphone an, doch er nahm nicht ab. Es sprang auch keine Mailbox an. Sie würden Then noch einmal vorladen müssen, dachte sie. Und warum, verdammt, hatte Seeberger vor dem Haus gestanden? Und mit wem hatte er telefoniert?

Sie tappten noch immer völlig im Dunkeln, musste sie sich eingestehen. Was genau hatte Seeberger vor?

30

Er lag neben ihr, in einem Lichtschimmer, der vom Hof hereinfiel, sah er ihre Schulter und das Tattoo auf ihrem Oberarm. »Ich will nicht mit dir schlafen«, hatte sie zu ihm gesagt, »aber ich lasse dich heute auch nicht mehr gehen.«

Ganz zaghaft, als wären sie beide zerbrechlich und könnten sich wehtun, hatten sie sich geküsst. Nackt hatten sie dann nebeneinandergelegen.

Sie ist wunderschön. Dieser Gedanke hatte ihn fast schwindlig gemacht, und für einen Moment waren ihm sogar Tränen in die Augen gestiegen. Ein Augenblick des Glücks, den er lange vermisst hatte.

Nadine war schnell eingeschlafen, ihre Hand in seiner, aber er konnte nicht schlafen. Er hörte ihrem Atmen zu, dann schlichen sich doch die Gedanken zu ihrem Fall zurück. Spätestens um fünf Uhr musste er aufstehen, um die Observation an den Giebelhäusern zu übernehmen. Sein Smartphone hatte er auf ihrem Küchentisch liegen lassen, fiel ihm irgendwann auf. Doch er war zu müde, um aufzustehen und es zu holen.

Gegen halb sechs weckte Nadine ihn. Sie küsste ihn auf die Wange, und er schreckte auf.

»Hast du nicht gesagt, dass du zu einer Observation musst?«

Er schüttelte sich. »Verdammt, ja!« Eilig sprang er aus dem Bett, und fast wäre ihm zum Abschied ein Satz wie »Ich liebe dich« über die Lippen gekommen.

Großer Gott, was war mit ihm los? Das Wort »Liebe« hatte er schon seit Jahren nicht mehr in den Mund genommen, und dabei kannte er Nadine lediglich seit acht Tagen.

Es war kurz nach sechs, als er vor dem Giebelhaus eintraf. Es war noch dunkel, nicht einmal ein erstes Licht zeigte sich am Horizont. Zuerst schaute er sich in der Tiefgarage nach Seebergers Wagen um. Nichts. Fehlanzeige. Dann postierte er sich vor dem Eingang. Leider lag die Wohnanlage nicht so, dass man sie vom Auto aus in den Blick nehmen konnte. Er ging ein Stück die Straße hinunter, Richtung Kranhäuser. Dort standen immerhin ein paar Bänke. Es war kalt, vom Rhein wehte ein unangenehmer Wind herauf. Einen Kaffee bekam man hier um diese Zeit weit und breit nicht, was seiner Laune ziemlich abträglich war. Erst als er auf einer Bank Platz genommen hatte, dachte er daran, sein Smartphone hervorzuholen.

Um kurz vor dreiundzwanzig Uhr hatte Birte versucht, ihn zu erreichen, danach hatte sie ihm eine Kurznachricht geschrieben: »Ich glaube, wir beschatten das falsche Objekt. Seeberger war vor Kates Haus. Sie hatte Besuch von Then. Was bedeutet das alles?«

Schiller las die SMS zweimal. Ja, was bedeutete das alles? Sie hatten keine Ahnung, was Seeberger trieb und warum. Beschattete er seinerseits Then? Oder hatte er Kate einen Besuch abstatten wollen? Ihre Observation war eindeutig ein Akt der Ratlosigkeit. Sie hätten sich einen Durchsuchungsbeschluss für Seebergers Wohnung in den Giebelhäusern besorgen sollen. Schiller drehte bei und ging über die Rheinuferstraße in Richtung Südstadt. Da war zum Glück ein Kiosk geöffnet, in dem er einen Kaffee bekam. Es war Viertel vor sieben. Der Kaffee wärmte ihn. Kurz dachte er an Nadine, die erst gegen neun Uhr aufstehen und dann ins Theater fahren würde. Dann schrieb er Birte eine Nachricht und eine E-Mail an Nele. »Wir brechen die Observation ab.«

Um halb acht rief er aus dem Kiosk Markus Then in dessen Haus in Junkersdorf an. Es dauerte ein paar Sekunden, dann war der Professor am Apparat. Er keuchte überrascht auf, als Schiller seinen Namen nannte.

»Herr Professor«, sagte Schiller förmlich, »ich möchte etwas wissen: Wie ist Ihre Schwester genau ums Leben gekommen? Und warum hat sie sich umgebracht?«

Then schwieg ein paar Sekunden. »Darum rufen Sie mich um diese Zeit an? Um in alten Wunden zu rühren?«

»Ja«, erwiderte Schiller. »Genau darum rufe ich Sie an.«

»Was sollte der Tod meiner Schwester mit dem Verschwinden von Richard zu tun haben?«

»Vielleicht nichts«, sagte Schiller. »Vielleicht eine ganze Menge. Ich habe dieses Foto von Ihrem fünfzigsten Geburtstag gesehen und möchte begreifen, in welchem Verhältnis Ihre Schwester zu Ihnen und Seeberger stand.«

»Meine Schwester war eine gebrochene Seele«, sagte Then. »Sie hatte einen Freund, den sie heiraten wollte und der dann plötzlich gestorben ist – Schlaganfall. Sie war damals schwanger und hatte kurz danach eine Fehlgeburt. So viel Unglück erträgt kein Mensch.«

»Wann war das?«

»Das ist über zehn Jahre her.«

»Und deshalb hat sie sich umgebracht?«

»Vielleicht. Ich weiß es nicht. Sie ist die Trauer nie losgeworden.« Er räusperte sich. »Mari hat sich vor einen Zug geworfen, einen Güterzug, mitten in der Nacht. Der Lokführer hat nicht einmal etwas bemerkt.«

Sie schwiegen einen Moment. Schiller fragte sich, ob Thens Frau ihr Gespräch mithörte.

»Hat Ihre Schwester einen Abschiedsbrief hinterlassen?«, fragte Schiller dann.

»Nein«, erwiderte Then eine Spur zu hastig. »Aber ehrlich gesagt möchte ich unser Gespräch jetzt beenden. Ich spreche mit Fremden nicht gerne über meine Schwester.«

»Eine Frage habe ich noch«, sagte Schiller. »Gibt es einen Grund, warum Seeberger Sie verfolgen könnte?«

»Nein«, sagte Then genauso hastig. »Nein, einen Grund gibt es nicht. Ich muss unser Gespräch leider nun beenden. Ich werde an meinem Lehrstuhl erwartet.« Dann legte er auf.

Im Präsidium druckte Schiller das Foto von Then, dessen Schwester Marianne und Seeberger aus und klebte es ans Whiteboard. Als Birte, Nele und Bert Cremer eingetroffen waren, rief er alle drei zusammen und ließ sie die Aufnahme betrachten.

»Warum steht Seeberger vor Kates Haus? Und warum ist er abgetaucht? Weil er den Mord an Lenau begangen hat?« Er blickte in die Runde. Niemand antwortete ihm. »Ich möchte alles über den Selbstmord von Marianne Then wissen.«

»Aber das ergibt keinen Sinn«, erklärte Nele. »Die beiden waren Freunde. Then hat sich für Seeberger eingesetzt. Und was sollte Lenau damit zu tun haben?«

»Ja«, sagte Schiller. »Das ist eine der Fragen, die wir uns stellen müssen und auf die wir keine Antwort haben. Welchen Grund hätte Seeberger haben können, Lenau zu töten?« Dann bat er Bert Cremer, sich noch einmal genauer in Lenaus Wohnung umzuschauen. »Birte und ich fahren derweil noch einmal zu Then. Ich möchte sein Gesicht sehen, während ich ihm noch ein paar Fragen zu seiner Schwester und zu Seeberger stelle.«

Then hatte ihn angelogen. An der Sporthochschule war er nicht eingetroffen. »Der Herr Professor kommt heute nicht ins Haus«, erklärte ihnen die Sekretärin. »Es sind noch Semesterferien. Ich glaube, er wollte ein paar Tage ausspannen.«

Schiller gab ihr seine Visitenkarte. Sie solle ihn anrufen, falls der Professor doch noch auftauche.

Fünf Minuten später waren sie an Thens Haus.

»Glaubst du, dass er sich aus dem Staub gemacht hat?«, fragte Birte, nachdem sie ausgestiegen war.

Schiller zuckte mit den Achseln, dann bemerkte er, dass die Haustür offen stand. Er schob sie ein Stück auf und blickte in die Diele.

»Herr Then!«, rief er laut. Niemand antwortete ihm.

Birte warf ihm einen Blick zu, der signalisierte, dass sie mit einer Gefahr rechnete oder einem höchst unliebsamen Anblick. Schiller zog seine Waffe, die er gegen alle Erwartung eingesteckt hatte. Noch einmal rief er Thens Namen. Dann sah er einen einzelnen schwarzen Schuh auf den weißen Kacheln, und im nächsten Moment glitt ein Schatten heran.

Hanna Then schritt die Kellertreppe hinauf. Sie trug einen

gelben Bademantel und hatte sich ein weißes Handtuch um den Kopf gewickelt. Anscheinend hatte sie eben geduscht. Überrascht blieb sie stehen.

»Was tun Sie hier?«, fragte sie.

Schiller steckte die Waffe wieder ein. »Wir möchten Ihren Mann sprechen. Die Haustür stand offen. Wissen Sie, wo er sein könnte?«

Hastig lief sie die letzten zwei Stufen der Treppe hinauf. Sie war barfuß, ihre nackten Waden waren zu sehen – braun gebrannt, als hätte sie gestern noch an einem Strand gelegen. Sie eilte in die Küche. Birte und Schiller folgten ihr. In der Küche war ein Stuhl umgekippt, eine Tasse lag zerbrochen am Boden, mitten in einem Kaffeefleck, aber nirgends Blut und weitere Spuren von Gewalt.

Mit einem plötzlich aschfahlen Gesicht schaute Hanna Then sie an.

»Ich habe im Keller geschlafen«, sagte sie. »Wir haben da … ein Gästezimmer. Markus und ich … Nun, wir stehen uns nicht mehr sonderlich nahe. Ich war hundemüde gestern. Der Jetlag …« Sie zog die Schultern hoch und ließ sich dann auf einen Stuhl sinken.

»Sie haben nicht mitbekommen, dass jemand hier eingedrungen sein könnte?«, fragte Birte, während Schiller sich den Kaffeefleck ansah. Der Kaffee war noch lauwarm.

»Nein«, sagte Hanna Then. »Ich habe wie ein Stein geschlafen.«

Schiller ging hinaus, er nahm den Schuh und kehrte zehn Sekunden später wieder zurück. »Ich glaube, jemand hat Ihren Mann entführt«, sagte er. »Vielleicht betäubt und dann entführt, daher der einzelne Schuh in der Diele. Gehört dieser Schuh Ihrem Mann?«

Hanna Then starrte den schwarzen Lederschuh an, als könnte sie sich nicht erinnern, was für einen Gegenstand sie da betrachtete. Dann nickte sie langsam. »Ja«, hauchte sie dann, »dieser Schuh gehört Markus, ohne Zweifel.«

Schiller forderte drei Streifenwagen an, die in Junkersdorf und Umgebung durch die Straßen fahren sollten, aber wie erwartet wurde nichts Auffälliges entdeckt. Sie wussten ja auch nicht einmal, in welch einem Auto Seeberger unterwegs sein konnte. Auch die unmittelbaren Nachbarn, zwei ältere Ehepaare, die Birte aus dem Bett klingelte, hatten nichts mitbekommen.

»Seeberger hat Then entführt«, sagte Schiller. »Da bin ich mir sicher. Wahrscheinlich hat er die letzten Tage genutzt, um ein Versteck vorzubereiten.«

»Ich verstehe das nicht.« Birte wirkte ehrlich bekümmert. »Aus welchem Grund?«

»Wir wissen es nicht«, erwiderte Schiller. »Aber es gibt diesen Grund.«

Sie fuhren ins Präsidium. Birte bat Nele telefonisch, die Fahndung auf Markus Then zu erweitern. Seine Frau hatte versprochen, ihnen ein Foto ihres Mannes zu mailen. Außerdem sollte sich jemand von der Spurensicherung in der Küche umsehen. Es war unwahrscheinlich, aber vielleicht fand sich etwas, das auf den Eindringling hinwies.

Nele hatte Informationen zum Tod von Marianne Then zusammengetragen. Sie hatte sich am 14. März vor drei Jahren kurz nach Mitternacht nahe der Südbrücke vor einen Zug geworfen, der aus zwanzig Tankwaggons bestanden hatte. Begraben worden war sie vier Tage später auf dem Melatenfriedhof. Ihr Bruder hatte dort ein altes Grab gekauft. Sie war vierundvierzig Jahre alt gewesen und hatte allein in Sülz gelebt. Zuletzt hatte sie eine Computerfirma besessen und sich um Software für Architekten und Bauingenieure gekümmert. Eine nach außen hin erfolgreiche Frau.

»Zwei Wochen nach ihrem Tod ist Seeberger mit seinem angeblichen Doping aufgeflogen«, sagte Schiller. »Die Saison für Biathleten war schon fast zu Ende. Ein seltsamer Zufall.«

Birte sah ihn skeptisch an. »Ja, wahrscheinlich ein Zufall. Außerdem war Then sein einziger Fürsprecher.«

»Das muss nichts bedeuten.«

Als Thens Foto eintraf, schickte er es gleich an Nele weiter.

Dann rief er einen Schlüsseldienst an und bestellte ihn zum Giebelhaus. Er würde ohne Schwierigkeiten einen Durchsuchungsbeschluss für Seebergers Stadtwohnung erhalten, aber so lange wollte er nicht warten. Nele würde das im Nachhinein erledigen müssen.

»Wir brauchen auch Kates Smartphone«, sagte er dann mit einem fragenden Blick an Birte gewandt. »Jetzt mehr denn je.«

Sie stöhnte auf. »Wir können sie einbestellen. Um vierzehn Uhr hier im Präsidium. Das würde ich ausnahmsweise mit einer gewissen Freude erledigen.«

Die Hoffnung, dass sie schon auf dem Weg zu dem Giebelhaus etwas von einer Spur zu Then oder Seeberger hören würden, erfüllte sich nicht. Auch Cremer war in Lenaus Wohnung nicht fündig geworden. Immerhin glaubte er, in einem Notizbuch ein Passwort für einen geheimen E-Mail-Account des Journalisten entdeckt zu haben.

Der Schlüsseldienst war schon vor Ort; der Mechaniker, ein Mann mit einer Hasenscharte, der offenbar nur flüstern konnte, benötigte zwei Minuten, um die Tür zu Seebergers Apartment zu öffnen.

Die Wohnung war recht klein, etwa fünfzig Quadratmeter, ein Wohnraum mit einer Küchenzeile und ein Schlafzimmer, aber dass Seeberger hier gelebt hatte, sah man sofort. Eine Bücherwand an einer Wand, ein Flachbildschirm an einer anderen, ein Esstisch, der teuer aussah, mit vier Stühlen, und die Küche enthielt alles, was man brauchte – sogar eine Mikrowelle und eine Espressomaschine waren vorhanden. Dazu ein wunderschöner Blick auf den Rhein.

Birte stöhnte auf. Sie war sofort zum Kühlschrank gelaufen. Drei Fotos klebten mit Magneten befestigt an der Tür. Eine sehr junge, gut aussehende Frau, die auf einem Steg saß, hinter ihr war zumindest Wasser zu sehen. Dann ein Foto von Andrea Renk, der ehemaligen Hochspringerin; Seeberger, mit Sonnenbrille und nur einem schwarzen T-Shirt bekleidet, hatte den Arm um sie gelegt.

Das dritte Foto überraschte auch Schiller. Es zeigte Kate Stone an einem Strand; sie trug nur einen orangefarbenen Bikini und schirmte ihr Gesicht gegen die Sonne ab. Auch wenn Seeberger darauf nicht zu sehen war, wirkte es wie eine intime, sehr private Aufnahme.

»Sie haben sich also gut gekannt«, sagte Birte und zog ihr Smartphone hervor, um die Kühlschranktür zu fotografieren. Drei Zettel hingen da noch sowie zwei Postkarten.

An persönlichen Dingen hatte Seeberger nichts liegen lassen – keine Papiere, keine Notizen. Der Wohnraum wirkte, als wäre erst kürzlich eine Putzfrau da gewesen. Schiller sah sich den Festnetzanschluss an und schrieb die fünf letzten Nummern auf, die verzeichnet waren. Eine Nummer konnte er sofort Susanna Mischke zuordnen – sie hatte demnach auch von dieser Wohnung gewusst.

Birte war in den Schlafraum hinübergegangen, der im Wesentlichen mit einem Doppelbett, einem Spiegelschrank und einer altmodischen, aber teuren Hi-Fi-Anlage mit Plattenspieler möbliert war. An der Wand hing nur ein Foto – eine Hockeymannschaft. Then und Seeberger standen nebeneinander und waren, obschon das Foto gut und gerne fünfundzwanzig Jahre alt sein mochte, auf den ersten Blick zu erkennen.

»Was«, sprach Birte laut vor sich hin, »haben wir gehofft, hier zu entdecken?« Sie hatte den Schrank geöffnet, aber nur kurz hineingeschaut.

»Wir haben Kates Foto und ein paar Telefonnummern«, sagte Schiller. »Das ist besser als nichts.«

Als ein schrilles Läuten die Stille zerriss, zuckten sie beide zusammen. Das Telefon klingelte. An diesen Laut war man nicht mehr gewöhnt.

Schiller ging an den Apparat und meldete sich mit einem »Ja?«.

Jemand räusperte sich, dann wurde heftig ein- und ausgeatmet.

Kate, wollte er schon sagen, sind Sie das? Es war so eine Ahnung, aber im nächsten Moment wurde aufgelegt.

»Hat sich niemand gemeldet«, sagte Schiller. Er überprüfte das Display. Keine Nummer war unter den eingegangenen Anrufen registriert worden, sondern lediglich »anonym«. Dann stellte er das Telefon in die Aufladestation zurück.

Birte war zu einem schmalen Sekretär gegangen, der vor dem Fenster stand. »Kein Laptop.« Sie zog eine Schublade auf, nahm einen Ordner hervor und blätterte ihn durch. »Rechnungen, Kontoauszüge.« Dann stieß sie einen Pfiff aus. »Der ehemalige Herr Professor besitzt ein schönes Aktiendepot – über sechshunderttausend Euro.«

»Offenbar kann man mit Proteinriegeln eine Menge Geld verdienen.« Einen Moment später klingelte das Telefon erneut.

Schiller bemerkte, dass diesmal eine Mobilnummer auf dem Display aufleuchtete. Er meldete sich wieder mit einem tonlosen »Ja?«.

»Wer spricht da?«, fragte eine Stimme, die Schiller bekannt vorkam, dann erkannte er sie: Es war Bert Cremer.

»Bert, bist du noch in Lenaus Wohnung?«

Cremer lachte kurz auf. »Jan, stell dir vor«, sagte er. »Ich habe in Lenaus Schreibtisch eine Schublade mit einem doppelten Boden entdeckt, ganz altmodisch, aber wirklich nicht schlecht gemacht. Da lag dieses Prepaidhandy drin – zum Glück mit einem Zettel, auf dem Lenau sich die PIN notiert hatte. Ich habe eben die letzte Nummer gewählt, die er angerufen hat – vor genau einer Woche.«

31

Jan war von der Idee besessen, dass Thens tote Schwester etwas mit Seeberger und dessen Verschwinden zu tun hatte.

»Wir haben ein paar Dinge noch nicht im Blick«, sagte er, während sie zum Dienstpassat zurückgingen. »Wenn du jemanden entführen wolltest, wo würdest du ihn verstecken?«

Birte hatte keine Ahnung. So gut kannte sie sich immer noch nicht in Köln aus, dass sie genau wusste, wo es Industriebrachen gab, leere Lagerhäuser.

»Wenn ich Seeberger wäre, dann hätte ich mich wahrscheinlich in der Eifel umgesehen – nach irgendeinem leeren, abgelegenen Gehöft.«

»Möglich«, sagte Jan, »aber nicht sehr wahrscheinlich. Seeberger hat in Köln gewohnt, in der Eifel war nur seine Firma. Wahrscheinlich weil er sich dorthin, nachdem er kein Professor mehr war, für eine Weile zurückziehen wollte.«

Jan fuhr nicht ins Präsidium zurück, sondern über den Chlodwigplatz und dann die Luxemburger Straße hinauf. Es war kurz vor zwölf Uhr. Birte hatte Nele angerufen und es ihr überlassen, Kate Stone einzubestellen.

Als sie schon glaubte, Jan wolle in seinem Lieblingskiosk einen Kaffee trinken, bog er ab.

»Wir müssen das Grab finden«, sagte er und parkte an der Friedhofsmauer des Melatenfriedhofs. »Aber ich glaube, ich weiß, wo es liegt.«

Sie brauchten zehn Minuten, dann waren sie auf dem breiten gepflasterten Weg angekommen, der den Friedhof wie eine Hauptstraße durchschnitt. Im Vergleich zum Ohlsdorfer Friedhof in Hamburg, auf dem sich Martins Grab befand, war der Melatenfriedhof klein, doch auch hier gab es alte, opulente Grabanlagen. Auf dem Hauptweg hatten einige der bedeutendsten Familien der Stadt in den letzten zwei Jahrhunderten ihre letzte Ruhestätte gefunden, und kurz vor der hässlichen Trauerhalle, die aus den siebziger Jahren stammen musste, entdeckte Jan das Grab, das er gesucht hatte. Ein großes, mächtiges Steinkreuz auf einem grauen Sockel – beides war verwittert und mit Moos überwachsen, doch die Marmorplatte, die man eingefügt hatte, war schneeweiß und sah aus, als wäre sie erst gestern angebracht worden. »Geliebt und unvergessen – Marianne Then«, stand da. Die Blumen davor waren für die Jahreszeit eine wahre Augenweide – zehn große rote Rosen in einer schwarzen Vase neben einem Licht, das in einer aufwendigen bronzefarbenen Laterne flackerte.

»So pflegt man das Grab eines Menschen, den man sehr geliebt hat«, sagte Jan. Er zog sein Smartphone hervor und machte ein Foto.

»Was meinst du damit?«, fragte Birte. »Wenn Markus Then sich so liebevoll um das Grab seiner Schwester kümmert, beweist es nur, dass sie offenbar ein gutes Verhältnis hatten.«

»Ja«, sagte Jan, »aber ich wollte es sehen. Mir einen Eindruck verschaffen.«

Birte sah ihn von der Seite an. Haben wir nicht andere Dinge zu tun?, wollte sie ihn fragen. Unser Hauptverdächtiger für einen Mord ist verschwunden, und wir stehen hier an dem Grab einer Frau, die seit drei Jahren tot ist.

»Ich würde gerne noch ein paar Menschen treffen, die Thens Schwester gekannt haben«, sagte er. »Vielleicht kann uns Thens Frau helfen. Oder besser noch – wir machen eine enge Freundin ausfindig.«

Als er wieder nach seinem Smartphone greifen wollte, summte es. Während er das Gespräch annahm, wurde seine Miene immer ernster.

»Gut«, sagte er dann. »Bring dieses Notizbuch mit. Wir treffen uns im Präsidium.« Er steckte sein Telefon wieder ein und sah Birte an. »Bert hat ein Notizbuch von Lenau gefunden. Dessen Kritzeleien sind wohl schwer zu entziffern, aber er glaubt, eine Notiz gefunden zu haben. ›Then – 100.000‹. Damit könnte eine Erpressung gemeint sein.«

Musste sie Max anrufen und ihm Bescheid geben, dass seine Ex-Freundin im Präsidium eine Aussage machen sollte? Nein, sie entschied sich dagegen. Dann dachte sie daran, dass Kate vielleicht schuld war, dass Max sein Bein verloren hatte. Wenn nun herauskam, dass sie eine Affäre mit Seeberger gehabt hatte – genauso wie er vermutet hatte?

»Max«, schrieb sie, »wollen wir nicht bald ein paar Tage ans Meer fahren?«

Sie wartete, doch er antwortete nicht.

Als sie im Präsidium ankamen, war Kate schon da. Sie saß in einem der Verhörzimmer – Birte konnte sie durch ein Einwegfenster betrachten.

Kate wirkte unruhig – sie wusste, dass Then verschwunden war und dass Seeberger ihr aufgelauert hatte.

»Ich muss sie dazu bringen, ihr Smartphone hervorzuholen«, sagte Jan. »Ich will zumindest noch einmal das Hintergrundbild auf ihrem Display sehen.«

Dann gingen sie in den Verhörraum.

Kates eisiger Blick traf sie, sodass Birte unwillkürlich zusammenzuckte, doch sie schaffte es, sich rasch zu setzen. Jan übernahm sofort das Kommando. Ganz offiziell schaltete er ein Diktiergerät ein und legte es auf den Tisch.

»Wir haben noch ein paar Fragen«, sagte er. »Zu Ihrem Verhältnis zu Richard Seeberger und …« Er sprach nicht weiter, sondern verstummte abrupt.

Kates eiskalter Blick richtete sich auch auf ihn. »Was ist los?«, fragte sie. »Was – holy shit – ist passiert?«

Jan nahm sein Smartphone hervor und klickte das Bild an, das er von Seebergers Kühlschrank aufgenommen hatte. »Ein Foto von Ihnen – in Seebergers Kölner Wohnung«, sagte er. »Können Sie uns verraten, wie und wann es zustande gekommen ist?«

Kate betrachtete das Foto, dann nickte sie. Ihr Mund, um den sich kleine Falten eingenistet hatten, verzog sich leicht. Birte verstand, was Max in ihr gesehen hatte – eine starke, ungewöhnlich schöne Frau.

»Richard hat mich in Kalifornien besucht – letzten Sommer. Wir sind in Kontakt geblieben. Ich war noch immer völlig fertig – der Unfall von Max, das Ende unserer love story …« Sie verstummte. Ihr Blick wischte förmlich über Birte hinweg, glitt an der Wand entlang zu dem Einwegspiegel, als vermutete sie dahinter Max, der sie beobachtete. »Können Sie sich vorstellen, wie das ist, wenn man hört, dass der Mann, den man liebt, einen Unfall hatte, dass er vielleicht stirbt, dann, dass man ihm ein Bein abnehmen muss, um ihn zu retten?« Zwei Tränen rannen ihr über die Wange.

Selbst Jan war beeindruckt. Sein Blick drückte Mitgefühl aus. »Deshalb hat Seeberger Sie in Kalifornien besucht, um Ihnen Trost zuzusprechen?«

Kate schnaubte. Zornig schaute sie Jan an. »Wollen Sie nicht verstehen? Wir waren Freunde, uns ging es beiden schlecht. Ich habe in Kalifornien gemerkt, dass ich lieber in Deutschland gewesen wäre – trotz des schlechten Wetters, dass es doch so was wie meine Heimat war, my home.«

»Sie und Seeberger hatten eine Affäre, nicht wahr?«, fragte Jan. Sein Mitgefühl hatte sich in nichts aufgelöst.

»Nein«, sagte Kate. »Außerdem ist es doch egal. Was wollen Sie genau von mir?«

»Wo ist Seeberger?«, fragte Jan. »Und warum hat er vor Ihrem Haus gestanden, als Then gestern bei Ihnen war?«

Kate starrte auf ihre Hände, die sie auf die Tischplatte gelegt hatte.

Sie weiß etwas, dachte Birte, Jan hat recht.

»Markus und ich … wir sind uns nähergekommen«, sagte sie. »Erst seit einigen Wochen … Mir geht es nicht sehr gut … auch wegen Max …« Sie schaute Birte an, nun verwundet und gekränkt. Du, sagte ihr Blick, du hast mir meinen Mann weggenommen. »Aber was mit Richard und Markus ist … das weiß ich nicht. Lenau, dieser Journalist, er war einmal bei Markus … an der Sporthochschule. Danach war Markus ziemlich … schlecht gelaunt, aber …« Sie verstummte. »Wo ist er?«, fragte sie drängend. »Was bedeutet das alles?«

Stille trat ein. Jan stand auf und ging um den Tisch herum. Birte bewunderte ihn wegen seiner Ruhe.

»Ich hoffe, dass Max wirklich Erfolg hat als Schriftsteller«, sagte Kate unvermittelt an Birte gewandt. »Und nun würde ich gerne gehen.«

»Haben Sie Thens Schwester gekannt?«, fragte Jan.

Kate schaute in seine Richtung. »Nein«, sagte sie und erhob sich. »Ich kann Ihnen nicht helfen.« Sie wollte zur Tür gehen, doch Jan trat ihr entgegen.

»Wo würde Richard Seeberger sich verstecken? Gibt es noch eine Wohnung?«

Kate schüttelte den Kopf. »Richard kann man nicht fangen«, sagte sie. »Niemand kann das.«

Birtes Smartphone summte. Max rief an. Sie unterdrückte den Impuls, das Gespräch sofort anzunehmen. Ein paar Sekunden später traf seine SMS ein. »Wir können sofort ans Meer fahren, sofort.«

»Ja«, schrieb sie zurück, »bald.«

Jan schaltete das Diktiergerät ab, nachdem Kate den Raum verlassen hatte.

»Du lässt sie einfach so gehen?«, sagte Birte.

Er nickte. »Wir haben eine erste Spur«, sagte er und hob sein Smartphone in die Höhe. »Hat Nele uns eben gemailt. Jemand bei Europcar hat Seeberger wiedererkannt. Er hat sich vorgestern einen Van gemietet – einen Mercedes, ausdrücklich ohne Fenster in der Heckklappe. Vermutlich hockt Then da jetzt und zittert um sein Leben.«

32

Zwei Morde hatten sie bisher aufgeklärt – und beim dritten hatte Seeberger nun einen ersten Fehler begangen. Schiller spürte, dass ihm die Nachricht, der ehemalige Professor habe einen Van gemietet, das Gefühl gab, auf der richtigen Spur zu sein.

Und dann rief ihn auch noch Nadine auf dem Smartphone an – und er hatte endlich ihre Mobilnummer.

»Hast du heute Abend Zeit?«, fragte sie. »Ich bin schon aus dem Theater zurück. Vielleicht könnten wir irgendwo etwas essen.«

Er meinte zu hören, dass sie ein wenig unsicher war, dass sie wirklich fürchtete, er könne Nein sagen.

»Ja, sehr gerne«, erwiderte er und versuchte, beiläufig zu klingen. »Ich muss noch etwas erledigen. So gegen halb acht könnte ich bei dir klingeln.«

»Wunderbar«, sagte sie und legte auf.

Ein Lächeln breitete sich auf seinem Gesicht aus, nein, es war beinahe, als würde sein ganzer Körper lächeln – Wärme und Aufgeregtheit erfüllten ihn. Der Schauspieler war abgereist, zurück nach Wien, so musste es sein, und Nadine wollte ihn sehen.

Birte schaute ihn von der Seite an. »Alles in Ordnung?«, fragte sie.

Schiller nickte. Sie hatten ihre Aufgaben abgesprochen. Birte sollte noch einmal Seebergers Ex-Frau befragen, und er würde bei Then vorbeifahren.

Hanna Then öffnete ihm. Sie trug einen schwarzen Pullover und einen schwarzen Rock, als wäre sie bereits Witwe. Erwartungsvoll sah sie ihn an.

»Bedaure«, sagte er, »wir haben noch keine Spur. Ich möchte etwas wissen …«

Mit einer matten Geste bat sie ihn herein und führte ihn in die Küche. »Ich wollte Sie auch schon anrufen«, sagte sie.

Auf dem Küchentisch sah er es: das Futteral für eine Pistole. Er erkannte das Zeichen für SIG Sauer.

»Das habe ich in der Garage gefunden«, sagte sie. »Allerdings keine Pistole.«

Ja, hätte er beinahe erwidert – die dazugehörige Waffe hat Ihr Mann auch in Seebergers Garage deponiert.

»Das könnte trotzdem wichtig sein«, erklärte er vage. »Haben Sie sonst noch etwas Auffälliges entdeckt?«

Hanna Then war kraftlos auf einen Stuhl gesunken. Nur eine leere Kaffeetasse stand noch auf dem Tisch. »Nein«, sagte sie. »Ich bin verwirrt und verzweifelt. Was ist mit Markus? Ist er in Gefahr?«

»Wir glauben, dass Richard Seeberger etwas mit dem Verschwinden Ihres Mannes zu tun haben könnte«, sagte Schiller.

»Warum glauben Sie das?«, fragte Hanna Then.

Schiller antwortete nicht sofort. Er sah sich in der aufgeräumten, sterilen Küche um und dachte an Kate Stone. Wusste Hanna Then von ihr? Vermutlich nicht. Ein paar Leben hatten sich gestreift – und dabei war eine Menge Unglück herausgekommen.

»Ich möchte wissen, was für ein Mensch Ihre Schwägerin war – Marianne«, sagte er. »Wie stand Ihr Mann zu ihr?«

»Er hat sie vergöttert und ihr jeden Fehler verziehen«, sagte Hanna Then schnell. »Sie war die Jüngere, er war ihr Beschützer. Markus hat seine Eltern verloren, als er zwanzig war. Flugzeugabsturz. Der Vater war Segelflieger. Da war Marianne vierzehn. Sie war wild und leichtsinnig. Einmal hat sie betrunken einen Unfall verschuldet und wäre fast im Gefängnis gelandet. Er hat alles für sie getan.«

»Und wie sind Sie mit ihr klargekommen?«

»Als ich aufgetaucht bin, war Marianne schon erwachsen. Sie wusste immer, dass sie mehr Macht hatte als ich, was Markus betraf. Dann traf sie Michael – die beiden haben schnell geheiratet, es sah aus, als käme sie auf die richtige Bahn. Es war eine Hassliebe zwischen ihr und ihrem Mann. Die zwei haben sich geküsst und geschlagen. Dann hatte er seinen Schlaganfall, dann sie die Fehlgeburt. Die Scheidung. Danach war sie eine andere – sie war oft krank, sie trank zu viel. Ich glaube, gekokst hatten die beiden schon vorher.« Sie zuckte mit den Schultern. »Ihre Schönheit ging dann auch den Bach runter … Verzeihen Sie, wenn ich das so drastisch ausdrücke.«

»Und was war mit Seeberger?«, fragte Schiller. »War da etwas zwischen den beiden?« Er überlegte, das Foto von Thens fünfzigstem Geburtstag anzuklicken, das ihn erst auf die Verbindung zwischen den beiden gebracht hatte, ließ es dann aber.

»Ja«, sagte Hanna Then zu seiner Überraschung freimütig, »kann sein. Richard war ja Frauen gegenüber sehr offen. Selbst bei mir hat er es einmal versucht.«

»Und?«, fragte Schiller.

Hanna Then sah ihn düster an. »Ich habe ein gewisses Niveau«, sagte sie in einem harten Tonfall. »Und für gewöhnlich suche ich mir die Männer aus.«

Sie schwiegen für ein paar Momente.

»Ich mache mir große Sorgen um Markus«, sagte Hanna Then dann. »Das ist wohl berechtigt, nicht wahr?«

Schiller ging nicht darauf ein. Er betrachtete das Futteral auf dem Tisch. »Es würde uns helfen, wenn Sie sich weiter umsehen würden«, sagte er. »Vielleicht finden Sie noch etwas von Bedeutung. Ich würde auch gerne noch mehr über Marianne Then erfahren. Wer ihre engen Freunde waren. Ob sie ein Testament oder einen Brief hinterlassen hat. Solche Dinge …« Er erhob sich.

»Ja«, sagte Hanna Then, »es gab einen Abschiedsbrief. Markus hat ihn mir leider nie gezeigt. Ich weiß aber, dass er ihn jeden Tag in seinem Portemonnaie bei sich führt.«

Keine Spur von Seeberger, obschon sie jetzt ein Autokennzeichen hatten, nach dem sie suchen konnten.

Birte gab, als er sie anrief, auch lediglich vage Auskunft, dass sie bei Susanna Mischke nichts weiter herausgebracht hatte.

Wo war Seeberger? Sie hatten einen Streifenwagen mehrmals an seinem Haus in der Eifel vorbeifahren lassen, aber wie erwartet gab es keinen Hinweis, dass er dort gewesen war.

Ich kann nichts tun, redete Schiller sich ein. Er schrieb eine SMS an Therese, dann eine an Brasch, der fragte, ob sie irgendwo zusammen ein Bier trinken könnten. Brasch konnte wieder laufen, ungelenk zwar, aber es ging. Nur kognitiv war er noch nicht wiederhergestellt. Wortfindungsschwierigkeiten machten ihm zu schaffen, und die Erinnerung an viele Dinge in seiner Vergangenheit war auch noch nicht zurückgekehrt.

Sollte er Nadine Blumen mitbringen?, dachte Schiller und überraschte sich damit selbst. Nein, beantwortete er sich diese Frage, das wäre vielleicht zu früh. Ich bleibe kühl, sagte er sich, dabei war er richtig entflammt – ja, entflammt, dieses Wort traf zu.

Er ging nicht sofort zu ihr, sondern duschte und zog sich um.

Keine Nachricht von Bert, Nele oder Birte. Gut, er schaltete sein Smartphone auf stumm, ganz ausschalten konnte er es nicht.

Kurz nahm er seinen Bass hervor und zupfte daran herum. Er hatte sogar den Beginn eines Lieds im Kopf. Es war eine Melodie, in der es um Nadine ging, um die vorsichtige Art, wie er sich ihr nähern könnte. Er schloss kurz die Augen, während er spielte. Nein, die Melodie war nur in seinem Kopf, über seine Hände brachte er sie nicht in das Instrument hinein.

Plötzlich klingelte es an der Tür. Therese, fürchtete er, sie hatte schon immer die Angewohnheit besessen, im falschen Moment vor seiner Tür zu stehen.

Doch Nadine stand da, in einem gelben Kleid, die blonden Haare hochgesteckt. Die Schwellung an ihrem Auge war deutlich zurückgegangen, oder sie hatte sie gründlich überschminkt.

»Mein Polizist«, sagte sie spöttisch, »du spielst wieder – und ich dachte, wir wären verabredet.«

»Entschuldigung.« Er sah sie an; ihre Augen hinter den

Brillengläsern funkelten. Ja, dachte er glücklich, sie macht sich etwas aus mir. »Es war nur so ein Einfall – ein Lied in meinem Kopf.«

»Wirst du nun auch noch ein Komponist?«, fragte sie und zog ihre Augenbrauen in die Höhe.

»Aber nein.« Wie gern hätte er sie berührt und in den Arm genommen.

»Ich habe Hunger«, sagte Nadine. »Wo wollen wir hingehen?«

Er hatte sich nichts überlegt, aber er wollte nicht in seinem Viertel bleiben. Almut, selbst Carla oder Birte hätten plötzlich auftauchen können.

Er schlug das Fioretto im Agnesviertel vor. Nadine kannte es noch nicht.

Darüber, wie es in seinem alten Golf aussah, sagte sie nichts. Fast schweigend fuhren sie Richtung Neusser Straße. Dann sagte sie unvermittelt: »Joachim und ich haben uns eine Pause verordnet.«

Schiller nickte.

»Außerdem habe ich für die nächsten zwei Spielzeiten verlängert. Ich werde also noch ein wenig in Köln bleiben.«

Das Fioretto war fast leer. Sie fanden einen Zweiertisch. Einmal, zu frühen, glücklichen Zeiten, war er mit Carla hier gewesen.

Sie bestellten Fisch und tranken Rotwein. »Wir proben ein Stück über diese Stadt«, sagte Nadine. »Was ist sie – was macht sie aus? Du bist doch Kölner. Kannst du mir helfen?«

Ein Stück über diese Stadt? Schiller dachte an das Buch, das Max geschrieben und von dem Birte ihm kurz erzählt hatte – über den Einsturz des Stadtarchivs.

»Köln«, sagte er, »ist kleinbürgerlich und anarchisch. Die Kölner haben im Mittelalter ihren Bischof aus der Stadt gejagt, und dann haben sie nur noch auf sich geschaut. Bis heute. Über keine Stadt gibt es mehr Lieder – wie schön es hier ist. Dabei stimmt es gar nicht. Es ist hier nicht schön. Jeder Bürgermeister, der neu gewählt wird, verspricht, dass die Stadt sauberer wird, aber es passiert dann nie etwas. Der Rhein führt uns jeden Tag vor, dass alles im Fluss ist, dass man sich treiben lassen kann. Der FC steigt ab und wieder auf, der Karneval kommt jedes Jahr, und die Kölner denken: Et hätt noch emmer joot jejange. Köln liegt irgendwo zwischen Himmel und Hölle.«

Nadine lachte. »Das war ja eine richtig lange Rede. Ich komme ursprünglich aus Hannover, na, aus einem Dorf in der Gegend. Da kennen wir so etwas nicht – dass man ständig Lieder über die eigene Stadt singt.«

Sie aßen, und zwischendurch, während sie Blicke tauschten, hatte Schiller das Gefühl, dass eine Vertrautheit zwischen ihnen zu wachsen schien. Sollte er von Carla sprechen, darüber, dass er nun erst seit zwei Monaten allein wohnte?

»Was ist mit eurem Fall?«, fragte Nadine. »Seid ihr weitergekommen?«

Er holte sein Smartphone hervor. Keine Nachricht. »Wir suchen einen Mann, der vermutlich einen anderen entführt hat – jemanden, der eigentlich sein Freund war. Aber wir wissen nicht, wo wir suchen sollen.«

»Ich würde an dem unwahrscheinlichsten Ort anfangen«, sagte Nadine. »Das machen wir im Theater manchmal so. Was ist das Unwahrscheinlichste, was man auf die Bühne bringen kann? Das ist dann eine echte Herausforderung.«

»Nicht einmal das wüsste ich«, entgegnete Schiller. »Wir haben noch viel zu wenige Informationen über diesen Mann.«

»Könnte er in seiner Wohnung sitzen?«, fragte Nadine. Sie trank ihr Glas aus. Ein Lichtschimmer lag auf ihren Lippen. »Gewissermaßen im Auge des Taifuns? Weil ihr die Wohnung schon fünfmal durchsucht habt und es kein sechstes Mal tun würdet, kann er sich da ganz gemütlich zurückziehen?«

»Nein«, sagte Schiller. »Von der Wohnung hier in Köln wissen wir erst seit Kurzem. Außerdem glauben wir, dass er nicht allein ist, sondern diesen anderen bei sich hat. Es müsste also ein besonderer Ort sein – abgelegen, nicht einsehbar.«

Nadine winkte den Kellner heran. Es gefiel ihm, dass sie sich zusehends entspannte. »Wenn es ein Theatermann wäre, da wüsste ich, wo er ist«, sagte sie. »Wir haben in Kalk noch so eine alte Fabrikhalle, die wir nicht mehr bespielen. Da hat die Baupolizei uns einen Strich durch die Rechnung gemacht.«

»Dieser Mann hatte auch eine Halle – eine Lagerhalle, in der ein Mord passiert ist und in der es gebrannt hat«, sagte er. War das möglich? War diese Halle in Ossendorf für Seeberger das Auge des Taifuns? Die Feuerwehr war längst abgezogen, die Halle war zerstört, vielleicht hatte man sie mit einem Zaun abgeriegelt, damit niemand eintreten konnte.

»Habt ihr da schon nachgeschaut?«, fragte Nadine.

Er schüttelte den Kopf. »Haben wir nicht. Daran hat keiner gedacht.«

»Wo ist diese Halle?«

»In Ossendorf im Industriegebiet«, sagte Schiller. Er spürte, wie er unruhig wurde. Sollte er einen Streifenwagen vorbeischicken?

»Na, da können wir doch noch einen kleinen Abendspaziergang machen, oder?«, sagte Nadine.

Nein, wollte er sagen, nein, das können wir bestimmt nicht, doch stattdessen sagte er: »Also für Romantik eignet sich diese Gegend gar nicht, aber wenn du willst, schauen wir einmal nach.«

Er wollte mit ihr allein in der Nacht sein. Das war der Grund, warum er tatsächlich mit ihr nach Ossendorf hinausfuhr, sagte er sich. Außerdem war es unwahrscheinlich, dass Seeberger mit Then dort hockte. Und wenn er nur ein Zeichen von den beiden entdeckte, würde er sofort Verstärkung anfordern.

Schiller parkte seinen Golf an dem Imbiss, der nun geschlossen war. In dieser Gegend gab es abends keinen Menschen auf der Straße. Hier wohnte auch niemand. Ein Türenlager befand sich in der Nachbarschaft, und ein Sanitärhandel lag auf der anderen Straßenseite. Während sie den schmalen Weg auf das abgebrannte Lagerhaus zugingen, überlegte er, nach Nadines Hand zu greifen, ließ es aber.

»Ich glaube, du hast wirklich einen interessanten Job«, sagte sie. »Du gelangst an Orte, zu denen die meisten Menschen nicht kommen.« Sie klang nun eher beiläufig, ein unverfänglicher Plauderton.

»Hier«, sagte er, »wäre meine Kollegin fast im Rauch erstickt, als es in der Halle gebrannt hat.«

Kein Laut war zu hören, als sie auf die Halle zugingen. Das Tor zur Zufahrt war geöffnet. Wie ein geduckter Schatten lag das Gebäude da. Schiller meinte, den Geruch von Asche zu spüren.

»Ich glaube, ich habe mich geirrt«, sagte Nadine. »Hier ist wohl niemand. Eine gottverlassene Gegend mitten in der Stadt.«

Sie gingen über den gesprungenen Asphalt noch ein paar Schritte weiter. Nur ihre Schritte waren zu hören. Da der Himmel wolkenverhangen war, lag die Halle in völliger Dunkelheit.

Was wäre, wenn ich jetzt versuchen würde, sie zu küssen?, dachte Schiller, aber nein, das war absurd, der völlig falsche Ort.

Nadine ging ein paar Schritte, während er stehen geblieben war. Ihm war kalt. Sie hätten nie hierherkommen sollen, dachte er. Es war nicht romantisch, ganz im Gegenteil.

»Lass uns wieder gehen«, rief er ihr hinterher. Sie bewegte sich weiter auf die Halle zu, tauchte dann in die Dunkelheit ein. Sie sagte etwas, das er nicht verstehen konnte. Dann verschwand sie aus seinem Blickfeld. Hatte sie die Halle betreten?

»Nadine«, rief er, ein wenig lauter und drängender, »mir ist kalt. Lass uns gehen.«

Keine Antwort. Sie war auch nicht mehr zu sehen.

Mach nicht so ein Theater, wollte er rufen, dann fiel ihm ein, wie albern so ein Ausruf besonders bei ihr wäre.

Er ging langsam auf die Halle zu. Es roch nach Asche. Nun konnte er deutlich die Rußspuren auf dem Wellblech sehen, aber die Halle war noch intakt, da war nichts eingestürzt. Die Feuerwehr hatte das Gebäude offenbar retten können.

»Nadine!«, rief er. »Wo bist du?«

Sie tauchte nicht auf, dann sah er es durch die halb geöffnete

Tür: Ein weißer Van stand da, der in dem spärlichen Licht leuchtete.

Schiller bewegte sich schneller. »Nadine, komm zurück.« Keine Erwiderung.

Ein Mercedes-Sprinter war da abgestellt worden – von Europcar. Ein gemietetes Auto.

Sein Herz begann einen harten Takt zu schlagen. Nadine hatte recht gehabt. Seeberger hatte sich im Auge des Taifuns versteckt. Aber wo war sie abgeblieben?

Langsam ging er um den Van herum. Warum war er so wenig vorbereitet gewesen? Keine Waffe, nicht einmal eine Taschenlampe hatte er bei sich.

In dem Wagen saß niemand, und er war abgeschlossen. Hinein konnte Nadine nicht gelangt sein. Auch die hintere, fensterlose Tür war verschlossen.

Vorsichtig bewegte Schiller sich nach links in die Halle und vorbei an den ersten Regalen, die kaum mehr als verkohlte Gerippe waren. Nun roch es so verbrannt, dass es ihm im Hals wehtat.

»Nadine«, zischte er. »Wo ist du?«

Er lauschte. Sie musste doch hier irgendwo sein. Hatte er Schritte wahrgenommen? Ein Schlurfen irgendwo vor sich? Das Hämmern seines Herzens übertönte alles. In dem wenigen Licht, das durch die Türöffnung hinter ihm und durch ein Loch in der Decke – offenbar waren doch Teile des Dachs eingestürzt – hereinfiel, konnte er weitere düster verkohlte Regale vor sich ausmachen. Aber keine Spur von Nadine.

Dann hörte er eine Stimme. Ein schrilles »Bleiben Sie stehen!«.

Im nächsten Moment fiel ein Schuss, und jemand schrie auf. Ein hässlicher Schrei, der von einer Frau gekommen war. Irgendwo vor ihm flammte ein Licht auf, das aber sofort wieder erlosch. Sein Herz hämmerte wild. Wenn ihr etwas passiert, dachte er, werde ich nicht weiterleben können. Doch in der nächsten Sekunde versuchte er sich zur Ordnung zu rufen. Er durfte nun nicht die Nerven verlieren. Das Licht leuchtete abermals auf, es strich dann durch die Halle wie ein Suchscheinwerfer.

»Wo sind Sie?«, rief eine Stimme. »Kommen Sie hervor!«

Hatte Nadine es geschafft, sich irgendwo zu verstecken?

Schiller ging langsam weiter, suchte Deckung hinter einem ausgebrannten Regal, das fast zusammengestürzt wäre, als er sich daran lehnte, um kurz zu Atem zu kommen.

Wieder flammte ein Licht auf und hätte ihn beinahe erfasst. Da suchte jemand nach Nadine. Das war nun eindeutig.

Schiller versuchte sich zu vergegenwärtigen, wie diese Halle genau ausgesehen hatte. Die zweiflügelige große Tür war der Eingang, dann hatten die Regale begonnen – dazwischen ein Weg, der breit genug für den Hubwagen gewesen war, mit dem er ein Loch in die Wand geschlagen hatte. Wie weit war es bis zu dem Glaskasten gewesen, vor dem der tote Lenau gehockt hatte? Dreißig, vierzig Meter? Er wusste es nicht genau.

Der Glaskasten war vermutlich völlig zerstört worden. Man würde ihn in der Dunkelheit kaum erkennen können.

Wieder das Licht. Schritte waren nun zu hören.

Dann ein Schrei, der eindeutig von Nadine stammte. Jemand sagte: »Habe ich Sie endlich!« Das Licht blieb an und bewegte sich nicht. Etwa zehn Meter von ihm entfernt.

»Ich …«, sagte Nadine abgehackt, »ich habe mich verlaufen …« Sie sprach, als hätte sie Schmerzen, aber vielleicht raubte ihr auch nur die Angst den Atem.

»Sind Sie von der Polizei?«, fragte die Stimme barsch. »Ich kenne Sie nicht.«

»Nein«, sagte Nadine, »nein.«

Schiller bewegte sich vorsichtig. Er spähte durch das verbrannte Regal neben sich und versuchte, einen Schatten auszumachen.

Die Taschenlampe lag in einem Regal etwa sechs, sieben Meter entfernt. Ein schmaler Gang trennte ihn und Nadine.

»Ich könnte Sie erschießen«, sagte die Stimme. »Sind Sie allein?«

»Ja«, sagte Nadine. »Ich bin Filmscout. Das tue ich manchmal – umhersuchen, nach Schauplätzen Ausschau halten.« Sie hatte ein wenig von ihrer Sicherheit zurückgewonnen.

Schiller bewegte sich vor. Er musste in den Rücken der Gestalt gelangen. Nun endlich begriff er, dass er nicht Seeberger vor sich hatte. Die Stimme gehörte einer Frau – einer Frau, die aufgeregt war und ebenfalls Angst hatte.

»Und das soll ich Ihnen glauben?«

»Glauben Sie, was Sie wollen«, sagte Nadine.

Schiller konnte sie nun sehen. Sie stand aufrecht da, war anscheinend nicht verletzt, und nun sah er auch die andere Frau. Sie war ein wenig kleiner, und sie hielt eine Waffe in der Hand.

»Am besten lassen Sie mich gehen, und wir vergessen das Ganze«, sagte Nadine.

Die Frau vor ihr stöhnte.

»Das geht leider nicht«, sagte eine andere Stimme, die sich vom Eingang näherte und ebenfalls eine Taschenlampe in der Hand hielt. Ein greller Lichtstrahl fegte durch die Halle. Schiller konnte sich im letzten Moment ducken, um nicht ins Licht zu geraten. Bis auf drei Meter hatte er sich der Frau und Nadine nun genähert.

»Richard«, sagte die Frau. »Endlich!«

Schiller begriff, dass es Susanna Mischke war, die er da vor sich hatte.

»Wer ist diese Frau?«, fragte Seeberger.

Schiller glaubte zu erkennen, dass er Susanna Mischke die Pistole abnahm.

»Sie sagt, sie ist ein Filmscout«, erklärte Seebergers Ex-Frau. »Ich kenne sie nicht!«

»Sind Sie von der Polizei?«, fragte Seeberger.

Schiller hatte sich hingekniet. Trotzdem bekam er mit, dass Seeberger seine Taschenlampe auf Nadine gerichtet hatte.

»Nein«, sagte Nadine. Ihre Stimme zitterte. »Ich bin wirklich ein Filmscout!«

Seeberger erwiderte ein paar Sekunden nichts darauf. »Hören Sie«, sagte er dann, »selbst wenn es stimmen sollte, was

Sie sagen … Ich kann Sie nicht gehen lassen. Nicht jetzt. Ich habe Dinge zu erledigen, bei denen ich nicht gestört werden darf. Unter keinen Umständen.«

Schiller versuchte sich zu sammeln. Sollte er Nele eine Nachricht schreiben? Aber würde man hier nicht jede Bewegung, jedes zarte Licht, das ein Display warf, entdecken?

Er verfluchte sich und seinen Leichtsinn, gleichzeitig wirbelten ihm die Gedanken durch den Kopf, wie er Seeberger unschädlich machen könnte.

»Lassen Sie mich gehen«, sagte Nadine. Nun wieder sehr gefasst. »Ich habe keine Ahnung, was Sie hier treiben, und es kümmert mich auch nicht. Ich gehe und vergesse Sie, und Sie vergessen mich.«

Seeberger lachte auf. »Sie haben wirklich Nerven«, sagte er. Nun klang er fest entschlossen, als wüsste er genau, was er als Nächstes tun würde.

Spricht so ein Mörder?, dachte Schiller. Jemand, der gleich einen anderen Menschen erschießen würde, der drohte, seine Pläne zu durchkreuzen?

Langsam richtete er sich auf. Er sah, wie Seeberger seinen Arm mit der Pistole hob und auf Nadine zielte .

Jetzt! Er konnte gar nicht anders – er musste etwas tun. Er konnte nicht zuschauen, wie Nadine in einer ausgebrannten Halle vor seinen Augen getötet wurde.

»Polizei!«, schrie er und warf sich gegen das ausgebrannte Holzgerippe, das sofort Schlagseite bekam und einstürzte. Doch in dem Moment, als er sich auf das Regal warf, ihm förmlich hinterhersprang, ging ein Schuss los. Hässlich laut und ohrenbetäubend nah. So laut, dass er den Schrei, der folgte, beinahe völlig übertönt hätte.

33

Am liebsten hätte sie Kate selbst beschattet, wäre ihr gefolgt, weil sie sicher war, dass Max' Ex-Freundin viel mehr wusste und sie belog. Stattdessen war Birte bei Susanna Mischke vorgefahren, doch der Laden war dunkel gewesen. Ein Zettel hing an der Tür: »Wegen eines Trauerfalls vorübergehend geschlossen«.

Ein Trauerfall. Es hatte nicht so ausgesehen, als hätte sie wirklich um ihren Halbbruder getrauert.

Birte rief ihren Vater an, der sich freute, ihre Stimme zu hören. »Wann kommst du denn, meine Kleine?« So hatte er sie jahrelang nicht mehr genannt.

»Übermorgen«, sagte sie, obschon sie wusste, dass es eine Lüge war.

Dann erzählte er ihr, als würde er eine Bastelarbeit beschreiben, die er sich demnächst vornehmen wollte, wie die Bypassoperation aussehen würde, die er über sich ergehen lassen musste. Sie hatte nie daran gedacht, wie es sein würde, wenn ihre Eltern sterben würden, fiel ihr ein, obwohl sie doch so oft mit dem Tod zu tun hatte.

»Wie ist denn dein Freund so?«, fragte ihr Vater dann, als er seine Beschreibung der Operation beendet hatte. »Deine Mutter und ich sind schon sehr neugierig.«

»Ich sage es dir morgen«, erwiderte sie. »Ich muss nun leider Schluss machen. Ich bin noch im Präsidium.« Mit einem kurzen Gruß legte sie auf.

Sie würde Max klarmachen müssen, dass sein erster Besuch bei ihren Eltern ein Krankenbesuch sein würde.

Gegen halb sieben parkte sie vor ihrem Haus.

Als sie das Treppenhaus hinaufging, erfüllte sie plötzlich eine unbändige Freude, gleich Max gegenüberzustehen und ihn in den Arm nehmen zu können. Sie würden ihre Smartphones in die Ecke legen, sie würden essen und trinken und vielleicht ein Bad nehmen – und dann würde Birte ihm von ihren Eltern erzählen, dass es nun an der Zeit war, sie endlich kennenzulernen.

Für einen Moment fühlte sie sich unglaublich jung und so, als würde sie noch alles vor sich haben.

Kates Stimme hörte sie, als sie die Tür aufgeschlossen hatte. Nein, zuerst meinte sie, einen fremden Duft zu spüren, dann hörte sie die Stimme mit dem weichen amerikanischen Akzent.

Max und Kate saßen sich an ihrem Esstisch gegenüber, doch es wirkte nicht vertraut, nicht so, als hätte man sie ertappt, sondern eher, als hätte der eine den anderen verhört. Aus dem Präsidium kannte Birte dieses Szenario.

»Gut, dass du kommst«, sagte Max, keine Spur verlegen. »Eigentlich wollte Kate zu dir.«

Kate sah sie an – ihre Augen schossen einen kalten grünlichen Strahl durch den Raum.

»Es war nicht sehr freundlich von euch, mich heute so zu behandeln«, sagte sie. »Aber ich bin amerikanische Staatsbürgerin – ich muss mich gut stellen mit der deutschen Polizei.« Sie vollbrachte ein mattes, leicht spöttisches Lächeln.

»Warum sind Sie hier?«, fragte Birte. Ihr Herz klopfte, registrierte sie und ärgerte sich zugleich darüber. Sie ging um den Tisch herum und nahm neben Max Platz.

»Mir ist etwas eingefallen«, sagte Kate. »Das wollte ich dir sagen, weil ihr nach der Schwester von Markus gefragt habt. Ich will jetzt immer bei der Wahrheit bleiben, habe ich mir geschworen, habe ich auch Max gesagt.« Sie bedachte Max mit einem kurzen, beinahe zärtlichen Blick.

Dass Kate zum Du übergegangen war, als wären sie Freunde oder immerhin gute Bekannte, störte Birte, doch sie sagte nichts, sondern machte nur eine auffordernde Handbewegung weiterzusprechen.

Kate lächelte wieder. »Du bist wirklich sehr effizient, Birte«, sagte sie. »Das ist bestimmt nicht schlecht für euch.« Wieder streifte ihr Blick Max. Dann straffte sie die Schultern. »Ja, ich glaube, es stimmt, Richard hatte auch etwas mit Marianne. Markus hat einmal gemeint, er habe ihr das Herz gebrochen – genauso hat er es gesagt. He has broken her heart. Markus war darüber sehr wütend.«

»Wann war das genau?«, fragte Birte.

»Ich weiß nicht. Es ist schon ein bisschen her«, sagte Kate. »Und ich habe auch einmal mit Richard geschlafen«, fuhr sie fort. »Habe ich Max eben gesagt. Da waren wir beide …« Sie zögerte, und nun glitt ihr Blick zur Tür. »… da waren wir noch zusammen gewesen. Sorry.« Sie erhob sich. Nun wirkte sie für einen Moment wie eine kleine zerbrechliche Frau.

Max machte keine Anstalten, sie zur Tür zu bringen. Er saß da, als hätte ihm Kates Geständnis tatsächlich einen Schlag versetzt.

»Pass gut auf Max auf«, sagte Kate an der Tür. Dann strich sie Birte tatsächlich über den Arm. »Ich muss wissen, was mit Markus ist. Ich hoffe, ihr findet ihn bald.«

Dann verschwand sie lautlos durch die Eingangstür.

Max saß nicht mehr am Tisch, als Birte durch die schmale Diele zurückgekehrt war. Für einen Moment fürchtete sie, er sei vor ihr geflohen, weil er nun allein sein musste, um mit dieser Nachricht fertigzuwerden, dass Kate ihn tatsächlich betrogen, dass er vielleicht nur deswegen, wegen dieser Ahnung, seinen schrecklichen Unfall gehabt hatte.

Doch dann kam er mit einem hellen Lächeln im Gesicht aus der Küche, zwei Gläser und eine Flasche Champagner in der Hand.

»Birte«, sagte er, »ich glaube, wir müssen etwas feiern. Wir haben uns, und das sollte niemals aufhören. Und nun mache ich dir doch einen Heiratsantrag.«

Sie hatte Jan anrufen und ihm sagen wollen, dass er recht gehabt hatte, dass es eine unglückselige Verbindung zwischen Thens Schwester und Seeberger gegeben hatte und sie in diese Richtung unbedingt weiter ermitteln mussten, doch was konnte sie tun, wenn der Mann, den sie liebte, vor ihr stand und ihr ein kleines Etui mit zwei schmalen goldenen Ringen hinhielt?

Sie küsste Max, sie sagte nicht, dass sie noch ein wenig Bedenkzeit brauche, sie sagte gar nichts, aber eine Antwort hatte er auch nicht erwartet. Sie tranken Champagner, und dann zogen sie sich gegenseitig aus, und als sie miteinander schliefen, dachte sie tatsächlich an gar nichts – sie spürte ihn, seine Haut, seine Atemzüge, die über ihr Gesicht strichen, seine Küsse. Er hauchte ihren Namen, dann leise Worte, die sie nicht verstand.

»Ich bin endlich frei«, flüsterte er ihr hinterher zu, als sie schläfrig nebeneinander in der Dunkelheit lagen, »frei von Kate und all dem Zeug aus meinem alten Leben.«

»Ja«, hörte sie sich sagen, »wir können heiraten – wir sind eins, du und ich.« Sie hatte keine Angst, pathetisch zu klingen.

Max küsste sie auf die Stirn. Sie hatte die Augen geschlossen, sie fühlte sich entspannt wie lange nicht mehr, und erst da tauchte der Fall wieder in ihren Gedanken auf. Was hatte Jan in den letzten zwei Stunden getan? Hatten Nele oder Bert versucht, sie zu erreichen, weil es etwas Neues gab? Vielleicht hatten sie Then oder Seeberger mittlerweile gefunden. Doch die Gedanken rutschten ihr weg, wie ein feuchter Gegenstand, der einem aus der Hand glitt, wenn man ihn besonders fest umfassen wollte.

Sie spürte, wie sie in den Schlaf davontrieb.

Irgendwann, ein paar Minuten oder ein paar Stunden später, ließ eine Sirene sie aufschrecken. War etwas passiert? Ein Feuer ausgebrochen? Max hatte die Sirene auch gehört. Er war ans Fenster gegangen. Ein blauer Lichtstrahl drang herauf.

»Ein Polizeiwagen«, sagte er, »steht vor dem Haus ... Eine Frau ist ausgestiegen ... Ich glaube, das ist deine Kollegin, die junge Schöne, die immer im Präsidium am Computer sitzt.«

»Nele!« Birte sprang aus dem Bett. Es war zweiundzwanzig Uhr vierzehn, erkannte sie mit einem Blick auf den Radiowecker neben dem Bett. Wo war ihr Smartphone? Sie hatte es auf dem Esstisch liegen lassen. Siebzehn Nachrichten und sechs

Anrufe – keiner von Jan, sondern fünf von Nele und einer von Bert.

Im nächsten Moment klingelte es an der Tür, und sie wusste, dass etwas mit Jan passiert sein musste, während sie selig neben Max geschlafen hatte.

34

Schiller hatte den Geschmack von Asche im Mund. Er brauchte ein paar Sekunden, um sich zu orientieren. Der Schuss hallte noch in seinen Ohren nach, doch da war Seeberger direkt unter ihm. Er glaubte, das Weiße in dessen Augen zu sehen. Dann holte er aus und schlug ihm die Faust ins Gesicht. Ob Seeberger aufschrie, vermochte er nicht zu sagen. Er war taub – so laut war der Schuss gewesen. Wo war die Waffe? Er sah, dass Seeberger aus der Nase blutete, und wandte sich um. Das Licht einer Taschenlampe bewegte sich, der Strahl der anderen verlor sich in der Halle.

Schiller kam mühsam auf die Beine. Seeberger unter ihm rührte sich nicht, aber er hielt auch keine Waffe auf ihn gerichtet.

Dann endlich sah er Nadine, sie stand da, an einen schwarzen Betonpfeiler gelehnt, ihr Gesicht war von Ruß verschmiert und vor Schmerz verzerrt, sie keuchte, zwischen den Fingern ihrer linken Hand, mit der sie sich die linke Seite hielt, quoll Blut hervor, und in der anderen Hand, die sie ihm hinstreckte, war die Pistole. Er griff danach, nun schienen seine Sinne wieder zu funktionieren. Sein Smartphone – wo war es? Er holte es aus seiner Jacke hervor, während er sich mit der Pistole in der Hand zu Seeberger wandte.

»Sie bewegen sich nicht!«, schrie er.

Seeberger rollte herum, dann war plötzlich Susanna Mischke über ihm. Mit einem Tuch tupfte sie sein Gesicht ab.

Schiller hatte ein Freizeichen. Eine Sekunde später meldete sich jemand beim Notruf: »Schiller, Kripo Köln«, er versuchte möglichst ruhig zu klingen, »ich brauche dringend drei RTW und mehrere Streifenwagen nach Ossendorf in die abgebrannte Lagerhalle von Sunshine Power …«

Aus den Augenwinkeln bemerkte er, wie Nadine ins Taumeln geriet. Der Schuss hatte sie getroffen, eindeutig, doch wenn lebenswichtige Organe verletzt worden wären, hätte sie sich kaum mehr auf den Beinen halten können.

»Alles ist gut!«, rief er ihr zu. »Der Rettungswagen kommt.«

Seeberger und Susanna Mischke schauten ihn hasserfüllt an.

»Sie Idiot«, schrie Seeberger, »ich hätte doch niemals geschossen, wenn Sie sich nicht auf mich gestürzt hätten. Wenn die Frau stirbt, ist es Ihre Schuld.«

»Halten Sie Ihr Maul!« Schiller war so wütend, dass er am liebsten mit dem Fuß zugetreten hätte. Als Susanna Mischke ihrem Ex-Mann helfen wollte, sich aufzurichten, bewegte er die Waffe in ihre Richtung. »Sie bleiben, wo Sie sind. Sie sind beide vorläufig festgenommen.«

Nadine war an dem Pfeiler heruntergerutscht, sie kniete da und keuchte vor Schmerzen.

Schiller lauschte kurz. Kam da bereits der Krankenwagen?

Aus der Ferne wehte das Geräusch einer Sirene heran, doch im nächsten Moment meinte er, noch etwas zu hören: ein düsteres, heiseres Brummen, wie von einem gefangenen Tier oder von einem Menschen, der seine Sprache verloren hatte.

Er fand Markus Then, als die Polizei mit drei Streifenwagen eingetroffen war und zwei Sanitäter sich um Nadine kümmerten. Sie hatten sie noch in der Halle auf eine Plastikdecke gebettet und sich über sie gebeugt. Man konnte ihr Stöhnen durch die ganze Halle hören.

Schiller hatte sich eine Taschenlampe gegriffen und war auf dieses heisere, verzweifelte Brummen zugelaufen. Es kam aus dem gläsernen Büro, vor dem sie den toten Lenau gefunden hatten. Das Glas war im Feuer geborsten, und das dünne Holz, aus dem dieses Kabuff inmitten der Halle bestand, war verkohlt und an einigen Stellen eingestürzt. Ein Stuhl stand in den Trümmern, weiß, neu, ohne jede Spur von Ruß. Aus einem großen Karton davor drang das Brummen.

Markus Then lag dort zusammengekauert; seine Hände und Füße waren mit Kabelbindern gefesselt, sein Mund war mit einem breiten Plastikband verklebt.

Schiller beugte sich vor und riss das Band mit einer schnellen Bewegung ab.

Then stöhnte auf. Sein Gesicht war schmutzig und feucht von Tränen. »Endlich!«, keuchte er. »Dieser Irre … Ich wäre fast erstickt.«

»Es ist alles gut«, sagte Schiller.

Weitere Sirenen waren in seinem Rücken zu hören. Noch mehr Einsatzkräfte waren im Anmarsch.

Schiller griff nach seinem Taschenmesser, das er immer bei sich hatte, und beugte sich vor. Then zitterte, seine Augen waren gerötet.

»Warum hat Seeberger Sie hier eingesperrt?«, fragte er.

Then spürte Schillers Zögern, seine Augen weiteten sich. »Weil er glaubt … weil er irre ist«, sagte er.

»Es geht um Ihre Schwester, nicht wahr?«, sagte Schiller. »Darum das alles.«

Then zitterte heftiger. »Ich werde Ihnen die Wahrheit sagen«, flüsterte er, und es klang wie ein Schuldeingeständnis, »aber bitte schneiden Sie mir die Fesseln durch. Ich kann nicht mehr … Noch nie in meinem Leben …« Er brach ab und schluchzte auf.

Schiller nickte. Als er die Kabelbinder durchschnitten hatte, musste er Then mühsam auf die Beine helfen. Der Professor lehnte sich gegen ihn; wie ein Gelähmter setzte er vorsichtig einen Schritt vor den anderen. Anscheinend hatte er stundenlang in diesem Karton gehockt, geknebelt und verschnürt.

Plötzlich war dann auch Birte da. Sie nahmen Markus Then in die Mitte und führten ihn zum Ausgang der Halle. Nadine hatten die Sanitäter offenbar bereits zu einem der Rettungswagen gebracht. Leer und mit einigen Blutflecken war die Plastikplane zurückgeblieben. Auch Susanna Mischke entdeckte Schiller nirgends.

»Du hattest recht«, sagte Birte unvermittelt. Er spürte ihren forschenden Blick. »Ich habe Kate getroffen. Seeberger hatte in der Tat eine Affäre mit Marianne Then. Er hat ihr das Herz gebrochen.«

Then hatte ihre Worte gehört, doch er sagte nichts. Er hinkte mit ihnen durch die Halle. Schultke war bereits mit seinen Leuten von der Kriminaltechnik eingetroffen. Vor der Halle hatten sie schon einen Scheinwerfer aufgebaut, der alles in gleißendes Licht tauchte.

»Wieso bist du hier rausgefahren?«, fragte Birte. Sie steuerten mit dem hinkenden Then auf einen Krankenwagen zu, der mit offener Tür geparkt war. Ein Sanitäter in seiner orangefarbenen Kluft erwartete sie.

»Nadine hat mich darauf gebracht – die Dramaturgin«, erwiderte Schiller. »Wo versteckt sich jemand? Am besten im Auge des Taifuns, meinte sie.«

Er sah Birte an, dass sie nicht verstand, worauf er hinauswollte. Sie übergaben den geschwächten Professor an den Sanitäter, dann eilte Schiller zum ersten Krankenwagen, der hell erleuchtet ein wenig abseitsstand.

Wenn Nadine etwas Ernstes zugestoßen ist, dachte Schiller, dann fahre ich sofort ins Präsidium, hole meine Kündigung aus der obersten Schublade und lege sie Fitschen auf den Schreibtisch. Es war alles seine Schuld. Aus einem romantischen Nachtspaziergang, einer im Grunde absurden Idee, war ein riesiger Polizeieinsatz geworden.

Nadine lag auf der Pritsche. Er konnte ihr Gesicht sehen, während sich zwei Männer, der Sanitäter und vermutlich ein Notarzt, über sie beugten. Sie starrte an die Decke, mit offenen Augen, dann, als hätte sie seine Anwesenheit gespürt, wanderte ihr Blick zu ihm. Ein mattes Lächeln glitt über ihre Züge, dann sagte sie heiser: »Alles gut. War nur ein Streifschuss – wie in den guten alten Western.«

Schiller spürte, wie ihm die Knie weich wurden. »Gott sei Dank!«, stieß er hervor. »Es tut mir leid, aber …« Kraftlos hob er die Arme.

Der Sanitäter drehte sich um und schaute ihn düster an. »Wir tun hier unsere Arbeit«, sagte er vorwurfsvoll.

Schiller bedachte Nadine mit einem dankbaren Lächeln, dann ging er zurück.

Sie lebte … ein Streifschuss wie in einem Western … Fast hätte er gelacht.

Er gönnte sich ein paar Momente der Ruhe hinter einem Streifenwagen. Um das grelle Licht in seinem Rücken auszuschließen, kniete er sich hin und sog tief die Luft ein. Was bedeutete das alles? Angeblich waren Seeberger und Then doch Freunde gewesen – und keine Todfeinde. Aber Seeberger war offenbar sicher, dass Then ihn ans Messer hatte liefern wollen – ja, er glaubte ganz eindeutig, sein ehemaliger Freund habe Lenau erschossen, um ihm den Mord in die Schuhe zu schieben. Und das alles wegen Marianne Then? Er musste ihren Abschiedsbrief lesen, sagte Schiller sich – und sie mussten die beiden Männer verhören, am besten sofort, nachdem die Sanitäter ihnen die Erlaubnis gegeben hatten.

Auch Fitschen war nun eingetroffen. Mit düsterem Blick sah der Kriminaldirektor ihn an. »Was genau ist passiert?«, fragte er. »Es gibt eine Verletzte – eine unbeteiligte Frau?«

»Es geht ihr den Umständen entsprechend gut«, entgegnete Schiller, dann winkte er Birte heran. »Wir müssen sie verhören – Seeberger und Then. Bevor sie sich vom Schrecken dieser Nacht erholt haben. Einer von beiden wird den Mord an Lenau gestehen. Und ich brauche Thens Portemonnaie.« Er lächelte, als er Birtes zweifelndes Gesicht sah. »Vielleicht klären wir alles noch in dieser Nacht.«

Seeberger starrte ihn wütend an. Seine Nase war geschwollen. Das Blut hatte er immerhin schon abgewaschen. Schiller schob ihm eine Tasse Kaffee hin, dann stellte er das Diktiergerät auf den Tisch. Sich selbst hatte er auch einen Kaffee mitgebracht. Fitschen stand hinter der Glasscheibe und sah ihnen zu.

Seeberger trank und sagte kein Wort, aber er hatte nicht nach einem Rechtsanwalt verlangt.

»Wo ist Then?«, fragte er dann.

»Meine Kollegin befragt ihn«, sagte Schiller. »Es geht ihm gut. Aber wir werden Sie beide nicht entlassen, bevor wir nicht die Wahrheit wissen.«

Seeberger strich sich über sein Haar, das an den Schläfen ergraut war. In der Tat, er war ein attraktiver Mann. Sein Blick flirrte umher.

»Ich wusste es nicht von Anfang an«, begann er leise, »dass Markus hinter alldem steckte, dass er die Dopingproben manipuliert hatte. Nein, ich habe ihm sogar geglaubt, dass er mich zurückhalten wollte. Ich sollte alles durchstehen, gegen den Verband, gegen die Hochschule, gegen die Presse, doch …« Er hob die Schultern und sah Schiller an. »Doch ich habe mich getäuscht. Es war alles Kalkül. Er wusste, dass ich nicht zu halten war, dass ich von mir aus gehen musste. Der unerbittliche Dopingjäger nun unter dem Verdacht, beim Doping geholfen zu haben.« Er blickte auf seine Hände, die schwarz und schmutzig waren, als hätte er in Erde gewühlt.

Schiller nahm einen Schluck Kaffee. Er hatte plötzlich Schmerzen, sein Rücken tat ihm weh, vielleicht wegen des Sturzes, vielleicht aber auch aus purer Erschöpfung. Verstohlen sah er auf sein Smartphone. Nele hatte versprochen, ihn sofort zu informieren, wenn sie Genaueres über den Zustand von Nadine in Erfahrung gebracht hatte.

»Ich war so naiv«, sagte Seeberger und hob die Hände. »Aber ich habe auch nicht begriffen, warum Markus plötzlich beschlossen hatte, mich zu vernichten. Wir waren doch Freunde – Streiter für das Gute, gegen diese verlogene Dopingwelt.« Er schwieg.

Schiller beschloss, ihn seinen eigenen Pfad der Aussage suchen zu lassen. Immerhin war er ja bereit, zu erzählen.

»Ich habe erst heute wirklich begriffen, worum es ging«, sagte Seeberger. Er verzog den Mund, ein kraftloses Lächeln. »Seine Schwester! Großer Gott! Ja, ich habe dreimal mit ihr geschlafen, wir haben uns gut verstanden. Einmal sind wir gemeinsam in Amsterdam gewesen, waren im Van-Gogh-Museum, aber eigentlich bin ich nur hingefahren, um einen Kollegen zu treffen. Sie hat sich eingebildet, es sei die große Liebe!« Er hielt inne. Sein Blick richtete sich auf Schiller, hart und dringend, als wäre er für einen Moment der Polizist. »Glauben

Sie an die große Liebe, daran, dass es zwei Menschen gibt, die immer, unauflöslich miteinander verbunden sind? Ich glaube nicht daran. Ich glaube an Momente – darum leben wir … für ein paar wertvolle Momente. Und vielleicht hat es den einen oder anderen zwischen Marianne und mir gegeben, aber mehr … mehr war da nicht.« Er seufzte.

Schiller trank seinen Kaffee aus. Als Seeberger nicht weitersprach, fragte er: »Wie sind Sie genau darauf gekommen, dass Then Sie vernichten wollte?«

Seeberger sah ihn an, nun war ein leichtes Funkeln in seinen Augen. »Es war Lenau. Ihm hatte die ganze Sache keine Ruhe gelassen. Er war noch unerbittlicher als ich, was Doping angeht. Ein wirklicher Verlust, dass er nicht mehr da ist. Er hatte herausgefunden, dass in der Nacht, als die Proben damals manipuliert worden sind, Markus doch in der Stadt war. Er ist aus der Eifel hergefahren, gegen dreiundzwanzig Uhr. Auf der Aachener Straße ist er geblitzt worden. Das hat Lenau irgendwie im Nachhinein herausgefunden.« Seeberger lachte auf. »Ein schnödes Strafmandat hat das wohl ausgelöst.«

»Lenau hat mit Ihnen Kontakt aufgenommen?«

Seeberger nickte. »Aber er ist nicht sofort mit der Sprache herausgerückt.« Er schwieg wieder, dann riss er den Kopf herum, als hätte er etwas gehört, eine Stimme, die ihn rief, aber da war nichts gewesen. »Nein«, sagte er plötzlich voller Überzeugung, »vielleicht gibt es doch in jedem Leben die eine große Liebe. Als ich Student war, hatte ich diese Liebe – sie hieß Elisabeth, ich habe sie an der Sporthochschule getroffen, wir waren vom ersten Tag zusammen. Das erste Essen, das wir uns gemacht haben, war ein Spiegelei. Ich kann heute noch kein Ei essen, ohne an sie zu denken und sie vor mir zu sehen. Sie war Hürdensprinterin, ziemlich gut. Nach einem Wettkampf in der Türkei ist sie von einem Bus überfahren worden. Wahrscheinlich habe ich in jeder Frau, mit der ich hinterher zusammen war, nur sie gesucht.« Seeberger seufzte. »Was wollen Sie noch wissen?«, fragte er dann ganz sachlich.

»Wie ging es weiter? Lenau wurde in Ihrer Halle erschossen – und Sie wussten, dass Then dahintersteckte?«

»Wer sonst? Es gab da die beiden anderen Morde: dieser Mann in der Tiefgarage und dann der Boxer – Daniel Bronski. Ihn kannte ich, er hatte mehrmals gedopt und wahrscheinlich auch anderen beim Doping geholfen. Da steckte ja ein ganzes Netzwerk dahinter. Vielleicht dachte Markus, die Gelegenheit sei günstig, oder er musste Lenau loswerden, weil er zu viele Erkundigungen eingeholt hatte. Er ist auch bei Markus gewesen. Fragen Sie ihn!«

»Haben Sie ihn nicht befragt? Haben Sie ihn nicht deshalb entführt?«, fragte Schiller.

Seeberger verzog das Gesicht. »Ich weiß, was Sie sagen wollen … Warum sind Sie nicht sofort zur Polizei gegangen? Ja, klar. Man hätte mir sofort geglaubt.« Er hob wieder die Arme, dann sackte er förmlich zusammen, als wären Erschöpfung und Müdigkeit mit einem Schlag über ihn hereingebrochen. »Ich wollte es wissen – alles. Und dafür war mir jedes Mittel recht. Und ich habe auch alles erfahren. Ist auf meinem Smartphone festgehalten – Diktierfunktion. Sie müssen es sich nur anhören. Markus hat alles gestanden. Die Manipulation der Dopingprobe, den Mord, sogar, dass er mich in die Halle gelockt und sie dann angesteckt hat. Er wollte mich ganz und gar vernichten, weil ich seine Schwester in den Tod getrieben habe – in seinen Augen.«

Seeberger sah Schiller stumm an, sein Gesicht war nun leer und ausdruckslos.

»Sie wissen genau, dass so ein Geständnis nichts wert ist«, sagte Schiller. »Sie haben ihn gefoltert, ihn wahrscheinlich mit dem Tod bedroht. Er wird alles widerrufen.«

»Ja«, sagte Seeberger, »ich weiß. Er ist nicht dumm, er wird widerrufen. Trotzdem war es mir die Sache wert.«

35

Markus Then hatte sich einigermaßen erholt. Er war über eine halbe Stunde auf der Toilette gewesen. Sein Gesicht war gewaschen, auch seine Hände. Offenbar hatte er auch den Kopf unter den Wasserhahn gehalten; jedenfalls war sein schütteres Haar nass.

Er saß Birte aufrecht gegenüber, nur das Zucken seiner Lider verriet seine Aufregung. Er hatte um Mineralwasser gebeten. Er schenkte sich selbst ein und trank hastig ein halbes Glas aus.

Birte hatte ein altmodisches Diktiergerät auf den Tisch gestellt und schaltete es an. Bert Cremer sah ihr durch die Scheibe zu. Sie hatte ihre Müdigkeit abgeschüttelt. Mittlerweile hatte sie auch kein schlechtes Gewissen mehr, dass sie Jan gewissermaßen die Ermittlung überlassen hatte. Er hätte so oder so auf eigene Faust gehandelt, selbst wenn sie über ihr Smartphone zu erreichen gewesen wäre.

Bevor sie ihre erste Frage stellen konnte, sagte Then: »Ich werde mich offiziell beschweren. Damit Sie es gleich wissen. Ich bin hier das Opfer, ich bin betäubt und entführt worden – von einem gemeingefährlichen Kriminellen.«

»Ja«, erwiderte Birte vage, »wir wollen durch diese Befragung Licht ins Dunkel bringen. Mein Kollege hat Sie befreit. Es ist auch kein Verhör …«

Then lehnte sich zurück. »Ich werde Ihnen gar nichts sagen, und ich widerrufe auch mein Geständnis, das dieser Verrückte, dessen Namen ich niemals mehr aussprechen werde, mir abgezwungen hat.« Er schwieg abrupt. Seine Lider flatterten wieder. Ansonsten hatte er sich absolut unter Kontrolle. »Außerdem möchte ich nach Hause, sofort.«

»Wir können Sie eine Nacht hierbehalten, wenn wir das für nötig erachten«, sagte Birte mit aller Ruhe, die sie aufbringen konnte. »Sie sind entführt worden, aber es gibt Fragen und Vorwürfe gegen Sie …«

»Halten Sie mich für einen Mörder?«, fragte Markus Then ganz direkt. Er starrte sie an. »Ich habe mir in meinem ganzen Leben nie etwas zuschulden kommen lassen.«

»Es spielt keine Rolle, für was ich Sie halte«, erwiderte Birte. »Sagen Sie mir etwas anderes: Wie war Ihre Schwester? Warum genau hat sie sich umgebracht?«

Er zuckte zusammen, als wäre ihm ein Schmerz in den Magen gefahren.

»Ich sage nichts über sie«, flüsterte Then. »Zu niemandem.« Dann verfiel er in Schweigen. Mit verschränkten Armen, den Blick ins Irgendwo gerichtet, saß er da.

Birte wartete fünf Minuten ab. Sie hörte das Rauschen, das aus dem alten Diktiergerät drang, und sie meinte, Berts Blicke in ihrem Rücken zu spüren.

Then würde nichts gestehen. Das hatte Jan ihr schon prophezeit.

Dann stand sie auf, warf Then noch einen Blick zu und verließ das Verhörzimmer.

Bert kam ihr entgegen. »Der Professor weiß, dass wir ihm nichts nachweisen können.«

Birte nickte. »Hast du sein Portemonnaie durchsucht und dir sein Smartphone angesehen?«

»Ja. Den Abschiedsbrief seiner Schwester hatte er tatsächlich bei sich. Ich habe ihn kopiert. An die Daten von seinem Smartphone kommen wir so ohne Weiteres nicht heran.«

Birte ging in ihr Büro. Sie war mit Jan übereingekommen, dass sie sowohl Seeberger als auch Then eine Nacht in der Zelle behalten wollten. Nach spätestens vierundzwanzig Stunden aber würden sie Then wieder auf freien Fuß setzen müssen.

Sie bat Bert, Then in eine Arrestzelle bringen zu lassen, dann begann sie den Brief zu lesen. Er war zwei Seiten lang und so düster, dass es ihr den Atem verschlug. Da hatte eine verzweifelte Frau sich alles von der Seele geschrieben, bevor sie sich das Leben genommen hatte. Und ja, es stimmte, sie hatte Seeberger die Schuld an ihrem Elend gegeben.

Eine Stunde später kam Jan von seinem Verhör. Er taumelte beinahe, so müde war er. Mittlerweile war es zwei Uhr in der Nacht. Max hatte dreimal angerufen – Birte hatte ihm lediglich kurz zurückgeschrieben.

»Was sagt Then?«, fragte Jan, während er auf seinen Stuhl sank. »Hat er etwas zugegeben?«

»Nein«, erwiderte Birte. Sie schob ihm den kopierten Abschiedsbrief von Marianne Then hin. »Du hast recht. Es ging immer um die Schwester.«

Er warf einen kurzen Blick auf den Brief, ohne ihn aufzunehmen. »Darum hat Then den Plan gefasst, Seeberger fertigzumachen, erst beruflich, dann ganz und gar, indem er ihn zum Mörder macht. Dass er die Waffe in der Garage versteckt hat, war ziemlich plump. Er hat auch alles gestanden.« Jan zog ein Smartphone hervor. »Seeberger hat ihm ein Geständnis abgepresst. Dreizehn Minuten – mehr Zeit hat es nicht gebraucht für die ganze Geschichte.«

»Seeberger hat nichts geahnt?«, fragte Birte.

»Für ihn war es eine Affäre wie viele andere auch – sie haben sich vergnügt, aber mehr war da nicht.« Jan starrte zum Fenster hinaus. Das Licht um den Dom war abgeschaltet. Düstere Wolken zogen am Himmel vorbei. »Ich muss noch ins Krankenhaus«, sagte er. »Ich will Nadine sehen.«

»Und morgen?«, fragte Birte. »Was tun wir? Fitschen muss vor die Presse treten.«

Jan hob die Schultern. »Das Geständnis ist wertlos. Kein Gericht der Welt wird es akzeptieren. Wir wissen, dass Seebergers Geschichte stimmt, aber wir haben nichts Verwertbares in der Hand.«

»Vielleicht finden wir bei Lenau noch etwas«, sagte Birte hoffnungsvoll.

»Ja, vielleicht«, erwiderte Jan, dann nahm er seine Jacke vom Stuhl und ging.

Sie blickte ihm nach – wie ein Geschlagener verließ er das Feld. So waren sie sich auch nach dem katastrophal misslungenen Einsatz in der Boxhalle vorgekommen. Nun hatten sie den dritten Mord geklärt und konnten den Täter doch nicht überführen.

Nele kam herein und setzte sich zu ihr.

»Jan wird mächtig Ärger bekommen«, sagte sie. »Fitschen musste schon dem Polizeipräsidenten Bericht erstatten.«

»Wo ist Lenaus Smartphone – wo sein Laptop?«, fragte Birte. »Wir müssen doch beweisen können, dass Then der Mörder ist.«

»Der Professor ist klug«, sagte Nele. »Wir werden nichts mehr finden. Er war immer einen Schritt früher als wir bei Lenau und Seeberger. Es gab noch zwei andere Morde. Das hat er ausgenutzt. Unsere Verwirrung und Überlastung.«

Nachdem auch Nele gegangen war, nahm sie noch einmal den Brief in die Hand und las ihn ein zweites Mal. Das war wie ein Ruf aus dem Grab. Marianne Then hatte keinen Frieden hinterlassen, sondern ihren Hass auf die Welt noch einmal hinausgeschrien. Durfte man das? Durfte man so, mit einem solchen Schrei, aus der Welt scheiden? Es war die falsche Frage. Ein verzweifelter Mensch, ein Mensch, der in eine Depression versunken war, hatte andere Maßstäbe. Und konnte es eine tiefere Gewalt geben als die gegen sich selbst, dass man sich das Leben nahm? Trotzdem spürte Birte eine heimliche Wut auf diese unbekannte Frau, deren Schrei ihr Bruder offenbar nie losgeworden war. Er war zum Mörder geworden, der nun möglicherweise davonkam, wenn sie keine weiteren Beweise fanden.

Sie erhob sich mühsam und ging zur Tür. Sie löschte das Licht, dann dachte sie daran, dass Max ihr vor ein paar Stunden einen Heiratsantrag gemacht hatte. Das war die andere, die richtige Seite des Lebens.

Als sie auf ihr Smartphone blickte, las sie eine Kurznachricht von ihm: »Eigentlich bin ich in der Liebe ein Stotterer«, schrieb er, »aber bei dir kann ich singen.«

36

Es war fast halb drei in der Nacht, als er an der Uniklinik eintraf. Während der Fahrt hatte er die Scheibe heruntergelassen, damit ihn der Fahrtwind wach hielt. Sie hatten einen Mörder und konnten ihn doch nicht ins Gefängnis bringen … Nein, er wollte sich mit diesem Gedanken nicht abfinden. Therese hatte ihn am Smartphone erwischt. Sie gehörte auch zu den Menschen, die mit vier Stunden Schlaf auskamen. Er erklärte ihr kurz, was passiert war.

»Wie gut kennst du die Frau, die angeschossen worden ist?«, fragte sie.

Er hätte beinahe gelacht. Die Hebamme war wie ein alter Hund, der immer noch besondere Dinge wittern konnte. »Gut, aber noch nicht gut genug«, sagte er. Und in Gedanken schob er nach: Hoffentlich verzeiht sie mir.

In der Uniklinik lag Nadine in einem Trakt für Frischoperierte, die noch unter besonderer Beobachtung standen.

»Sie sind von der Polizei?«, fragte die Nachtschwester ihn.

Er nickte.

»Sie können die Patientin morgen befragen.« Die Frau blickte auf ihre Armbanduhr. »Na, in etwa sieben Stunden«, ergänzte sie. »Die Verletzung ist nicht lebensgefährlich gewesen. Die Wunde musste genäht werden, die Kugel hat sie nur gestreift.«

Ja, wollte Schiller sagen, ein Streifschuss wie in einem Western, ich weiß.

»Kann ich sie sehen?«, fragte er. Beklommenheit machte sich in ihm breit.

Die Nachtschwester schüttelte den Kopf. »Es ist schon jemand bei ihr. Ein Angehöriger …«

Schiller zuckte zurück. War der Schauspieler in der Stadt gewesen und hatte von dem Unglück erfahren? Sein Herz schlug einen Takt schneller. »Sind Sie sicher, dass es ein Angehöriger ist?«, fragte er.

Die Nachtschwester sah ihn argwöhnisch an. »Glaube schon. Sonst hätten meine Kollegen ihn kaum zu ihr gelassen.« Sie wandte sich um. Ein älterer Mann mit kurzen grauen Haaren verließ die Station. Er kam Schiller vage bekannt vor. »Fragen Sie ihn doch selbst«, sagte die Schwester und deutete auf den Mann, dann ging sie auf ihre Station zurück.

Schiller schritt auf den Mann zu, dann erkannte er ihn. Michael Linder – ein berühmter Schauspieler, der auch einmal einen Kommissar in einer Fernsehserie verkörpert hatte.

Der Mann sah ihn mit wässrig blauen Augen forschend an. »Ja?«, sagte er.

»Ich bin der Polizist, der Ihre Tochter …«, begann Schiller.

Die Miene des Schauspielers hellte sich auf. »Ach, Sie sind dieser Held. Meine Tochter kriegt richtig funkelnde Augen, wenn sie von Ihnen spricht.«

Der Mann lächelte ihn an, und dann legte er ihm auch noch einen Arm um die Schulter. »Ich spiele zurzeit in Bochum Theater«, sagte Linder. »War erst ein ganz schöner Schrecken, als Nadine mich anrief, aber, na ja … sie ist hart im Nehmen.«

Schiller brachte keinen Ton heraus. Hart im Nehmen … Beinahe wäre sie erschossen worden. »Es tut mir leid«, sagte er. »Ich war leichtsinnig, nein, schlimmer … fahrlässig. Es hätte nicht passieren dürfen.«

»Ja«, sagte Michael Linder, »demnächst müssen Sie besser auf meine Tochter aufpassen. Allzu viele Narben sollte sie nicht mehr kriegen.« Dann hielt er Schiller eine Visitenkarte hin. »Hier«, sagte er, »ich hoffe, ich sehe Sie mal bei mir im Theater. Morgen Abend habe ich Vorstellung, Kleist, ›Der zerbrochene Krug‹, ich spiele den Dorfrichter Adam, tolle Rolle, aber übermorgen besuche ich meine Kleine wieder. Hoffentlich kann sie bald nach Hause.« Er klopfte Schiller noch einmal auf die Schulter und verschwand dann in Richtung Fahrstuhl.

Schiller blieb wie betäubt zurück. Am liebsten hätte er sich hier irgendwo einen Stuhl gesucht und ein paar Stunden geschlafen, bis er Nadine sehen durfte. Sie nahm ihm die ganze

Sache anscheinend nicht übel, wenn er ihren Vater richtig verstand.

Als er dann doch nach Hause fuhr, überströmte ihn ein Glücksgefühl, wie er es lange nicht gehabt hatte – als wäre er ein Überlebender, dem sich nun wider Erwarten ein paar Türen öffneten.

Als er geweckt wurde, weil sein Smartphone unaufhörlich summte, kam es ihm vor, als hätte er allenfalls eine Stunde geschlafen. Es war aber bereits acht Uhr.

Nele meldete sich. »Kannst du sofort kommen?«, fragte sie. »Hier steht Hanna Then. Sie möchte eine Aussage machen.«

Schiller richtete sich auf. Er war sofort hellwach. »Was will sie denn aussagen?«

»Sie will nur mit dir reden«, erwiderte Nele. »Aber so wie sie das sagt, klingt es nicht, als wäre sie traurig, dass ihr Mann die Nacht in einer Arrestzelle verbracht hat.«

Schiller benötigte siebzehn Minuten bis zum Präsidium. Von unterwegs hatte er auch Birte angerufen, die zwei Minuten nach ihm eintraf. Sie baten Hanna Then in ihr Büro. Die Frau des Professors war elegant in einen dezenten beigefarbenen Mantel gekleidet, ihr schwarzes Haar schimmerte, doch wenn man ihr in die Augen sah, bemerkte man, dass auch sie keine ruhige Nacht hinter sich hatte.

»Sie haben meinen Mann verhaftet«, sagte sie. »Was werfen Sie ihm vor?«

Schiller bedachte Birte mit einem schnellen Seitenblick. Hanna Then hielt sich nicht mit langen Vorreden auf.

»Ihr Mann hat Seeberger gestanden, dass er die Dopingproben manipuliert und den Journalisten Lenau getötet hat, um seinen ehemaligen Freund zu belasten, aber dieses Geständnis – wenn man es denn so nennen will – hat er heute Nacht widerrufen. Es wird vor Gericht keinen Bestand haben.«

Hanna Then schwieg. Sie zog ihr Smartphone aus einer schwarzen Ledertasche und blickte darauf. Dann reichte sie es Schiller mit regloser Miene. »Ich traue Markus sogar einen Mord zu. Es geht um seine Schwester, nicht wahr? Die Affäre, die sie mit Richard hatte … und ihr persönliches Unglück. Über den Mord weiß ich nichts, zu der Zeit war ich in New York, aber dass Markus die Dopingproben manipuliert hat, da bin ich mir sicher.«

Auf dem Display war ein Foto zu sehen, wie Then die Sporthochschule verließ. Schiller schaute die Frau des Professors fragend an. »Ich bin ihm damals gefolgt. Wir waren in unserem kleinen Sommerhaus in Einruhr in der Eifel. Ich bin früh ins Bett gegangen, wir hatten damals schon getrennte Schlafzimmer. Er hat sich aus dem Haus gestohlen, und ich bin ihm gefolgt, weil ich sicher war, dass er eine Affäre hatte. Ich wollte es mit eigenen Augen sehen. Doch Markus ist in die Sporthochschule gefahren. Am nächsten Tag ist die Sache mit den Dopingproben aufgeflogen, und der Skandal um Richard begann. Ich musste nur eins und eins zusammenzählen.« Sie schwieg. Ihr Blick glitt zu Birte, dann schlug sie die Augen nieder. »Ich weiß, was Sie fragen wollen. Warum haben Sie geschwiegen? Nun, da war ein Rest von Loyalität. Außerdem … Nein …« Sie schüttelte den Kopf. »Ich mochte Richard immer – trotz seiner Frauengeschichten. Manchmal habe ich gedacht, er hätte nur einfach mal die Richtige treffen sollen … Seine geschiedene Frau war es jedenfalls nicht …« Sie hob die Hände. Eine Geste des Aufgebens.

»Sie belasten Ihren Mann«, sagte Birte.

»Nein«, erwiderte Hanna Then fest. »Ich sage nur die Wahrheit, endlich. Und das Foto ist mein Beweis.«

Schiller nickte ihr zu. Das ist der erste Stein, dachte er, wenn wir noch einen zweiten haben, wird Then fallen. »Wir müssen alles ordentlich protokollieren«, erklärte er. »Wie lange bleiben Sie noch in Deutschland?«

»Ich werde mich um Markus kümmern«, entgegnete Hanna Then statt einer konkreten Antwort. »Das bin ich ihm schuldig, auch wenn ich nun einfach die Wahrheit sagen muss.«

»Nun haben wir ihn beinahe«, erklärte Birte, als Hanna

Then das Büro verlassen hatte. Sie würde am Nachmittag alles zu Protokoll geben.

Schiller nickte. Er machte sich noch einen Kaffee. Gleich, sagte er sich, gleich würde er Nadine sehen. Vielleicht würde sie bereits entlassen werden, und er könnte sie nach Hause fahren. Für einen Moment schloss er die Augen. Er hatte sich verliebt, ja, genauso war es, da gab es wieder eine Frau, die er am liebsten Tag und Nacht sehen wollte.

Als er sich umwandte, stand Nele in der Tür. Sie lächelte. »Er war in der Nacht in Ossendorf in der Nähe der Halle«, sagte sie. »Bert ist gestern noch einmal die Strecke abgefahren. Kluger Junge. Da gibt es einen Türenhandel mit einer Kamera, die auch einen Teil der Straße zeigt. Then ist dort vorbeigefahren, um siebzehn Uhr vierundzwanzig, mit seinem Privatwagen. Eine knappe Stunde später wart ihr da, und die Halle hat gebrannt.«

»Und Lenau war tot«, sagte Birte. Sie lächelte Schiller an. »Nun haben wir ihn. Volltreffer! Da können wir gleich den Staatsanwalt anrufen und einen Haftbefehl beantragen.«

»Ja«, sagte Schiller. »Volltreffer.« Sein Smartphone summte. Er erkannte die Nummer, ein warmes Gefühl durchflutete ihn.

»Mein Polizist«, sagte Nadine mit dem üblichen leichten Spott in der Stimme, »ich langweile mich. Besuchst du mich? Oder musst du eben noch einen Verbrecher fangen?«

»Ich komme«, sagte er. »In zwanzig Minuten bin ich da.«

Epilog 1

Als Erstes war er morgens mit seinem Golf durch die Waschanlage gefahren. Anschließend hatte er die Sorge gehabt, ob der Motor da nicht schlappmachen würde, dass irgendwo durch ein Rostloch Wasser eindringen könnte, aber nein, es war alles gut gegangen. Der Motor schnurrte, als hätte er nicht dreihundert-, sondern höchstens dreißigtausend Kilometer auf dem Tacho.

Drei Tage hatte Nadine doch im Krankenhaus bleiben müssen. Then hatte inzwischen alles gestanden – das Foto, das seine Frau der Polizei überlassen hatte, sowie die Aufnahme von seinem Auto von der Überwachungskamera des Türenhandels waren zu viel gewesen. Er hatte immer vorgehabt, Seeberger eines Tages ans Messer zu liefern, aber dann war Lenau aufgetaucht und hatte ihn erpressen wollen. Der scheinbar so untadelige Journalist hatte seine Wettschulden nicht mehr bezahlen können. So war eins zum anderen gekommen. Dass zwei Polizisten fast in der brennenden Halle erstickt wären, hatte Markus Then billigend in Kauf genommen.

Nadine erwartete ihn bereits in ihrem Krankenzimmer. Sie war angezogen, ein weit geschnittener schwarzer Pullover, dazu ein ebenfalls schwarzer Rock. Schiller hatte keine Ahnung, wer ihr die Sachen gebracht hatte, doch es hatten sie, wie er wusste, auch zwei Schauspielerinnen besucht.

»Wo bringst du mich hin?«, fragte sie tatendurstig.

Er schaute sie lächelnd an. Noch immer hatte er ein schlechtes Gewissen, wenn er sie ansah. Es hätte nicht viel gefehlt, und die Kugel hätte sie ins Herz oder mitten in die Brust getroffen.

»Wir fahren jetzt zu einem Sanitätshaus – das nennt man doch so, oder nicht? Vermutlich brauchst du für die nächsten Tage noch eine Gehhilfe«, sagte er.

Sie legte den Kopf schief. »Du bist zwar Polizist, aber trotzdem solltest du dich vorsehen mit dem, was du sagst.«

»Nein«, entgegnete er in völligem Ernst, »du brauchst Ruhe. Ich fahre dich nach Hause, und dann muss ich leider ins Präsidium, Akten aufarbeiten.«

»Also gut«, sagte sie, doch die Enttäuschung war ihr anzusehen.

Schiller hatte sie jeden Tag besucht und auf dem Laufenden gehalten. Von ihrem Schauspielerfreund war mit keinem Wort die Rede gewesen. Zweimal hatte sie ihm gesagt, dass ihr Vater sich freuen würde, wenn sie gemeinsam sein Stück anschauen würden. Ihre Mutter war Maskenbildnerin in Hannover, hatte er mittlerweile erfahren; ihre Eltern waren nicht geschieden, aber jeder ging seine eigenen Wege – genau so hatte Nadine es ausgedrückt.

Es war halb zwölf. Eigentlich war er zu früh gekommen.

Er hatte auch seine Wohnung ein wenig auf Vordermann gebracht, hatte sich ein neues Regal gekauft und zwei rote Sessel. Viel hatte es nicht gebracht, aber immerhin ein Anfang. Therese war nun auch schon einmal da gewesen – und Almut Schwäbe hatte gekündigt, sie hatte eine neue Stelle in Frankfurt, wie er von Birte erfahren hatte. Sie selbst hatte es ihm nicht mitgeteilt.

»Eigentlich bist du mir etwas schuldig«, sagte Nadine, als sie aus der Tiefgarage der Klinik herausfuhren. Den aufgeräumten Zustand seines Wagens hatte sie mit keiner Silbe kommentiert. »Ich habe dich auf die Idee mit der Halle gebracht.«

»Ja«, sagte er, »das warst du, und dann bist du mir weggelaufen, mitten hinein ins Chaos …« Er verstummte. Er warf ihr einen Seitenblick zu. Sie war blass, aber sie sah so unverschämt gut aus, dass er sie am liebsten geküsst hätte, erst ihre Wange, dann den Mund.

»Es wird eine Narbe bleiben«, sprach sie weiter, dann hielt sie inne und blickte verwirrt hinaus. »He, wo fährst du hin? Das ist nicht der richtige Weg.«

»Ich fahre niemals den richtigen Weg«, erwiderte er. »Eine der vielen schlechten Angewohnheiten, die ich habe.«

Sein Smartphone summte, er ignorierte es. Jemand aus dem

Präsidium, doch heute würde er für niemanden zu sprechen sein.

Nadine blickte sich weiter um. »Du kommst doch nicht auf die Idee, mit mir in dein Präsidium zu fahren«, sagte sie, aber da bog er bereits von der Inneren Kanalstraße ab. Wenig später steuerte er den Golf in die lange Zufahrt zur Tiefgarage am Mediapark hinein. Er hielt vor dem Hoteleingang. Jemand stand bereit, der seinen Schlüssel nahm, um den Wagen ein Stück weiter zu parken.

Nadine sah ihn fragend an. Er konnte ihre Gedanken lesen. Wollte er sie in ein Hotel führen? Hatte er ihnen da ein Zimmer reserviert? Doch sie sprach ihre Frage nicht offen aus. Schiller genoss ihre Verwirrung, gleichzeitig spürte er, dass seine Unsicherheit wuchs. Ja, er hatte sich etwas für sie ausdenken wollen, aber niemals hätte er es gewagt, sie in ein gemeinsames Zimmer in einem Hotel einzuladen.

Sie betraten den Fahrstuhl und fuhren ins oberste Stockwerk hinauf. Frank hatte ihm diesen Tipp gegeben. Eigentlich war das Restaurant dort oben mittags geschlossen, doch er kannte den Koch, und da Schiller für ein paar Tage prominent gewesen und in jeder Zeitung aufgetaucht war, hatte der Chef vom Osman eingewilligt.

Es war Punkt zwölf Uhr, als die Tür in der dreißigsten Etage sich öffnete. Charles, der Koch, stand wie abgesprochen da und nahm sie in Empfang.

Nadine keuchte vor Überraschung auf. »Was hast du dir da einfallen lassen?«, rief sie aus und umarmte Schiller.

»Ich dachte, ich bin dir etwas schuldig«, sagte er, »und vielleicht hast du ja auch Hunger. Wir sind allein, das Restaurant macht eigentlich erst heute Abend auf, doch Charles hat etwas für uns vorbereitet.«

Charles in seiner weißen Kluft verbeugte sich elegant. »Ich serviere erst die Getränke«, sagte er, »dann gibt es vorweg eine Suppe. Bevor der Hauptgang kommt. Eine Delikatesse!« Er machte eine einladende Geste.

Nadine ging voraus. Schiller war noch nie hier gewesen.

Auch er empfand den Ausblick über die Stadt als atemberaubend schön. Zum Glück schien sogar die Sonne, große weiße Wolken zogen an einem blauen Himmel wie auf einer Kinoleinwand entlang.

Nadine lief zum Fenster Richtung Dom. Sie strahlte wie ein kleines Kind. »Du hast mich wirklich überrascht, Schiller«, sagte sie. Ja, so hatte sie ihn nun ein paarmal genannt, kurz und knapp: »Schiller«.

Hier, vor dem Kölnturm, hatte Birte ihren Fahrradkurier getroffen. Schiller hatte das als gutes Omen genommen.

Als er auf Nadine zuschritt, die wieder staunend zum Dom hinüberblickte, summte sein Smartphone erneut. Er konnte nicht widerstehen, einen kurzen Blick auf das Display zu werfen. Eine Nachricht von Birte, die mit Max zu ihren Eltern nach Lübeck gefahren war. »Alles Gute mit deiner Dramaturgin«, las er. »Was wäre, wenn ich bald einen Trauzeugen brauchte?«

Epilog 2

Der Abschiedsbrief

Es ist Nacht in mir – die ganze Tiefe der Nacht, in der alles vergeht, in der alles im absoluten, unendlichen Schwarz herabsinkt. Diese Nacht wird nie ein Ende haben. Ich kann nicht mehr gehen, nicht mehr denken, keine Pläne mehr schmieden, kaum noch Atem holen. Selbst das kleine gelbe Schneidemesser hole ich nicht mehr hervor, mit dem ich mir dann und wann in den Unterarm geschnitten habe, um die Verzweiflung abfließen zu lassen. Kein Haus mehr bauen, keine Tochter, keinen Sohn bekommen, keinen Baum mehr pflanzen, keinen Schritt mehr vor den anderen setzen. Ich weiß, aus diesem Labyrinth der Nacht werde ich nie mehr herausfinden.

Für eine kurze Zeit war die Hoffnung eine andere. Da war der große Jemand in meinem Leben, der ein wenig Licht herangetragen hat. Er konnte das ganz leicht, ein Lichtbringer – mit einem Fingerschnipsen. Er verscheuchte die Dunkelheit, das tote Kind mit den toten Augen, das mir immer folgte, Schritt um Schritt. Er lächelte sanft und herzeinnehmend, er gab den Dingen neue Namen, er wusste, wie man das Blau vom Himmel einfing, er konnte Wörter buchstabieren, die ich noch nie gehört hatte.

Es hätte immer so weitergehen können, am Tag und in der Nacht. Ich war bereit dazu, doch dann verriet er mich, stieß mich in die Grube, wurde auch zu dem Monster, das ich nun verfluche und das mich am Weiterleben hindert.

Ich werde töten – ihn oder mich selbst.

Lieber Bruder, ich hoffe, du verzeihst mir diese Zeilen. Meine Erschöpfung ist so groß, dass selbst du, der sein ganzes Leben lang auf mich aufgepasst hat, mich nicht mehr retten kannst. Ich habe dir immer viel zu viel Kummer gemacht, und viel-

leicht hätte ich häufiger auf dich hören sollen, und dass ausgerechnet dein bester Freund mir nun endgültig und ganz und gar den Boden unter den Füßen weggezogen hat, ist etwas, das wir beide nicht verdient haben.

Und jetzt, in diesem Moment, sehe ich dich vor mir, meine schönste Erinnerung an dich. Du bist vierzehn Jahre alt, du trägst eine blaue Jeans und ein blau-weiß gestreiftes Hemd – mit diesem schrecklichen Hemd, das aussah, als würden Fischer an der Nordsee es tragen, bist du eine Zeit lang ununterbrochen herumgelaufen. Du strahlst mich an, als du mir Britta, meine Lieblingspuppe, übergibst, die mir vom Gepäckträger meines Fahrrads gefallen war. Einen ganzen Vormittag hast du Britta repariert. Du hast es geschafft, ihr den linken Arm wieder einzusetzen, und auch das zerbrochene Auge hast du ausgetauscht und die Schramme auf ihrer Stirn übermalt. Nun hatte sie ein blaues und ein grünes Auge. Ich glaube, das war deine erste gelungene Operation.

Lieber Markus, ich wünschte, ich hätte immer die Kraft gehabt, die du hast. Du bist ein besserer Mensch als ich.

Verzeih mir – was immer ich in dieser langen, endlosen Nacht auch tun werde. Aber nun muss ich den Stift beiseitelegen.

Marianne

Dank

Vielen Dank an Hejo Emons, Christel Steinmetz, Paula Döring und das gesamte Team im Verlag – ich bin froh und dankbar für die gute Zusammenarbeit. Ein großer Dank auch an Marion Heister für ihren Zuspruch und ihr aufmerksames Lektorat.

Die Erfolgsserie von Reinhard Rohn:

Alle Titel sind auch als eBook erhältlich.

Falsche Herzen
ISBN 978-3-89705-601-5

Kölnisch Wasser
ISBN 978-3-89705-722-7

Kölner Lichter
ISBN 978-3-89705-869-9

Barfuß in Köln
ISBN 978-3-89705-992-4

Der Richter von Köln
ISBN 978-3-95451-186-0

Kölner Finale
ISBN 978-3-95451-606-3

Kölner Ringe
ISBN 978-3-7408-0205-9